Michael Gärtner

Mascara

Ein Felsenland - Krimi

Bibliographische Information der Deutschen
Nationalbibliothek:
Die Deutsche Nationalbibliothek verzeichnet diese Publikation
in der Deutschen Nationalbibliographie; detaillierte
bibliographische Daten sind im Internet über
http//dnb.dnb.de abrufbar.

© 2021 Michael Gärtner
Herstellung und Verlag: BoD – Books on Demand, Norderstedt
ISBN: 978-3-754-34677-8

»Never underestimate the Power of a good Mascara«

»Give me red Lipstick and I will run the World.«

(Werbeslogans in einer Parfümerie)

Personen

Alfred von Boyen	Professor, Politberater
Barbara Fouquet	Pfarrerin von Schönbach
Anna Hoger	Bäckersfrau
Bernd Peters	Kriminalkommissar
Klaus Scheller	Kollege von Peters
Anne Matthissen	Ministerin für Europaangelegenheiten

außerdem

Nicole Berner	Hausdame
Ein Concierge	
Jean Dallmann	Hotelier
Jenny	Kommissariatssekretärin
Karl, der Camper	
Ludmilla Herzegowina	Zimmermädchen
Zwei estnische Geschäftsleute	

und einige andere

Die junge Frau, die im Gras neben dem Saarbacher Mühlweiher lag, war auch jetzt noch von außergewöhnlicher Schönheit. Man war geneigt zu sagen, dass die blasse Haut ihres Gesichtes sich in besonders reizvoller Weise von den schwarzen Haaren und den dunklen Augen abhob. Diese starrten in den trüben Morgen. Ihre Kleider waren nass, das ließ ihre ausgesprochen gute Figur mit den festen Brüsten, der schmalen Taille und den wohlgestalteten Proportionen ihrer Hüften und Beine erkennbar werden. Klaus Scheller betrachtete sie eingehend und erwischte sich dabei, wie er sich diese Frau mit hochhackigen Schuhen auf einem Laufsteg oder mit einem eng anliegenden Abendkleid bei einer Essenseinladung vorstellte. Er konnte nicht anders. Beim Anblick einer schönen Frau ging seine Fantasie ihre eigenen Wege. Normalerweise ließ er ihr ihren Lauf und genoss die leichte Erregung, die dann in ihm aufstieg. Aber heute Morgen schämte er sich für seine Gedanken, denn diese junge Frau war tot, und vieles sprach dafür, dass sie nicht eines natürlichen Todes gestorben war.

Die Kindergruppe und ihre Betreuerinnen waren früh vom Zeltplatz in der Nähe der Sportanlagen zwischen Fischbach und Gebüg aufgebrochen. Zum Leidwesen der vier jungen Frauen hielten ihre Schützlinge nicht viel davon, morgens lange zu schlafen. Für eine gute Woche waren sie als Betreuerinnen mit den rund zwanzig Kindern aus Ludwigshafen zu einer Freizeit ins Dahner Felsenland aufgebrochen. Spätestens um sechs Uhr waren die Ersten wach und sorgten dafür, dass die anderen es bald auch waren. Dann hieß es, sich darum zu kümmern, dass sie die Zähne putzten, nicht wieder die schmutzigen und oft noch feuchten Klamotten des Vortags anzogen,

Kakao zu kochen und die langen Tische unter den Kiefern zu decken. Sie hatten zwei Tage gebraucht, die Kinder dazu zu bringen, dass jeweils eine Gruppe von fünfen bei der Vorbereitung half. Als Erstes aber musste sich jeden Morgen eine der Betreuerinnen ein Fahrrad schnappen und hinunter nach Fischbach fahren, um die Brote und Brötchen zu holen, die am Vortag bestellt worden waren. Alle anderen Lebensmittel wie Milch, Kakao, Wasser, Marmelade, Butter hatten sie schon am ersten Abend in der Wasgau Filiale eingekauft und mit ihrem VW Caddy zum Zeltplatz gefahren.

An diesem Morgen sollte der normale Tagesablauf unterbrochen werden. Vor dem Frühstück bereits waren sie mit den Kindern den Saarbach entlang Richtung Saarbacher Mühlweiher aufgebrochen. Dort sollte ein Picknick stattfinden und anschließend wollten sie zum Barfußpfad und zum Spielplatz nach Ludwigswinkel gehen. Alles war am Vorabend gepackt worden. Jedes Kind trug sein Frühstück und die Trinkflasche in einem kleinen Rucksack, die Betreuerinnen hatten noch eine süße Überraschung dabei. Die Vorfreude hatte dazu geführt, dass die Ersten schon um fünf Uhr wach geworden waren. So war man bereits kurz vor sechs aufgebrochen und gegen sieben am Saarbacher Mühlweiher angekommen. Das frühe Aufstehen hatte den Vorteil, dass es noch nicht so warm war, dass sie zwei Rehe auf einer Lichtung entdeckten und beobachten konnten, wie die Fische im Saarbach aus dem Wasser sprangen, um ihr Frühstück in Gestalt von Wasserläufern und anderen Insekten zu fangen.

Je näher sie dem Saarbacher Mühlweiher kamen, desto ungestümer und lauter wurden die Kinder. Eine der Betreuerinnen lief ganz nach vorne, denn vor dem Weiher würden sie noch eine Straße überqueren müssen. So früh am Morgen war es nicht auszuschließen, dass ein Auto aus dem Wald hervorgeschossen käme, war es doch die

Zeit des morgendlichen Berufsverkehrs. Der mochte hier zwar nicht so intensiv wie in Ludwigshafen mit seinen allmorgendlichen Staus sein, aber die Einheimischen hatten einen Fahrstil, der sportlich genannt werden konnte. Keiner von den Pendlern würde um diese Zeit mit einer Kindergruppe auf der Straße rechnen. Also sammelten die Betreuerinnen ihre Schützlinge am Straßenrand, um dann geschlossen mit der ganzen Gruppe über die Fahrbahn zu gehen. Kaum auf der anderen Seite angekommen, stürmten die Kinder in Richtung Liegewiese los, denn hier sollte nun das Picknick stattfinden.

Markus Renner, der Platzwart der Campinganlage am Sägmühlweiher, war der Erste, der das Geschrei vernahm und sich darüber ärgerte. Seine Gäste auf dem Campingplatz wollten um diese Zeit ihre Ruhe haben, denn schließlich verbrachten sie hier ihren Urlaub, die wertvollsten Wochen des Jahres. Er ging gerade in sein kleines Büro am Empfangshäuschen, um wie jeden Tag die morgendliche Brötchenlieferung aus Fischbach zu kontrollieren. Der Fahrer der Wasgau-Bäckerei hatte sich angewöhnt, den großen Sack mit dem Brot und den Brötchen unter dem Vordach abzulegen, ohne ihm Bescheid zu sagen. Genau genommen war ihm das ganz recht, denn der Bäckereiwagen kam oft schon um sechs Uhr, und da schlief sogar Markus Renner noch. Erst recht seine Gäste, wie er sie immer nannte, obwohl viele von ihnen einen Dauerstellplatz hatten und zumindest in den frostfreien Monaten an jedem Wochenende und im Sommer durchgehend für einige Wochen da waren. Seine Gäste liebten es zu feiern: Grillen, Bier trinken oder auch Wein, bis in die laue Nacht hinein. Da konnten sie morgens um sieben noch keinen Krach vertragen. Markus Renner wollte gerade um den kleinen See herumgehen, um den Kindern drüben einmal ordentlich die Meinung

3

zu sagen, als er einen lauten Schrei vernahm und sah, wie die ganze Gruppe auf der gegenüberliegenden Seite in Bewegung kam.

In dem luxuriösen Hotel oberhalb der Liegewiese bemerkte er Licht im Keller und in der Küche. Die dienstbaren Geister des Hauses waren bereits bei der Arbeit, die Liegestühle für die Gäste wurden gereinigt und auf die Wiese gebracht, das Frühstück vorbereitet. In den beiden letzten Jahren hatte es immer wieder Konflikte mit dem Hotelbesitzer gegeben. Der Campingplatz auf der anderen Seite des Weihers störte in dessen Augen den sonst so schönen Ausblick vom Hotel auf das Wasser. Seit er das Anwesen gekauft hatte, empfand er es außerdem als ärgerlich, dass die Liegewiese zum See hin öffentliches Gelände war. Nach zähen Verhandlungen mit der Ortsgemeinde und erst unter Einschaltung des Landrates war es ihm gelungen, zumindest den westlichen Teil der Wiese am Zulauf des Wassers exklusiv für seine Gäste nutzen zu können. Markus Renner und den Campern auf der anderen Seite war es egal, wer sich da drüben auf der Wiese tummelte, denn die hatten ihren eigenen Zugang zum See. Den Menschen aus der Umgegend aber, die in ihrer Freizeit die Liegewiese nutzten, war es keineswegs egal. Die Leserbriefseiten in der Pirmasenser Zeitung und in der Rheinpfalz waren über Wochen mit dem Thema belegt. Dann soll der Hotelbesitzer einen Berater engagiert haben, erzählte man sich. Der habe ihm empfohlen, sich einer Gemeindeversammlung zu stellen, zuzuhören und die Menschen um Verständnis für die Bedürfnisse seiner Gäste nach einem Raum des Rückzugs zu bitten. Zugleich sollte er jeden Samstag und Sonntag gratis Eis aus der Küche des Hotels auf der Liegewiese verteilen. Danach hatten sich die Wogen geglättet. Der Berater soll dem Hotelier gesagt haben, dass die Kosten für das Gratiseis verglichen mit dem Imageschaden und einer Pachtzahlung für die Liegewiese vergleichsweise gering wären.

Der Sous-Chef der Küche, Frank Mattheis, der für das bekannt opulente Frühstücksbuffet verantwortlich war, hatte einen Schrei gehört und war vor das Haus getreten. Er sah die Betreuerinnen mit einem Teil der Kinder am Wehr beim Ablauf des Sees stehen und beobachtete, wie die jungen Frauen sich bemühten, ihre Schützlinge zurück auf die Liegewiese zu drängen. Es schien nichts Schlimmes passiert zu sein, denn das Geschrei ließ nach und die Kinder folgten den Anweisungen. Er ging wieder in die Küche, um die Arbeiten zu kontrollieren, besonders die Zubereitung des begehrten Mühlenweihermüslis, dessen Geheimnis in einer kleinen Prise Zimt und Koriander bestand. Man schmeckte sie nicht heraus, sie verlieh dem Müsli aber einen unvergleichlichen Geschmack.

Nach und nach wachten die Dörfer des Felsenlandes auf, und Barbara Fouquet ging wie jeden Morgen in die kleine Bäckerei von Schönbach. Hinter der Theke stand – auch wie immer wohlgelaunt – die Bäckersfrau, ihre Freundin Anna Hoger. Die sang gerade vor sich hin: »Geh aus mein Herz und suche Freud, in dieser schönen Sommerzeit…«

Sie schaute auf, erblickte Barbara Fouquet und fragte erstaunt: »Was treibt dich denn so früh aus deinem Bau?«

»Na ja, die schöne Sommerzeit halt – und die Baustelle vor meinem Haus. Die armen Kerle müssen schon um sechs Uhr anfangen zu arbeiten und ihre Maschinen mit ihnen. Da ist nichts mit schlafen. Also habe ich mich lieber an den Schreibtisch gesetzt und die Beerdigung in Dahn heute Nachmittag vorbereitet.«

»Was machst du in Dahn? Das ist doch gar nicht deine Gemeinde?«

»Wiederum die schöne Sommerszeit und ihre Ferien. Die Kollegen mit Kindern sind in Urlaub und ich darf für zwei Pfarrstellen die Vertretung machen.«

»Das hat man davon, wenn man nicht verheiratet ist und keine Kinder hat. Aber du bist selbst schuld. Die Namen deiner Verehrer sind zahlreich, sie passen nicht in ein Telefonbuch. Aber gnädige Frau sind halt wählerisch.«

»Nicht wählerisch, nur vorsichtig«, gab Pfarrerin Fouquet zurück. »Wie heißt es doch im Volksmund: Drum prüfe, wer sich ewig bindet…«

»Ob sie nicht noch was Bess'res findet«, ergänzte Anna.

»Genau, so ist es. Und nun: the same procedure as every morning!« Anna Hoger füllte eine Papiertüte. »Aber um noch einmal zum Wesentlichen zu kommen: Ist da nichts mehr mit diesem gut aussehenden Polizeikommissar aus Pirmasens? Den habe ich schon lange nicht mehr gesehen.«

»Der ist auf einem Lehrgang in Hannover, aber nicht mehr lange.«

»Prima«, lächelte Anna. »Aus dem Inhalt deiner Antwort schließe ich, dass du weiterhin mit ihm in Kontakt bist. Aus dem hoffnungsvollen Ton schließe ich, dass ein gewisses Sehnen in deinem Herzen ist.«

Barbara lachte. Mit Anna war es einfach schön. Sie war klug und humorvoll. Anna Hoger hatte ihren Beruf als Lehrerin an den Nagel gehängt, um mit ihrem über alles geliebten Mann diese kleine Bäckerei zu führen. So konnten sie sich oft sehen, und mit der Erziehung der beiden Kinder war es auch einfacher. Sie hatte auf viel verzichtet, aber war nach wie vor der Meinung, dafür mehr gewonnen zu haben, und bereute ihren Entschluss nicht.

»Okay, du hast mich erwischt. Wieder einmal. Ich scheine für dich ein offenes Buch zu sein.«

In diesem Moment fuhr mit ohrenbetäubender Lautstärke ein Rettungswagen an der Bäckerei vorbei und verschwand in Richtung Ludwigswinkel. Als Anna gerade wieder anfangen wollte zu reden, ertönte das Martinshorn erneut, und ein Polizeiwagen folgte.

»Rettungswagen bedeutet Krankheit oder Tod, Polizeiwagen bedeutet Verbrechen«, sagte Anna.

»Rettungswagen könnte Wespenstich an der Fußsohle und Polizeiwagen könnte Fahrradunfall bedeuten«, sagte Barbara.

»Ja, ja, Rettungswagen bedeutet dehydrierte Seniorin oder ein im Wald verirrter Mann«, sagte Anna.

»So oder so, ich glaube, du bist auf der richtigen Spur.«

»Und du redest dir die Welt schön, meine Liebe. Wir werden sehen, wer recht hat.«

Zur gleichen Zeit stand Alfred von Boyen auf der Wiese seines Hauses im Gebüg und machte seine allmorgendlichen Kyudo-Übungen. Er hatte sich auf das richtige Atmen konzentriert und trat ins taunasse Gras hinaus. Er wollte die acht Stufen beschreiten, schritt an die Vorbereitungslinie, den Bogen in der Linken, in der Rechten zwei Pfeile und verneigte sich zum Ziel hin. Dann ging er die drei Schritte zur Schießposition vor und nahm die Grundhaltung ein. Er setzte die untere Bogenspitze auf sein linkes Knie und führte den Pfeil von vorne gegen den Bogen. Aufrecht stehend bildete er eine Verbindung von Himmel und Erde. Er hatte das Gleichgewicht von Körper und Geist erreicht. Die Kraft schien aus dem Bauch heraus in den ganzen Körper zu fließen, als er beide Arme auseinander bewegte, den Bogen spannte und den Pfeil auf Augenhöhe senkte. Er fixierte die Scheibe über die Wurzel seines linken Zeigefingers, bevor sich das Geschoss wie von selbst löste und ins Ziel flog. Alfred von Boyen blieb stehen, als ob sich der Pfeil noch im Bogen befände und wartete, bis die Resonanz des Schusses in ihm verhallt war. Dann löste er seine Haltung und trat die drei Schritte wieder zurück.

Von seinem Wohnzimmer aus hatte man einen wunderbaren Blick über ein Tal, das nach Fischbach hin abfiel. Wenn der Wind von Nordosten kam, hatte er in den vergangenen Tagen immer wieder das fröhliche Schreien der Kinder auf dem Zeltplatz nahe den Sportanlagen hören können. Das war ihm wesentlich lieber als der Krach des alljährlichen Sandbahnrennens mit Motorrädern oder die laute abendliche Musik, wenn eine Jugendgruppe dort unten zeltete. Das Geschrei von Kindern war das einzige von Menschen und ihren Kreationen geschaffene Geräusch, das ihn wirklich nie störte.

Sein Tagesablauf war von einer großen Regelmäßigkeit bestimmt. Nach den Kyudo-Übungen am Morgen trank er eine Tasse starken Kaffee oder Tee und setzte sich an seine Arbeit im Dachgeschoss des Hauses. Sein Arbeitszimmer wirkte wie der Raum einer Bibliothek, voller Regale, zwischen die sich ein Mensch nur mühsam hindurchzwängen konnte. So hatte er alle seine Schätze und die vielen gesammelten Unterlagen zu den verschiedensten Themen unterbringen können. Sein Schreibtisch war aufgeräumt und wurde von der Tastatur und dem großen Bildschirm eines PCs dominiert. Nachdem er seine Professur und seine Tätigkeit als internationaler Berater an den Nagel gehängt hatte, wollte er von hier aus mit seinen Büchern und Aufsätzen die Welt verändern – oder zumindest seinen kleinen Teil dazu beitragen, dass diese Welt eine bessere würde, allen gegenläufigen Tendenzen zum Trotz. Zurzeit arbeitete er an einem Buch über – na ja, wie sollte er sein Thema genau bezeichnen? Er wollte darüber schreiben, wieso Menschen immer wieder bestimmte Gruppen, Rassen oder Nationalitäten, manchmal auch Glaubensrichtungen zu Sündenböcken machten. Also im Kern ging es um den Sündenbockmechanismus.

Aber wie sollte er das vermitteln? Deshalb musste er sich um die richtige Sprache bemühen. Hinzu kam das Problem, dass viele Menschen selten Bücher lasen. Letztlich konnte er sein Ziel nur über die Medien erreichen, vor allem über das Fernsehen, und da am besten über die Privatsender. Aber wie sollte er es schaffen, dass dies Thema dort aufgenommen wurde? Vielleicht musste er provozieren, beleidigen, skandalisieren? Er war noch bei den Vorarbeiten, dachte aber jeden Tag über die richtige Form des Buches nach und über einen guten Titel.

Vielleicht musste der reißerisch sein, so nach dem Motto »Anleitung zur Zerstörung der Welt – oder wie kann ich möglichst effektiv einen dritten Weltkrieg herbeiführen.« Oder eher so: »Wie ich mich und andere ins Unglück stürzen kann«. Oder: »Wie ich mein Glück auf dem Unglück anderer aufbaue«. Vielleicht sollte er auch sachlich bleiben und formulieren: »Die Sündenböcke – wie wir unsere Probleme auf dem Rücken anderer austragen«. Er war sich noch völlig unsicher. Vor allem zweifelte er immer wieder daran, ob das ganze Projekt überhaupt etwas bringen würde. Er konnte nur tun, was er tun konnte. Er gehörte nicht zu den A-Promis, eher schon zu den Geheimtipps. Mit einem gelungenen Titel allein würde er es nicht in die Schlagzeilen oder die Fernsehshows schaffen.

Für diesen Morgen hatte er sich noch einmal das Buch von Carl Gustav Jung über die Archetypen vorgenommen. Er wollte zunächst die Lehre von den Schatten, den verdrängten negativen Seiten des eigenen Wesens, in eine allgemein verständliche Sprache bringen. Dies würde ein erster wichtiger Arbeitsschritt sein. Gerade als er das Buch aufschlug, hörte er in der Ferne unten im Sauertal die Martinshörner zweier Fahrzeuge, die kurz nacheinander durch Fischbach fuhren.

Ein Weiterer wurde an diesem Morgen durch den Rettungswagen und den Polizeiwagen aufgeschreckt. Er lag noch in seinem Bett und kämpfte mit sich selbst, ob er aufstehen sollte oder nicht. Jean Dallmann gehörte das Hotel am Saarbacher Mühlweiher, wobei ihm die Bezeichnung ‚Hotel' für das, was er bereits daraus gemacht hatte, und vor allem, was er noch daraus machen wollte, völlig unangemessen schien. Im Moment war die Formulierung ‚Spa Residenz am Saarbacher Mühlweiher' sein Favorit für die nächste Werbeaktion, wobei ihm jedoch das Wort ‚Saarbacher Mühlweiher' irgendwie zu profan und platt erschien, aber er konnte den Namen nicht einfach ändern. Vielleicht sollte er es mit ‚Étang du Moulin' versuchen. Das wäre nicht falsch, hätte aber besser zehn Kilometer weiter südlich ins Elsass gepasst. Vielleicht transportierte jedoch bereits der Ausdruck ‚Saarbacher Mühlweiher' für seine Zielgruppe genügend ins Romantische gehende Emotionen. Die Schönen und Reichen aus den großen Städten und ihren Speckgürteln suchten nach exklusiver Ruhe, gutem Essen in gediegener Atmosphäre, Wellness, Massage durch schöne Menschen, damit sie wieder einmal ihren Körper spürten, nach diskreten Bekanntschaften und kleinen Abenteuern, einer Umgebung, in der man sie nicht kannte, aber sofort erkannte, dass sie nicht zu jenen gehörten, denen die Investition in eine neue Waschmaschine oder einen Gebrauchtwagen Kopfzerbrechen bereiten würde.

Jean Dallmann wusste, dass er sich ein hohes Ziel gesetzt und bereits einen Fehler gemacht hatte. Der bestand darin, sich in dieses alte Hotel am Saarbacher Mühlweiher, unweit seiner Heimatstadt Pirmasens, verliebt zu haben. Die Schuhfabrikation hatte seine Familie reich gemacht. Sein Vater schaffte gerade noch rechtzeitig den Absprung und verkaufte die Fabrik, bevor es mit der Schuhindustrie in Deutschland bergab ging, weil die Italiener billiger waren. Heute waren auch die zu teuer und die Schuhe kamen in großen Containern aus der Türkei oder aus Asien. Sein Vater hatte einen guten Preis erzielt, und er und seine Kinder konnten bis jetzt mehr als gut davon leben. Die beiden Geschwister von Jean hatten ihr Geld in Aktienpaketen angelegt. Er selbst jedoch sah sich als Luxushotelier und hatte diese Gegend ausgesucht. Es war ein Fehler, dachte er immer wieder, aber es waren die Wälder und Weiher seiner Kindheit, die mit glücklichen Erinnerungen an schöne Stunden mit der Familie verbunden waren und an den Duft der Bäume und Kräuter und die morgendlichen Nebelschwaden über den Tälern. Seine Geschwister hatten ihn einen Romantiker genannt und aus wirtschaftlicher Perspektive hatten sie recht.

An diesem Morgen plagten ihn solche Gedanken nicht, sondern vielmehr die Rückenschmerzen, die der Stehempfang des gestrigen Abends bei ihm hinterlassen hatte. Den Landrat, die Verbands- und Ortsbürgermeister der Gegend sowie andere Honoratioren hatte er eingeladen, um ihnen seine Pläne vorzustellen. Winzersekt, guter Wein und Pirmasenser Bier waren ausgeschenkt worden, dazu Fingerfood vom Feinsten. Die Küche übertraf sich selbst, seine bebilderte Präsentation und der für teures Geld in Auftrag gegebene Imagefilm für das Felsenland und das Sauertal schlugen wie eine Bombe ein. Die letzten Gäste gingen euphorisiert durch den Alkohol und das Gefühl, im schönsten Teil der Welt zu leben, erst gegen zwei Uhr morgens. Nun wurde Jean Dallmann durch die Martinshörner und das in die Fenster dringende Blaulicht in die schmerzhafte Wirklichkeit geholt. Die beiden Wagen hatten ganz in der Nähe seines Hotels angehalten.

Die meisten Kinder der Gruppe waren auf der Liegewiese angekommen, die ersten hatten auch ihre Rucksäcke aufgerissen und waren dabei, die Papiertüten mit dem

Frühstück herauszuholen. Es waren wieder einmal Mia und Tom, die trödelten. Sie hatten offenbar keinen so großen Hunger wie der Rest der Truppe und wollten sich lieber den Weiher angucken und schauen, ob da wohl Fische drin waren. Die Betreuerin, die den Schluss bildete, war ein paar Schritte vor ihnen und rief, sie sollten nachkommen. Doch Mia und Tom fanden den Weiher interessanter und ließen sich nicht stören. Auf der anderen Straßenseite hatten sie gesehen, dass ein Bach unter der Straße hervorkam, und nun wollten sie schauen, wo er denn auf dieser Seite unter der Fahrbahn verschwand. Sie gingen an den höchsten Punkt des Ufers, denn hier musste es sein. Mia hatte ein paar Eisenteile gesehen, vielleicht war da ein Tunnel. Bei dem Wehr angekommen, nahmen sich die beiden bei der Hand und hofften, auf diese Weise nicht so schnell ins Wasser zu fallen, wenn sie sich vorbeugten, um nachzuschauen, wo denn der Weiher unter der Straße verschwand.

»Guck mal, da hat jemand Kleider ins Wasser geworfen«, sagte Tom ganz zaghaft.

»Frauenkleider, glaube ich«, sagte Mia.

»Frauenkleider?«

»Da sind doch Rüschen an der Bluse. So was hat meine Mama auch.«

»Stimmt«, sagte Tom.

»Aber da ist ein Arm in der Bluse«, sagte Mia.

»Und ein Kopf.«

»Ich glaube, wir rufen besser die Jessica.«

»Du hast recht«, sagte Tom, und beide riefen wie aus einem Mund: »Jeeeesssiiiicaaaa!«

Die Betreuerin kam, schaute nach unten, erschrak und zog die Kinder vom Ufer weg.

»Lauft schnell zur Wiese und hole Beate«, sagte sie mit brüchiger Stimme.

12

Beate war die Leiterin der Freizeit. Als sie die tote Frau im Wasser sah, stieß sie einen lauten Schrei aus. Alle Kinder auf der Wiese schauten überrascht zu den beiden Betreuerinnen. Jessica hielt Beate den Mund zu und zog sie vom Ufer weg. Dann holte sie das Handy aus der Gesäßtasche ihrer Hose und wählte eine kurze Nummer.

Die Betreuerinnen konnten nicht verhindern, dass einige Jungen und Mädchen zum Wehr hinliefen, an dem Jessica und Beate standen. Aber während Beate noch wie versteinert herumstand, versuchte Jessica die Kinder zurück zur Wiese zu drängen. Dann sah sie einen Mann aus dem Untergeschoss des Hotels kommen, und gleichzeitig näherte sich ein anderer aus der Richtung des Campingplatzes am gegenüberliegenden Ufer.

Als die beiden bei Jessica angekommen waren, beugten sie sich wie zwei Pinguine hinunter.

»Ich habe die Polizei schon angerufen«, sagte Jessica.

»Das wird eine Weile dauern, wenn die aus Dahn kommen müssen«, meinte der Mann vom Campingplatz.

»Hoffentlich bekommen unsere Gäste nichts mit«, sagte der Mann aus dem Hotel und ging davon.

Die Gäste des Hotels schienen wirklich nichts mitzubekommen. Aber vom Campingplatz her näherten sich durch den morgendlichen Dunst des Weihers einige Gestalten. Schnell bildete sich eine kleine Gruppe am Wehr. Einer wollte ins Wasser steigen, um die Leiche herauszuholen, aber die anderen hinderten ihn daran. Einigen sah man ihr Entsetzen am Gesicht an. Andere schauten äußerst interessiert und durchaus ein wenig erfreut. Den Tod kannten sie alle nur aus dem Fernsehen. Jetzt erlebten sie ihn wirklich. Ein Urlaub mit einem Leichenfund! Sie würden etwas zu erzählen haben. Man beugte sich hinunter, um das Gesicht zu erkennen. Vielleicht kannte man sie ja. Vielleicht war sie eine vom Campingplatz. Nein, das konnte nicht sein. Da trug man keine Rüschenblusen. Einer machte Fotos mit seinem Handy, ein anderer rannte los, um auf dem Platz Bescheid zu sagen und seine Kamera zu holen. Vielleicht würde er die Bilder an die Presse oder ans Fernsehen verkaufen können. Es wurde langsam laut am Wehr des Sägmühlweihers, aber die Gäste im Hotel erwachten erst, als der Rettungswagen und die Polizei sich lautstark näherten.

2

Es gab Zeiten, da hatte Pirmasens die höchste Dichte an Automobilen der Marke Jaguar in ganz Deutschland. Das lag nicht daran, dass sich vor den Toren der Stadt einer der wenigen Jaguarhändler angesiedelt hatte. Vielmehr war das die Folge der eigentlichen Ursache gewesen, nämlich der zahlungskräftigen Kundschaft in dieser Stadt, der es wichtig war, ihren Reichtum sichtbar zur Schau zu stellen.

Man hätte auch Mercedes oder BMW fahren können – diese Marken waren selbstverständlich auch mit Autohäusern vertreten –, aber diese beiden Hersteller hatten keine Modelle mit Zwölfzylindermotoren im Angebot. Wenn man jedoch schon so richtig Geld hatte, dann sollte es nur das Beste vom Besten sein, auf jeden Fall sollte der Motor einer der größten auf dem Markt sein. Nur mit einem Jaguar konnte man einen Mercedes oder einen BMW übertreffen, wenn auch nicht unbedingt in der Qualität und Bequemlichkeit, so doch aber im Design und eben in der Anzahl der Zylinder.

Das Gesetz des Stärkeren, das die Menschheit mit ihren tierischen Verwandten teilt, hatte sie lediglich etwas verfeinert und je nach Kulturstufe mehr ins Symbolische erhoben. Was dem Gorilla sein Silberrücken und dem

Hirsch sein Geweih, das war dem Menschen seine Krone, sein großes Auto, sein Haus, seine Schar Leibwächter oder seine Jacht. Nur im Bereich des Bodybuildings hatten sich die archaischen Ausdrucksformen in Reinform erhalten.

Klaus Scheller lebte und arbeitete in Pirmasens, aber er konnte weder ein großes Auto noch eindrucksvolle Muskeln vorweisen. Allerdings hatte er eine Schusswaffe, qua Amt sozusagen, und deren Wirkung versuchte er immer wieder beim weiblichen Geschlecht einzusetzen – wie andere ihren Wagen oder ihre Muskeln. Klaus Scheller lebte das Leben eines männlichen Singles, der durch seine Hormone getrieben den heutzutage völlig hoffnungslosen Versuch unternahm, seine Gene möglichst weit zu streuen und sie in Gestalt seiner Spermien an viele Nachkommen weiterzugeben. Dass dies in der Regel an Barrieren aus Latex scheiterte oder auf andere Weise an einer Menschwerdung gehindert wurde, wusste sein Großhirn. Sein Kleinhirn jedoch trieb ihn weiter von Frau zu Frau als einen hoffnungsfrohen, aber nie erfolgreichen Sklaven des männlichen Fortpflanzungstriebes.

Für Bernd Peters, seinen direkten Vorgesetzten, war dieser Lebensstil lange Zeit die Ursache für grundsätzlichen Argwohn gegenüber der Leistungsfähigkeit von Schellers Großhirn gewesen. Er erkannte im Laufe der Zusammenarbeit, dass ein solches Misstrauen nicht angebracht war, er jedoch immer wieder einmal mit Eskapaden im Bereich ungezügelter Kreatürlichkeit rechnen musste. Die waren ihm solange egal, wie sie nicht die Arbeit störten. Bernd Peters war auf einem Lehrgang und würde erst in zwei Tagen zurückkehren. Bis dahin musste sich Scheller alleine um die junge Frau kümmern, die ihm lebend deutlich lieber gewesen wäre als tot.

Als er am Fundort der Leiche angekommen war, hatten die Kollegen den Bereich schon abgesperrt. Bis zum

Abend musste der Verkehr von und nach Ludwigswinkel über Fischbach umgeleitet werden, was dafür sorgte, dass am Ende des Tages alle in der Gegend darüber Bescheid wussten, was man da im Saarbacher Mühlweiher gefunden hatte.

Als Erstes wollte er herausfinden, wer diese junge Frau war. Dass sie nicht vom Campingplatz war, hatte man ihm schon zugerufen, als er über die Absperrung getreten war.

»Das ist keine von uns«, rief ihm ein Camper in kurzen Hosen und zu kurzem T-Shirt, unter dem das Ergebnis vieler schöner Grillabende hervorquoll, zu.

»Mit so etwas laufen wir hier nicht herum«, ergänzte eine Frau im knappen Bikini, der kaum das halten konnte, was er verbergen sollte.

»Da müssen Sie wohl drüben im Hotel suchen«, sagte ein Muskelshirt, was Scheller unmittelbar plausibel erschien. Er schickte einen der beiden Polizisten hinüber, um jemanden herzuholen, der die junge Frau möglicherweise kannte.

Der gut aussehende Mann mittleren Alters mit den leicht affektierten Gesten und der kleinen, nach oben gehaltenen Nase hatte dem Beamten bedeutet, dass er im Moment an der Rezeption unabkömmlich sei. Er schickte ein junges Mädchen von vielleicht siebzehn Jahren, das erst vor wenigen Monaten seine Lehre begonnen hatte, nach draußen. Sie steckte mit einer nicht zu übersehenden Schüchternheit und Unsicherheit in einer deutlich zu großen Livree und ging einige Schritte hinter dem Polizeibeamten auf die im Gras liegende Leiche zu.

In diesem Falle waren Schellers Gefühle gegenüber der jungen Frau eher väterlicher Art, was auf einen sich abzeichnenden Reifungsprozess seines Charakters hindeutete. Er nahm sie vorsichtig beim Arm und führte sie so weit an den Leichnam heran, dass sie das Gesicht erkennen konnte.

»Kennen Sie die Frau?«, fragte er leise.

Das Mädchen zitterte ein wenig, was sicher nichts mit der morgendlich Kühle zu tun hatte, und machte nur kleine Schritte. Scheller drehte sie so, dass sie nicht vom Kopfende auf die Tote schauen musste.

»Es ist eines der Zimmermädchen«, sagte die junge Frau nahezu unhörbar.

»Wissen Sie, wie sie heißt?«, fragte Scheller bedächtig.

»Ludmilla.«

»Und weiter?«

»Wir nennen sie immer nur Ludmilla.«

»Wer könnte mir mehr sagen?«

»Der Empfangschef oder die Hausdame. Die ist aber noch nicht da.«

»Sonst noch jemand?«

»Herr Dallmann, unser Chef.« Sie drehte sich um und wischte sich die Tränen aus dem Gesicht. »Sie durfte oft auch bei Empfängen helfen. Weil sie so schön ist.«

»Wo ist der Chef?«

Sie zeigte zitternd mit dem Arm auf das Hotel. »Er wohnt da oben.«

Die Beine der jungen Frau begannen zu wanken und Scheller wäre über eine weibliche Kollegin froh gewesen. Aber die Polizisten aus Dahn waren zwei Männer. Zum Glück war einer der beiden Rettungssanitäter eine Frau. Er führte das Mädchen zu ihr und bat sie, sich um es zu kümmern.

Normalerweise waren junge Frauen für Scheller eher Gegenstände seiner Begierde als seiner Fürsorge, aber in diesem Fall fühlte er deutlichen Zorn in sich aufsteigen. Wie hatte man vonseiten des Hotels eine Auszubildende schicken können, um eine Leiche zu identifizieren?! Er bat die Polizisten, weiterhin die Stellung zu halten, bis der Arzt und die Spurensicherung gekommen seien, und machte sich zum Hotel auf.

Er wählte nicht den Weg über die Liegewiese, sondern ging zur offiziellen Zufahrt, um einen Eindruck davon zu bekommen, welche Anmutung der Gast haben sollte, wenn er sich näherte. Die Straße nach Ludwigswinkel, von der die Einfahrt abzweigte, war eine Kreisstraße einfacher Ordnung, intakt, aber nicht besonders breit. Sobald man jedoch die Zufahrt zum Hotel betrat, hatte man den Eindruck, in eine andere Welt versetzt zu sein. Man glaubte, auf ein Luxushotel in der Toskana zuzugehen. Die Auffahrt war zweispurig und rötlich gepflastert. Rechts und links standen schlanke, zypressenähnliche Nadelbäume, in der Mitte Kübel mit üppig blühenden Hibiskuspflanzen in Rot- und Gelbtönen. Vor dem Hotel, das in zarten, zwischen Rot, Gelb und Ocker spielenden Tönen gehalten war, weitete sich die Einfahrt zu einem großen Platz, dessen Pflaster einen Kreis andeutete. Am Hauptgebäude angebaut verband ein Torbogen dieses mit einem Nebengebäude, dessen Zweck nicht sofort ersichtlich war. Vermutlich verschwanden dahinter die Wagen der Gäste. Das ausladende Vordach wurde von zwei Säulen getragen, deren Längsrillen vergoldet schienen. Neben den Pfeilern wachten zwei steinerne Löwen, die ein Relikt aus der bayrischen Zeit der Pfalz sein mochten, es vermutlich jedoch nicht waren. Vor der modernen Automatiktür stand einer dieser aus Messing gefertigten Gepäckwagen. Wenn man mit dem Auto vorführe, würde man einen livrierten Portier erwarten. Scheller pfiff durch die Zähne und stellte sich gleichzeitig die Frage nach dem Unterschied zwischen Sein und Schein. Er würde noch genügend Zeit haben, dem nachzugehen.

Der Haupthalle des Hotels sah man an, dass sich hier die Architekten und Raumgestalter hatten austoben können. Die Lichter waren in die Deckenverkleidung oder die Wände integriert, der dunkelblaue Teppichboden mit gelben Sternen durchsetzt. Ein Springbrunnen und eine üppige Pflanzendekoration verströmten eine Atmosphäre der Frische und Geborgenheit. Moderne helle Sessel, eine Couchlandschaft, die nie benutzt wurde, eine kleine Bar mit Wasser, Säften und Früchten, eine große Fensterfront mit Blick auf den Weiher, der überwältigend gewesen wäre, hätte man die Wohnwagen am anderen Ufer ausblenden können. Damit war eine Antwort schon gegeben: Spätestens am anderen Ufer ging der Schein in ein unspektakuläres Sein über. Blieb man aber mit den Augen in der Halle, so weckten Hinweisschilder auf den Spa-Bereich, den Pool, die Sauna und das Restaurant innere Bilder von schönen Urlaubstagen. Als die exotischen Düfte aus jener Ecke, in der der Spa-Bereich liegen sollte, an Schellers Nase drangen und er die angenehm leise Musik vernahm, fühlte er sich in einer anderen Welt als draußen in der Kühle des morgendlichen Pfälzerwaldes.

An der Rezeption war nichts los. Zum Auschecken war es zu früh. Die Gäste, die schon aufgestanden waren, nahmen gerade ihr Frühstück zu sich oder – falls es ihnen gelungen war, den inneren Schweinehund zu überwinden – schwammen ein paar Runden im Pool. Jetzt kam für Scheller Punkt zwei des Hoteltests an die Reihe: das Personal an der Rezeption. Der gut aussehende Mann mittleren Alters hinter dem Schalter hatte Scheller bereits erblickt. Er ging auf ihn zu, zeigte ihm seinen Ausweis und meldete sich mit »Scheller, Kripo Pirmasens« an. Der Mann zog die Augenbrauen hoch und richtete die Nasenspitze in Richtung Decke.

»Was kann ich für Sie tun?«, fragte er, und Scheller meinte, ein leichtes Näseln zu hören, fragte sich jedoch, ob dieser Eindruck daher käme, dass seiner Erwartung nach ein Mann mit einem solchen Auftreten einfach näseln müsste.

»Wir haben draußen am Wehr des Weihers eine Leiche gefunden und Ihre Kollegin hat sie freundlicherweise als Ihr Zimmermädchen Ludmilla identifiziert. Ich brauche nun noch ein paar mehr Angaben.«

»Meine Kollegin? Sie meinen unsere Auszubildende.«

»Ja, offensichtlich hat den anderen Mitarbeitern der Rezeption der Mut gefehlt, diese Aufgabe zu übernehmen.« Der Mann hinter dem Schalter drehte irritiert den Kopf zur Seite. Scheller fuhr fort: »Sie ist jetzt in der Obhut einer Sanitäterin und wird für die nächsten Stunden ausfallen.«

»Ach je«, sagte der hinter dem Schalter.

»Ein gestandener Mann wie Sie hätte das sicher besser verkraftet«, lächelte Scheller ihn an.

Wieder drehte der Rezeptionist seinen Kopf zur Seite.

»Ich brauche den Nachnamen von Ludmilla und jemanden, der mir Auskunft geben kann.«

»Ludmilla Herzegowina, aber wir sagen alle nur Ludmilla zu ihr.«

»Sie ist aber keine Schwester von…?« Scheller suchte nach dem Vornamen des berühmten Models.

»Sie meinen wohl Eva Herzigova«, näselte der Mann, und jetzt war sich Scheller sicher, dass er näselte.

»Ach richtig, die heißt Herzigova. Na ja, aber zum Model hätte es bei Ihrer Ludmilla auch gereicht.«

»Ja, sie ist sehr schön«, sagte der Mann und verbesserte sich: »Sie war sehr schön.«

»Wer kann mir nähere Auskünfte über sie geben?«, fragte Scheller.

»Die Hausdame, die für die Zimmermädchen zuständig ist. Aber die ist noch nicht da.« Der Mann schaute auf seine Uhr. »Sie wird erst in einer Stunde kommen.«

»Wann haben Sie Ludmilla zum letzten Mal gesehen?«

»Ich achte nicht auf die Zimmermädchen.«

»Aber ich nehme an, Sie haben sie schon einmal gesehen, sonst wüssten Sie nicht, dass sie schön ist.«

Wiederum drehte der Mann für kurze Zeit seinen Kopf zur Seite.

»Also, wann haben Sie sie zuletzt gesehen?«

»Gestern Abend bei der Übergabe an den Nachtportier. Wir hatten einen Empfang. Da durfte Ludmilla beim Servieren helfen.« Der Gesichtsausdruck des Mannes spiegelte deutlich, dass er diesen Personaleinsatz für einen Fauxpas hielt. »Herr Dallmann war wohl der Meinung, dass sie sich bei solchen Gelegenheiten gut machte. Wegen ihres Aussehens selbstverständlich nur.«

»Dann würde ich gerne als Erstes mit Herrn Dallmann sprechen«, sagte Scheller.

»Ich werde schauen, ob Herr Dallmann abkömmlich ist. Wie gesagt, wir hatten gestern Abend einen Empfang. So etwas zieht sich oft bis spät in die Nacht hinein.«

»Nun, ich denke, in diesem Hotel schläft niemand mehr. Wir haben versucht, mit unseren Martinshörnern alle Menschen um den Weiher herum aus Morpheus Armen zu befreien«, grinste Scheller.

»Ich befürchte, das ist Ihnen gelungen. Bitte nehmen Sie doch da vorne in unserer Lounge Platz. Ich werde nach Herrn Dallmann suchen lassen. Selbstverständlich können Sie sich bei den Getränken bedienen.«

Der Mann hinter dem Schalter griff zum Telefon, und Scheller ließ sich in einem der modernen Sessel nieder, die, wie er feststellte, nicht nur gut aussahen, sondern auch einen überraschenden Sitzkomfort boten.

Der Mann an der Rezeption hatte Schellers Test nicht bestanden. Hier war eindeutig mehr Schein als Sein. Arroganz ist ein Zeichen von Unsicherheit. Wer diesen Mann eingestellt hatte, war dem alten Irrtum verfallen, Arroganz mit Anspruch zu verwechseln, und zugleich dem zweiten, dass mit derart distanziert wirkenden Mitarbeitern an der Rezeption das Niveau eines Hotels steige. Das war eine überholte Ansicht, wenn sie jemals gestimmt haben sollte. Man lebte nicht mehr im neunzehnten Jahrhundert, sondern bereits im einundzwanzigsten.

Scheller hielt es trotz allen Komforts nicht in dem Sessel und er stand auf, um sich die Halle genauer anzuschauen. Die Skulpturen aus Holz waren ihm auf den ersten Blick nicht aufgefallen. Er schaute sie sich näher an. Ein kleines Schild verriet, dass sie aus einer Werkstatt in Petersbächel stammten. Den Namen, der unter den drei abstrakten Bildern stand, die er danach entdeckte, konnte er nicht lesen. Sie sprachen ihn durchaus an, soweit man das bei abstrakten Gemälden sagen kann. Ein Mann und eine Frau in weißen Bademänteln kamen aus Richtung Pool, und Scheller fragte sich, ob das Vater und Tochter wären oder ein Paar. Als die Frau dem Mann einen leichten Kuss auf den Mund gab und dann zur Rezeption eilte, war diese Frage beantwortet. Ob so ein Altersunterschied sein musste? Er trieb sich ja auch nicht mit Teenagern herum. Obwohl, in zwanzig Jahren – und der Mann war deutlich mehr als zwanzig Jahre älter als Scheller, da war er sich ganz sicher – in zwanzig Jahren würde er sich vielleicht über die Begleitung einer wesentlich jüngeren Frau freuen. Er hoffte, dann noch so volle, wenn auch graue Haare zu haben wie dieser Typ. Wenn er in dem Alter auch noch dessen Figur haben wollte, müsste er endlich mit regelmäßigem Sport beginnen. Bei seinem Gehalt würde er sich jedoch selbst in zwanzig Jahren nicht ein solches Hotel leisten können. Da musste er schon Polizeipräsident werden. Oder vielleicht sollte er in die Politik gehen? So ein Landtagsmandat wurde nicht schlecht vergütet.

Er wurde aus diesen Gedanken gerissen, weil man seinen Namen rief. Eine Mitarbeiterin der Rezeption, die er vorhin im Backoffice gesehen hatte, ging auf ihn zu.

»Herr Dallmann bittet Sie, zu ihm in den Frühstücks-raum zu kommen, wenn es Ihnen recht ist.«

Er folgte ihr zu einem durch einen Paravent abge-schirmten Tisch im gut gefüllten Speisesaal. Auf dem Weg dorthin konnte er einen kurzen Blick auf das Buffet werfen und kam zu dem Urteil, dass sich bezüglich des Frühstücksangebotes Schein und Sein die Waage hielten.

Jean Dallmann war ungefähr in seinem Alter, also eher noch ein junger Mann. Die Jeans saß perfekt, das weiße Hemd mit den aufgekrempelten Ärmeln und den zwei ge-öffneten obersten Knöpfen spannte jedoch ein wenig über dem Bauch. Kein Goldkettchen, keine protzige Uhr, der Mann hatte Stil oder einen guten Berater – oder Berate-rin.

»Ich würde mich freuen, wenn wir unser Gespräch hier führen könnten«, sagte Dallmann mit einem durchaus charmanten Lächeln. »Und falls Sie noch nicht gefrüh-stückt haben, lade ich Sie gerne ein.«

Scheller zögerte nicht, das Angebot anzunehmen, denn tatsächlich hatte die Einsatzzentrale ihn aus dem Bett ge-klingelt, in dem er die Nacht zwar alleine verbracht hatte, die aber doch kurz gewesen war.

»Was wünschen Sie? Wir werden es Ihnen bringen. Deftig? Englisch? Fitness?«

»Eher französisch – viel starken Kaffee, Croissant, Brötchen, Marmelade, Honig.«

»Kein Problem!« Er wandte sich an eine der jungen Frauen, die von Tisch zu Tisch schwirrten, Kaffee brach-ten und Teller abräumten. »Ich habe gehört, dass Sie Lud-milla gefunden haben«, begann Dallmann das Gespräch. »Tot. Das ist schrecklich!«

Seinem Appetit schien dieser Schrecken aber keinen Abbruch zu tun. Er schaufelte eine große Portion Rührei mit Garnelen in sich hinein.

»Ludmilla Herzegowina. Woher stammt sie?«, fragte Scheller.

»Nicht aus Bosnien, auch nicht aus der Herzegowina. Sie stammt aus Weißrussland. Aber fragen Sie mich nicht, wie sie zu diesem Namen gekommen ist.«

»Das ist ihr wirklicher Name gewesen? Er klingt wie ein Künstlername,« fragte Scheller.

»Er stand in ihren Papieren. Ich habe sie selbst gesehen. Vielleicht müssen Sie an Eva Herzigova denken. Ging mir am Anfang auch so.«

Eine der Servicemitarbeiterinnen brachte das Frühstück für Scheller. Nicht nur der Kaffee duftete verlockend. Alles war zudem äußerst geschmackvoll angerichtet. Drei Marmeladen in kleinen Glasschälchen, der Honig in einem essbaren Förmchen, das Croissant und die beiden Brötchen in einem Weidenkörbchen. Man sah ihnen an, dass es sich nicht um Tiefkühlware handelte. Die Butter auf einem kleinen Tellerchen und dann noch ein Schälchen mit Früchten.

Dallmann zeigte auf das Brotkörbchen. »Ich habe extra einen französischen Bäcker engagiert, damit die Croissants wirklich gut sind. Sie sollten mal sein Baguette probieren! Alles ist regionale Ware. Produkte der Westpfalz. Auch der Kaffee ist von einer lokalen Rösterei. Wir legen Wert auf Qualität und kurze Lieferwege. Nur auf diese Weise kann man sich von der Konkurrenz abheben und sich so etwas wie ein Alleinstellungsmerkmal erarbeiten.«

Scheller nahm einen Schluck von dem Kaffee. Er war wirklich gut. Dann wandte er sich an sein Gegenüber: »Sie hat hier als Zimmermädchen gearbeitet und gelegentlich bei Empfängen geholfen, wurde mir gesagt.«

»Ja, sie ist eine ausgesprochen hübsche Person. Sie hat sich da wirklich gut gemacht. Mit dem Deutschen hat es noch nicht perfekt geklappt, aber dieser Akzent und das gebrochene Deutsch, das hatte schon was.«

»Haben Sie sie näher gekannt?«

Jean Dallmann legte seine Gabel beiseite und schaute Scheller in die Augen. »Dass hier gar keine Missverständnisse aufkommen. Meine Mitarbeiterinnen sind für mich tabu. Das galt auch für Ludmilla.«

»Ich glaube, das Missverständnis liegt auf Ihrer Seite«, gab Scheller nicht ganz ohne Schärfe zurück. »Ich dachte da eher an Familienverhältnisse, Freunde, Freizeitverhalten, Verhältnis zu den Kolleginnen und so weiter.«

»Nein, da weiß ich nichts. Da müssen Sie die Hausdame fragen und ihre Kolleginnen. Aber bitte diskret. Bringen Sie mir keine Unruhe ins Haus! Die Gäste wollen sich hier erholen. Ich bin dabei, dieses Hotel aufzubauen und auf dem Markt zu platzieren. Das ist schwer genug.«

Scheller verteilte sorgfältig etwas Butter auf die Hälfte seines Croissant und strich ein wenig von der Blaubeermarmelade darüber.

»Seit wann gehört Ihnen das Hotel?«

»Seit zwei Jahren und ich beabsichtige, es zu einem der führenden Wellness-Hotels zu machen.«

»Das dürfte nicht leicht werden, bei dieser Lage«, sagte Scheller leise schmatzend.

»Wenn es leicht wäre, hätte ich mir dieses Projekt nicht vorgenommen. Leichtes ist etwas für die anderen. Ich suche die Herausforderung.« Dallmann hielt kurz inne. »Und ich möchte etwas für meine Heimat machen, für diese Gegend, die ich so liebe.«

»Ein solches Maß an Irrationalität hätte ich bei einem Geschäftsmann wie Ihnen nicht erwartet«, lächelte Scheller, biss in das Croissant und stellte fest, dass es wirklich von außerordentlicher Qualität war.

»Nicht Irrationalität, Leidenschaft würde ich sagen. Und Leidenschaft gehört zu jeder unternehmerischen Tätigkeit, wenn sie erfolgreich sein will.«

Dallmanns distanzierte Reaktion auf den Tod einer seiner Mitarbeiterinnen hatte Scheller diesen Mann unsympathisch finden lassen, kalt und berechnend. Dieses Bekenntnis zu seiner Heimat und zu seiner Leidenschaft empfand er als einen sympathischen Zug. Er glaubte ihm.

»Dann wünsche ich Ihnen dazu wirklich Erfolg«, sagte er. »Ich muss aber noch einmal auf Ludmilla zurückkommen. Woher beziehen Sie Ihr Personal?«

Dallmann wischte sich mit der Stoffserviette sorgfältig den Mund ab. »Das kommt darauf an, für welchen Bereich. Die Leitungskräfte habe ich selbst ausgesucht. Eigentlich abgeworben bei anderen Hotels. Wirklich gute Fachkräfte sind rar in der Hotellerie, und sie werden auch nicht nach Tarif bezahlt. Also muss man ein höheres Gehalt bieten und eine Erfolgsbeteiligung. Und trotzdem ist es schwer, jemanden zum Beispiel aus dem Main-Taunus Kreis für die Westpfalz zu gewinnen. Da muss man zumindest am Anfang auch noch Kompromisse eingehen.«

»Das erklärt die Wahl Ihres Chefs der Rezeption«, sagte Scheller voreilig.

»Wie bitte?«, fragte Dallmann leicht verwirrt.

»Nichts von Bedeutung«, wiegelte Scheller ab. »Wo kommt das andere Personal her?«

»Über Internetbörsen, vom Arbeitsamt, von Agenturen. Da gibt es einige Möglichkeiten.« Dallmann nippte an seinem Kaffee.

»Und Ludmilla?«, fragte Scheller, nachdem er noch einmal genüsslich in sein Croissant gebissen hatte.

»Das müssen Sie die Hausdame fragen«, antwortete Dallmann ungeduldig. »Wenn Sie jetzt keine Fragen mehr haben, würde ich gerne an meine Arbeit gehen.«

»Kein Problem«, sagte Scheller und reichte ihm seine Visitenkarte. »Falls Sie mich erreichen wollen.«

Dallmann streckte ihm die Hand hin und verschwand durch den Ausgang zur Küche.

Als Scheller wieder in die Halle kam, fiel sein Blick auf den Mann, der gerade das Hotel betrat. Er war Anfang sechzig, hochgewachsen und schlank, mit einem langen Kopf und einer aristokratischen Physiognomie, etwas zu vollen Lippen, einem ausgeprägten Kinn, die schwarzen Haare von grauen Strähnen durchzogen, auf der linken Seite gescheitelt, mit langen schlanken Fingern an schmalen Händen. Einen solchen Mann würde man eher in Hamburg oder Bremen vermuten, repräsentierte er doch den klassischen Typ des Hanseaten.

Scheller trat auf ihn zu. »Herr von Boyen, schön, Sie wieder einmal zu sehen. Was macht der Flitzbogen?«

»Ach, Herr Scheller, Sie hier? Und wie immer mit einer kleinen Prise Respektlosigkeit.«

»Respektlosigkeit?«, lächelte Scheller.

»Einen Kyudo-Bogen einen Flitzbogen zu nennen, entbehrt durchaus nicht einer gewissen Respektlosigkeit«, antwortete von Boyen mit seiner tiefen, warmen Stimme. »Aber ich verzeihe es Ihnen, wenn Sie mir sagen, was Sie hierher getrieben hat.«

»Die Dienstpflicht. Wir haben vor gut einer Stunde eine tote Frau aus dem Weiher gezogen. Sie hat hier gearbeitet und nun stelle ich meine ersten Nachforschungen an.«

»Ach deshalb die Martinshörner vorhin«, sagte von Boyen und runzelte die Stirn. »Ich habe hier eine Verabredung und bin schon ein bisschen spät dran. Aber falls Sie meine Hilfe brauchen, Sie wissen, wie Sie mich erreichen können.«

»Vielen Dank – und ein erfolgreiches Meeting!«, sagte Scheller und freute sich, den sympathischen Einsiedler wieder einmal getroffen zu haben.

Eigentlich hatte Barbara Fouquet sich an diesem Vormittag um die Verwaltung ihrer Kirchengemeinden kümmern wollen und die lange ausstehende Fahrt zum Verwaltungsamt nach Pirmasens geplant. Sie war jedoch Mitglied des Notfallseelsorgeteams, und so erreichte sie gerade, als sie ihre Tasche packte, der Anruf des Kollegen aus Thaleischweiher.

»Hallo Barbara. Ich habe die Bereitschaft für die Notfallseelsorge. Nun ist da ein Anruf der Einsatzzentrale angekommen. In Ludwigswinkel haben die Sanitäter einen Seelsorger angefordert. Das ist doch in deinem Bezirk. Könntest du das übernehmen? Ich hätte fast eine Stunde Anfahrt.«

Barbara Fouquet lebte und arbeitete nach dem alten Pfarrergrundsatz, Notfall und Seelsorge gehen vor Verwaltung, und so übernahm sie den Einsatz.

»In Ludwigswinkel, genauer gesagt am Saarbacher Mühlweiher. Näheres werden dir die Sanitäter sagen.«

Also setzte sie sich in ihren altersschwachen, aber von ihr persönlich bestens gepflegten Golf und dieselte über Fischbach zum Saarbacher Mühlweiher. Sie parkte beim alten Sägewerk, streifte sich ihre blaurote Notfallseelsorgejacke über und ging über die Straße zum Sanitätswagen.

In solchen Situationen war sie nicht mehr unsicher. Polizeiwagen, Sanitäter, Absperrungen gehörten zu einem Notfallseelsorgeeinsatz fast immer dazu. Dies hier schien kein Großeinsatz zu sein wie im vergangenen Jahr, als sie an die Bahnlinie nach Hinterweidenthal gerufen worden war – zusammen mit dem gesamten Notfallseelsorgeteam. Zwei Kinder waren von einem Zug überfahren worden. Ob es Unachtsamkeit war oder eine Mutprobe, die schlimm ausgegangen war, wurde niemals festgestellt. Feuerwehr und Sanitäter mussten die Leichenteile von den Gleisen bergen. Die Zugführerin war starr vor Schreck, der Zugbegleiter lag in einem Sanitätswagen und bekam eine Infusion gegen die körperlichen Folgen seines Schocks. Einige Fahrgäste waren in ihrer Neugier ausgestiegen und mussten nun ebenfalls betreut werden. Die schlimmsten Minuten waren allerdings die, als sie zusammen mit einer Polizistin den Eltern eines der beiden Jungen die Nachricht vom Tod ihres Kindes überbringen musste. Mithilfe einiger Anwohner hatte man die Toten identifizieren können, die Leichenteile sorgfältig überdeckt, sodass nur die Köpfe frei waren. Sie waren mit neun Pfarrerinnen und Pfarrern und drei ehrenamtlichen Notfallseelsorgerinnen zehn Stunden im Einsatz gewesen, bis die Unfallstelle geräumt worden war und man einen anderen Zugführer herbei geholt hatte. Der fuhr den Zug in den Bahnhof Rodalben. Die Fahrgäste brachte man mit Bussen nach Pirmasens. Dieser Nachmittag und diese Nacht waren für sie bisher das Schlimmste, was sie hatte durchmachen müssen, und es hatte Monate gedauert, bis die Bilder von der Unfallstelle nicht mehr täglich in ihrem Kopf erschienen.

Die Sanitäter am Saarbacher Mühlweiher kannte sie, und so war schnell erklärt, worum es ging. Sie setzte sich zu der blassen jungen Frau von der Rezeption, hielt die Hand und hörte ihr zu. Als sie das Gefühl hatte, dass sie sie für ein paar Minuten alleine lassen könnte, ging sie hinaus zu den Polizisten, um sich zu informieren. Ludmillas Leiche war abgedeckt, überall liefen Menschen herum, die das Gelände untersuchten. Einen der beiden Polizisten kannte sie, denn er hatte in ihren Gottesdiensten schon manches Mal die Orgel gespielt. Das war seine Weise, sich einen Ausgleich für seinen nervenaufreibenden Job zu verschaffen.

Gerade als sie wieder zum Sanitätswagen gehen wollte, sah sie Klaus Scheller auf sich zukommen. Er grinste sie breit an und sagte: »Schön, Sie zu sehen, Frau Pfarrerin. Aber ich muss sagen, zu Ihren rotblonden Haaren passt diese Jacke nicht. Da wäre ein helles Blau wirkungsvoller oder aber eben das Schwarz Ihres Talars.«

»Klaus Scheller in seiner besten Form. Auch in den ernstesten Situationen fällt ihm ein Kompliment ein.«

»Ja, Gentleman durch und durch.«

»Ich würde eher sagen: Dieser Jäger ist immer auf der Jagd.«

»Sie wissen doch, Sie sind für mich tabu.«

»Da habe ich ausgesprochenes Glück«, gab Barbara Fouquet zurück und lächelte ihr schönstes Lächeln.

»Ja, leider. Aber eines verbindet uns beide doch. Wir leiden unter Entzugserscheinungen.«

Barbara Fouquet schaute ihn erstaunt an.

»Ich sehne mich nach meinem Chef, und Sie sehnen sich auch nach meinem Chef.«

»Ja, wir können beide unsere nächste Einsatzbesprechung mit ihm nicht erwarten.«

»1 : 0 für Sie!«, lachte Scheller.

»Was ist hier passiert?«, wollte Fouquet wissen.

»Wir wissen es noch nicht genau. Die Kinder haben die Leiche der jungen Frau hier am Wehr gefunden. Vielleicht war es ein nächtlicher Badeunfall, nicht sehr wahrscheinlich bei der Kleidung. Oder es war ein Gewaltverbrechen. Wir fangen gerade an.« Scheller schaute nachdenklich zurück. »Waren Sie schon einmal da drüben in dem Hotel? Durchaus sehenswert.«

»Ja, gestern Abend, da hat der neue Chef einen Empfang für Vertreter der Politik und des öffentlichen Lebens gegeben, um seine Pläne vorzustellen. Ich bin aber nicht allzu lange geblieben.«

»Na wunderbar, dann sind Sie ja eine Zeugin. Würden Sie sich bitte die junge Frau unter dem Tuch anschauen und mir sagen, ob Sie sie gestern Abend dort gesehen haben?«

An den Anblick toter Menschen war Barbara Fouquet gewöhnt. Sie hatte schon manche aus ihrer Gemeinde beim Sterben begleitet und vor den Beerdigungen an offenen Särgen gestanden. Sie erinnerte sich an die übel zugerichtete Leiche des Pierre Haeberlin, den sie nach einem Gottesdienst zusammen mit ihrem Kirchendiener in den Hortensien vor der Kirche gefunden hatte.

Scheller führte sie zu der Leiche von Ludmilla Herzegowina und deckte vorsichtig das Gesicht auf.

»Eine hübsche Frau«, sagte er.

»Ja, eine sehr schöne junge Frau«, meinte Barbara Fouquet nachdenklich. »Sie war gestern Abend bei dem Empfang und hat mit einem strahlenden Lächeln Getränke serviert – und die Aufmerksamkeit der Männer auf sich gezogen.«

»Können Sie mir noch mehr über sie sagen?«

»Nein, ich habe mich mit allen möglichen Leuten unterhalten und bin schon kurz nach zehn Uhr gegangen, denn ich gehöre zur arbeitenden Bevölkerung und außerdem zu dem Teil, der seinen regelmäßigen Schlaf braucht.«

»Da waren Sie also nicht die Letzte, die gegangen ist?«

»Bei Weitem nicht! Ich würde schätzen, dass noch über die Hälfte der Gäste da war, als ich ging.«

»Oh je, dann werde ich noch viele zu befragen haben. Ich muss herausbekommen, ab wann sie nicht mehr gesehen wurde.«

»Dann fangen Sie am besten bei unserem Schönbacher Ortsbürgermeister an. Der ist für seine Trinkfestigkeit und Ausdauer bekannt. Er wird zu den Letzten gehört haben.«

»Die nicht wenig alkoholisiert mit dem Auto nach Hause gefahren sind, vermute ich«, sagte Klaus Scheller in einem ungewohnt ernsten Ton.

»Vermute ich auch. Er sagt immer, sein alter Benz würde den Weg nach Hause allein finden – wie einst die Pferde«, meinte Barbara Fouquet und schüttelte ein wenig den Kopf.

»Hoffentlich wissen das die anderen Verkehrsteilnehmer auch.«

»Ich denke, in der Nacht sind seine gefährlichsten Gegner die Wildschweine und die Straßengräben«, lachte Fouquet.

Sie wollte sich gerade wieder umwenden und zum Sanitätswagen zurückgehen, als Scheller sagte: »Ach übrigens, ich habe gerade drüben im Hotel Ihren Kirchendiener gesehen, den Herrn – wie heißt er noch? – von Boyen oder so?«

»Präzise, so heißt er. Na gut, dann werde ich ihn vielleicht gleich noch treffen.« Barbara Fouquet kümmerte sich wieder um ihren Schützling. Die Sanitäter waren der Meinung, sie wäre jetzt stabil, und so bot Fouquet ihr an, sie zurück zum Hotel zu begleiten, was die junge Frau gerne annahm.

Dort angekommen stand immer noch jener arrogant wirkende Empfangschef hinter dem Schalter. Als sie danach fragte, wer sich um die Frau kümmern könnte, verwies er auf die Hausdame, die inzwischen eingetroffen war.

Nicole Berner machte ihrer Dienstbezeichnung alle Ehre. Sie war wirklich eine Dame. Mitte fünfzig, mittelgroß, mittelschlank wirkte sie auf den ersten Blick sympathisch und vertrauenerweckend. Sie wusste sich auch außerhalb der Wäschekammern und Putzräume gut zu bewegen. Die schwarzen Haare fielen bis kurz über die Ohren, die Perlenkette akkurat um den Hals, das beigefarbene Sommerkleid ohne Falten, die Schuhe mit den niedrigen Absätzen in passender Farbe.

Sie ging auf die in ihrer Notfallseelsorgejacke unverkennbare Pfarrerin zu.

»Oh, das ist unsere Sabine«, sagte sie zur Begrüßung. »Und Sie sind von der Notfallseelsorge, wie ich sehe. Guten Tag.« Sie streckte ihre Hand aus.

»Pfarrerin Fouquet aus Schönbach. Ja, das ist Ihre Auszubildende, die man zum Weiher hinunter geschickt hat, um eine Tote zu identifizieren.«

»Wer war denn so rücksichtslos, dieses junge Mädchen zu schicken?«, fragte Frau Berner entsetzt.

»Wenn ich recht informiert bin, war es jener Herr an der Rezeption«, sagte Barbara Fouquet und wies in Richtung Empfang.

»Ach ja«, antwortete Frau Berner und kräuselte die Stirn. »Der also.« Sie wandte sich an Sabine. »Tut mir leid, dass du das machen musstest. Das wäre etwas für einen Älteren gewesen.«

Sie blickte entschuldigend mit hochgezogenen Augenbrauen zu der Pfarrerin. »Dann komm mal mit. Wir trinken erst einmal einen Kaffee.« Zu Barbara Fouquet gewandt sagte sie: »Möchten Sie auch einen?«

»Gerne, das ist ein nettes Angebot.«

Frau Berner führte die beiden an der Rezeption vorbei in den Verwaltungsbereich, wobei sie dem Rezeptionisten einen vernichtenden Blick zuwarf. Ihr Büro war klein, der Schreibtisch voll mit Papieren, auf dem großen Computerbildschirm war ein Einsatzplan zu erkennen. Ein einfacher Tisch und zwei Stühle standen in einer Ecke des Raumes. »Nehmen Sie Platz! Und du, Sabine, auch!« Sie holte sich ihren Stuhl hinter dem Schreibtisch hervor und stellte eine Tasse unter die Kaffeemaschine.

»Ich trinke lieber meinen eigenen Kaffee«, lächelte sie, »obwohl der aus dem Restaurant wirklich gut ist. Aber jeder hat so seine Vorlieben.«

Sabine bekam den ersten Kaffee, und als alle eine Tasse vor sich hatten, wandte sie sich an das junge Mädchen und sagte: »Dann erzähl mal, Kindchen.«

Sabine brach in Tränen aus und erzählte schluchzend eine Viertelstunde lang, was sie erlebt hatte. Frau Berner hörte zu, ohne zu unterbrechen, und wechselte ab und zu einen Blick mit der Pfarrerin.

»Du bekommst den restlichen Tag frei. Ich bringe dich nachher zu deinen Eltern. Jetzt hol dir mal deine Sachen und komm dann wieder zu mir!«

Als Sabine den Raum verlassen hatte, griff sie zum Telefon und wechselte einige scharfe Worte mit dem Mann an der Rezeption. Dann setzte sie sich wieder zu Barbara Fouquet.

»Jetzt könnte ich eine Seelsorgerin gebrauchen«, sagte sie. »Aber ich weiß nicht, was im Moment schlimmer ist, der Ärger über den Kollegen oder das Entsetzen über Ludmillas Tod.«

»Sie kannten sie gut?«, fragte Fouquet.

»Sie ist eines meiner Zimmermädchen, aber schon ein besonderes. Nicht nur wegen ihrer außergewöhnlichen Schönheit – die ihr das Leben nicht unbedingt leichter machte übrigens. Denn die Männer umschwärmten sie wie Motten das Licht, wie es in dem alten Lied heißt. Dabei ging es ihr vor allem darum, Geld zu verdienen für ihre Familie in der Heimat.«

»Aber sie war offensichtlich bereit, noch zusätzlich bei den Empfängen zu arbeiten. Da konnte sie den Männern kaum aus dem Weg gehen.«

»Nun, der Chef wollte das so, und außerdem bekam sie das extra bezahlt – und gar nicht mal schlecht.«

»Hatte der Chef etwas mit ihr?«

»Ich weiß nicht. Zuzutrauen ist den Männern ja alles«, sagte sie und runzelte wieder die Stirn. »Aber wenn ja, dann ging es bestimmt nicht von ihr aus. Sie hat immer wieder einmal von einem Freund erzählt, der zu Hause auf sie warte und den sie heiraten wolle. Ob das nur eine Schutzbehauptung war, weiß ich jedoch nicht.«

»Ich war gestern Abend auf dem Empfang und habe sie da gesehen – mit einem strahlenden Lächeln.«

»Ja, das hatte sie. Irgendwie schien sie gar nicht anders zu können, als strahlend zu lächeln.«

»Waren Sie auch bei dem Empfang?«

»Ich habe alles mit vorbereitet und bin danach gegangen. Dann hatte die Küche die Verantwortung. Ich hatte Dienstschluss«, sagte Nicole Berner und schaute aus dem Fenster.

»Nun ist das eine Sache der Polizei«, sagte Fouquet. »Herr Scheller ist ein guter Polizist, aber wenn übermorgen sein Chef zurückkommt, dann wird es schneller vorangehen.«

Sabine kam herein, Frau Berner nahm sie in den Arm und die drei verließen das Büro. Barbara Fouquet machte sich auf den Weg zum Sanitätswagen.

Der Campingplatz des Weihers duckte sich zwischen die Bäume am gegenüberliegenden Ufer, eingezwängt zwischen Wasser und Kreisstraße. Vom Hotel aus sah man nur die Dächer der Caravans oder die zum Schutz darüber gespannten Zeltbahnen. Bei nahezu allen war die ursprüngliche Farbe unter einer Schicht aus Moos, Tannennadeln und Schmutz verschwunden. Nur hier und da waren aus der Ferne Wege und Pfade zu erkennen, die sich bei Regen in Matsch verwandelten. Der Blick vom Hotel auf den Campingplatz ähnelte dem auf ein südafrikanisches Township. Man konnte sich nicht vorstellen, dass die da drüben unter menschenwürdigen Bedingungen hausten. Aus der Sicht der Camper freilich war ihr Platz vor allem geräumig und grün, die Außenwände der Wohnwagen und Vorzelte peinlich sauber, die sanitären Anlagen zweckmäßig und rein, man hatte den ganzen Tag frische Luft, ausreichend Platz für die Kinder und eine gute Gemeinschaft untereinander.

Jetzt jedoch herrschte Aufregung. Die Eltern frühstückten mit ihren Kindern und bekamen unendlich viele Fragen gestellt, die sie nicht beantworten konnten. Von den älteren Campern hatten sich einige mit ihren Klappstühlen in einen Kreis vor den Kiosk des Platzwartes gesetzt, um zur Beruhigung erst einmal eine Flasche Bier zu trinken. Die Fotos vom Fundplatz der Leiche auf den Handys wurden herumgereicht. Einer hatte mit seiner Kamera ein Video gedreht.

»Die war doch aus Polen, oder?«, fragte einer der Männer.

»Nein, aus Rumänien, oder so«, sagte ein anderer.

»Quatsch, das war 'ne Russin, 'ne Weißrussin, glaube ich«, sagte der Dritte.

»Auf jeden Fall eine von denen aus dem Osten, die sich hier 'ne goldene Nase verdienen wollen«, meinte der Vierte.

»Ein Zimmermädchen soll sie gewesen sein.«

Einer schaute auf ein Foto von der Leiche. »Was bei der wohl so alles zum Service gehörte? So wie die aussah.« Die Männer grölten und ließen ihrer Fantasie freien Lauf.

»Wahrscheinlich war sie das Liebchen vom Chef, und der wollte sie nicht mehr.«

»Oder sie wollte ihn nicht mehr. Und dann gab's Zoff.«

»Da hat er ihr mal gezeigt, wo der Hammer hängt. Wenn die bei uns ihr Geld verdienen will, dann soll sie auch keine Zicken machen.«

»Ich hab die übrigens mal gesehen. Da stand sie da drüben mit einem von den Köchen vor der Küchentür und hat geraucht.«

»Also hat sie sich mehr an das Küchenpersonal gehalten. Ist auch irgendwie nahrhafter als der Chef.«

»Der wird ihr doch sicher immer 'ne Sonderzahlung gegeben haben, wenn sie ihm zu Diensten war.«

»Oder er hat sie erpresst, Kündigung und so.«

»Tu was ich will und wie ich es will, dann darfst du bleiben.« Der Mann grunzte. »Chef müsste man sein.«

»Ich würde mir auch gerne so eine kleine Russin halten. Die sollen ja gut sein im Bett. So gefügig.«

»Och«, meinte ein anderer, »die sind sicher auch nicht mehr das, was sie einmal waren.«

»Du musst es ja wissen.«

Eine Weile schwiegen die Männer, sinnierten über ihren Bierflaschen und nahmen hin und wieder einen Schluck.

»Ich hatte mal so 'ne Russin im Puff. Die war schon klasse«, sagte plötzlich einer.

»Du warst im Puff?«, fragte ein anderer entsetzt.

»Du noch nicht?«, fragte ein Dritter, und dann entspann sich eine rege Diskussion über Bordelle und ihre Vorzüge, bei der sich einige besonders lautstark hervortaten und andere eher betreten schwiegen, bis der Platzwart vorschlug, das Thema zu wechseln, schließlich seien Kinder in der Nähe.

Einer hatte sich bei dieser Diskussion in besonderer Weise engagiert. Ein Mann so um die fünfzig mit leichtem Bauchansatz und schütteren Haare, den alle nur »den Karl« nannten und von dem man eigentlich nur wusste, dass er fast das ganze Jahr über in seinem alten Wohnwagen auf dem Platz hauste. Wenn man ihn fragte, wovon er denn lebte – denn es war offensichtlich, dass er keine Arbeit hatte –, dann erzählte er etwas von einer Krankheit und Berufsunfähigkeit und Rente und dass er sein Haus verkauft habe, um in der Natur leben zu können. Er wusste alles, wenn es sich ums Campen drehte, und er wusste auch immer alles besser. Sympathisch war er den anderen nicht, aber man konnte ihm nicht aus dem Weg gehen. Außerdem brauchte man ihn, denn er bot sich bereitwillig an, nach den Wohnwagen zu schauen, wenn die anderen die Woche über zu Hause und bei der Arbeit waren. Der Karl war es auch, der das Gespräch wieder aufnahm, nachdem der Platzwart für zwei, drei Minuten Stille gesorgt hatte.

»Die haben da drüben einige aus dem Osten, nicht nur bei den Zimmermädchen, auch in der Küche. Die erkennst du gleich. Meist ein bisschen klein, so dunkle Haut und dann diese komischen Gesichtszüge.«

»Die arbeiten ein paar Monate, sind dabei die meiste Zeit krank, und hinterher kassieren sie unsere Arbeitslosenhilfe. Das kennt man doch.«

»Während wir das ganze Jahr arbeiten müssen, um uns ein paar Wochen hier am Weiher erholen zu können.«

»Na ja, immerhin tragen die Frauen keine Kopftücher, das wäre ja noch schöner«, lachte einer.

»Zum Glück bringen die nicht auch noch ihre Gören mit hierher, damit die uns die Schulen verstopfen.«

»Aber unser Kindergeld, das kassieren sie.«

»Eigentlich brauchen wir die doch. Die Arbeit will doch sonst keiner machen«, wandte einer zaghaft ein.

»Die brauchen uns aber noch mehr. Schließlich wollen die unser Geld.«

»Wahrscheinlich war es auch einer von denen, der das Mädchen umgebracht hat. Die leben doch alle im sexuellen Notstand, so ohne Frauen.«

»Und dann schnappen sie sich die Nächstbeste, und wenn die dann nicht will…«

»Dann gibt's was über den Hinterkopf.«

»Geld für den Puff haben die ja nicht.«

»Anderes Thema!«, warf der Platzwart ein.

»Schon gut.«

Wieder zwei, drei Minuten Stille. Man holte sich neues Bier.

»Vielleicht sollten wir da drüben mal aufräumen gehen.«

»Aber dann haben die reichen Schnösel doch keine Zimmermädchen mehr«, lachte einer.

»Ist mir doch egal. Denen wäre es sowieso am liebsten, wenn es uns hier nicht gäbe. Oder wenn man einen großen Vorhang hochziehen könnte, damit sie uns nicht sehen müssen.«

»Die haben doch ihr Geld nicht mit ihrer Hände Arbeit verdienen müssen. Wahrscheinlich sind das alles reiche Erben.«

»Der Chef ist es auf jeden Fall. Seine Familie soll mal eine Schuhfabrik in Pirmasens gehabt haben.«

»Und dann haben sie die Leute auf die Straße gesetzt und sich am Verkauf eine goldene Nase verdient«, sagte der Karl. Jetzt nickten alle.

Stille.

»War einer von Euch am Sonntag auf'm Betze beim Spiel des 1. FCK gegen die Bayern?«, fragte einer. »Da haben sie den Bayern aber ganz schön die Lederhosen ausgezogen.«

Damit war ein neues Thema gesetzt, das für die nächste Stunde reichte, bis die ersten sich zu einem kleinen Vormittagsschläfchen in ihre Wohnwagen zurückzogen.

4

Als Barbara Fouquet aus dem Hotel trat, hörte sie vom Parkplatz her ein ihr wohlvertrautes Motorengeräusch. Es war das sonore Achtzylinderblubbern des Rovers von Alfred von Boyen. Sie stellte sich an die Ausfahrt und reckte den Daumen in die Luft, wie sie es während ihres Studiums gemacht hatte, als sie als Anhalterin durch Frankreich und Italien getrampt war.

Von Boyen fuhr den Wagen an die Seite, stellte den Motor ab und stieg aus.

»Du hier?«, fragte er.

»Und du auch hier?«, gab sie zurück und umarmte den älteren Mann.

»Ich hatte wieder einmal die ehrenvolle Anfrage nach einer Beratung. Der Herr Staatssekretär des Außenministeriums hat sich sogar ganz persönlich hierher bemüht, nachdem ich gesagt hatte, ich könne leider nicht nach Berlin kommen, wohl aber in das Hotel am Saarbacher Mühlweiher.«

»Na, dann muss es aber sehr wichtig gewesen sein, wenn ein Staatssekretär diesen weiten Weg auf sich nimmt, um mit dir zu sprechen.«

»Na ja, für ihn ist der Weg um einiges kürzer und schneller, als er es für mich wäre«, lächelte Alfred. »Mit dem Hubschrauber zum alten US-Militärgelände bei Fischbach und dann mit dem Wagen hierher. Ich nehme an, in spätestens zwei Stunden sitzt er wieder an seinem Schreibtisch im Ministerium und hat eine schöne Nacht in diesem Hotel verbracht und mit mir auf seinem Zimmer angenehm gefrühstückt.«

»Okay, was Staatssekretäre so alles machen müssen.«

»Nur kein Mitleid, der verdient mindestens dreimal so viel wie du.«

»Und um was ging es bei diesem Frühstücksgeplauder?«, fragte Barbara verschwörerisch.

»Das unterliegt nun meinem ganz persönlichen Beichtgeheimnis, um es mal in deinen Kategorien auszudrücken.« Alfred lehnte sich an seinen Oldtimer.

»Dann will ich nicht weiter in dich dringen.«

Die beiden stellten sich ein wenig abseits in den Schatten, denn die Sommersonne hatte die Feuchtigkeit und Kühle der Nacht bereits aufgesogen, und es begann langsam heiß zu werden.

»Du bist in Sachen Notfallseelsorge hier«, sagte von Boyen und zeigte auf ihre Jacke.

»Heute Nacht ist ein Zimmermädchen umgekommen. Eine Kindergruppe hat es heute Morgen am Wehr des Weihers gefunden. Und dieser eigentümliche Kerl an der Rezeption hat ausgerechnet eine Auszubildende hingeschickt, um sie zu identifizieren. War vermutlich selbst zu feige. Das Mädchen hat das erwartungsgemäß nicht gut verkraftet und dann haben die Sanitäter mich gerufen. Sie ist jetzt in der Obhut der Hausdame. Da ist sie, glaube ich, ganz gut aufgehoben.«

»Weiß man schon, wie das Zimmermädchen umgekommen ist?«, fragte von Boyen.

»Nein, aber ihre Kleidung spricht gegen ein Badeunglück. Sie hatte noch den Rock und die Rüschenbluse an, mit der sie auf dem Empfang gestern Abend Getränke serviert hat.«

»Ein Zimmermädchen«, sagte von Boyen nachdenklich.

»Ludmilla Herzegowina aus Weißrussland«, ergänzte Barbara Fouquet.

»Weißrussland«, sinnierte er.

»Warst du da etwa auch schon einmal – in deinem alten Leben?«, fragte Fouquet.

»Ja, so zwei- oder dreimal.«

»In geheimer Mission?«

»Nicht geheim, aber interessant und nicht weniger frustrierend als die Zeit auf dem Balkan.«

»Also eher mal etwas für einen Abend am Kamin?«, fragte Fouquet.

»Für einen langen Abend«, lächelte er.

»In Ordnung, abgemacht.« Sie wandte sich zum Gehen. »Wir sehen uns dann spätestens am Sonntag.«

»Aye, aye, Sir! Ich werde pünktlich zum Dienst erscheinen«, gab von Boyen zurück und salutierte andeutungsweise.

»Ich freue mich darauf«, sagte Barbara Fouquet, umarmte Alfred von Boyen noch einmal und ging zum Sanitätswagen, um sich abzumelden.

Klaus Scheller hatte seinem Chef Bernd Peters eine SMS geschrieben und ihn über den neuen Fall kurz in Kenntnis gesetzt. Dass sich dieser Todesfall in der Nähe von Schönbach ereignet hatte, war Peters alles andere als unrecht. Er rief daraufhin bei Barbara Fouquet an, um sie für den übernächsten Tag, wenn er in die Gegend fahren würde, zum Mittagessen einzuladen. Sie strahlte, als sie seine Stimme am Telefon hörte.

»Warum essen gehen?«, fragte sie und schaute in ihren Terminkalender. »Übermorgen hätte ich auch Zeit, uns etwas zu kochen. Und wenn du dann nicht gleich wieder los musst…«

»Das klingt verführerisch«, antworte Peters. »Ich kann aber noch nicht absehen, wie der Tag verlaufen wird.«

»Auch in Ordnung. Aufgeschoben ist nicht aufgehoben. Hauptsache, ich sehe dich wieder.«

»Ich freue mich«, sagte Peters und zögerte einen Moment. »Und – ich liebe ich.«

»Ich dich auch«, antwortete Barbara Fouquet und damit war das Geturtel zu Ende.

Bis Scheller und Peters am Morgen des übernächsten Tages in ihrem Büro in Pirmasens zusammen saßen, hatte Scheller den Verlauf des Empfangs so gut wie möglich recherchiert. Er befragte den Küchenchef, der an diesem Abend selbst anwesend war, sowie alle anderen Servicemitarbeiterinnen. Ludmilla war von Anfang an dabei gewesen und hatte zunächst geholfen, den obligatorischen Secco und Champagner oder die alkoholfreien Alternativen an die nach und nach eintreffenden Gäste zu verteilen. Einer Mitarbeiterin war aufgefallen, dass einige versucht hatten, Ludmilla in ein Gespräch zu ziehen. Sie wusste aber nicht mehr, wer das gewesen war, und schloss ihre Aussage mit dem Satz: »Sie hätte auch nicht unbedingt diesen extrem kurzen Rock anziehen müssen, aber das hatte sicher der Chef so gewollt.«

Nach dem Aperitif hatte Jean Dallmann seine Präsentation und den Imagefilm vorgestellt. Dabei standen die meisten Gäste, nur einige saßen auf den am Rand des Raumes aufgestellten Stühlen. Das Servicepersonal hielt sich in dieser Zeit im Hintergrund. Dann gab der Hotelier dem Küchenchef ein Zeichen, und alle waren damit beschäftigt, das Buffet aufzutragen. Dabei half Ludmilla mit. Nach der Eröffnung des Buffets kam die heiße Phase des Abends, ein Teil vom Personal musste Tellertaxi spielen, wie sie es nannten, und die benutzten Teller und Gläser in die Spülküche bringen. Ludmilla gehörte zu denen, die mit Gläsern und Flaschen herumliefen und nach den Wünschen der Gäste fragten. Das dauerte ungefähr eineinhalb Stunden. Als die ersten Gäste zu gehen begannen, wurde es ruhiger. Ein Teil der Mannschaft durfte nach einer weiteren halben Stunde Schluss machen, die Verbliebenen mussten sich die Arbeit neu aufteilen. Ludmilla wollte beim Telleraufräumen helfen, aber der Küchenchef schickte sie zurück zum Getränkeservice. Gegen zwölf

Uhr waren nur noch acht Gäste da und der Großteil des Personals durfte gehen. Zurück blieben der Küchenchef, Ludmilla und Frederic, einer der Kellner.

Der Küchenchef sagte aus, dass er ab diesem Zeitpunkt immer wieder nachschaute, ob es unten in der Spülküche ordentlich lief und die noch nicht präsentierten Teile des Buffets in die Kühlung kamen.

Frederic war die ganze Zeit mit Ludmilla zusammen oben beim Empfang. Die verbliebenen Gäste hatten sich mit dem Hotelier um einen großen Tisch gesetzt und redeten und tranken munter weiter. Um ein Uhr gingen noch einmal fünf und es blieben nur der Ortsbürgermeister, der katholische Pfarrer und eine aufgekratzte Fünfzigjährige von der Tourismusabteilung des Landkreises. Frederic hatte den Eindruck, dass sie sich an den Hotelier heranmachen wollte, sich aber wohl wegen der Anwesenheit des Priesters nicht recht traute. Einmal musste er, so sagte er mit einem vielsagenden Lächeln, Ludmilla ganz vorsichtig aus der Umarmung des Ortsbürgermeisters befreien, aber ansonsten sei ihm nichts aufgefallen. Gegen zwei hätten dann alle den Raum verlassen, die Hand des Bürgermeisters hätte jovial auf der Schulter des Pfarrers gelegen, die Tourismusfrau hätte sich beim Chef eingehakt. Sie hätten sofort mit dem Aufräumen begonnen, bis der Dallmann wieder hereingekommen sei und zu ihnen gesagt hätte, sie sollten alles stehen und liegen lassen, das könne der Frühdienst machen, wofür er ein Stirnrunzeln des Küchenchefs geerntet habe. Er selbst sei dann als Erster rausgegangen und habe Ludmilla mit dem Hotelier und dem Küchenchef zurückgelassen. Beim Herausgehen habe er noch den Ortsbürgermeister und den Pfarrer vor dem Hoteleingang gesehen, wie sie vertraut miteinander redeten. Die Frau von der Tourismusabteilung sei nicht mehr da gewesen.

»Und der Küchenchef hat ausgesagt, dass er noch vor Ludmilla und dem Hotelier den Saal des Empfangs verlassen habe und dann gleich in sein Auto gestiegen sei, um nach Hause zu fahren, wobei er vor dem Hotel nichts mehr bemerkt habe«, schloss Scheller seinen Bericht.

»Und was hat die Leichenschau ergeben?«, fragte Peters.

»Ertrunken nach einem heftigen Schlag auf den Hinterkopf, der aber nicht tödlich war.«

»Die Uhrzeit?«

»Wegen der Wassertemperatur nicht ganz genau zu bestimmen, aber zwischen zwei und vier Uhr morgens.«

»Also sechs Personen waren bis kurz vor Ende da: Der Ortsbürgermeister, der katholische Pfarrer, die Tourismusfrau, wobei deren nächtlicher Verbleib noch zu klären wäre, der Hotelier und der Küchenchef.«

»Und Frederic, wobei der ausgesagt hat, er wäre gleich auf sein Zimmer gegangen, was sein Zimmergenosse bezeugen könne, der wach geworden war, als er kam und ihn wegen seines späten Eintreffens bedauert habe.«

»Lassen wir den mal außen vor.« Peters dachte nach. »Dann nimmst du dir am besten die Frau von der Tourismusabteilung hier in Pirmasens vor, und ich mache mich auf den Weg nach Ludwigswinkel.«

»Und Schönbach«, kicherte Scheller.

»Gute Idee, wäre ich nicht drauf gekommen. Aber jetzt, wo du es sagst«, grinste Peters. Er wurde wieder ernst: »Und noch etwas: Bitte kümmere dich darum, dass die Botschaft Weißrusslands informiert wird.«

»Du meinst die Botschaft der Republik Belarus, wie dieses Land offiziell heißt, wie jeder weiß, der regelmäßig den Grand Prix d'Eurovision schaut«, sagte Scheller.

»Der inzwischen European Song Contest heißt, Herr Kollege, wie jeder weiß«, lächelte Peters.

Den Ortsbürgermeister von Ludwigswinkel konnte Peters nicht erreichen. Der hatte diese Aufgabe ehrenamtlich übernommen und würde erst am Abend von seinem Arbeitsplatz beim regionalen Energieversorger zurück sein. Den katholischen Pfarrer jedoch konnte er gegen elf Uhr in dessen Pfarrhaus treffen, und so machte sich Peters nach einer Weile auf den Weg. Bis dahin hatte er seine Unterlagen von der Fortbildung durchgeschaut und herausgesucht, was er für Scheller kopieren wollte. Dann heftete er den Rest ab und ging den Posteingang der letzten Tage durch. Seine E-Mails hatte er schon während der Fortbildungstage gecheckt, da war nur noch wenig zu erledigen, und das konnte warten.

Das katholische Pfarrhaus stand direkt neben der Kirche und war ein imposanter Bau vom Ende des neunzehnten Jahrhunderts. Peters hatte inzwischen verstanden, warum die protestantischen Pfarrhäuser so groß waren, denn die Pfarrfamilien waren früher auch recht groß, mit drei bis sechs Kindern. Aber wenn er recht informiert war, konnte dies bei katholischen Pfarrhäusern nicht der Grund sein. Doch ein katholisches Pfarrhaus war mehr als ein Wohnhaus für einen Mann und seine Haushälterin, dort mussten auch ein Büro und Räume für die Gemeinde untergebracht werden.

Der Pfarrer war ein gemütlich wirkender Herr, deutlich jenseits des Rentenalters. Er begrüßte ihn freundlich und führte ihn in sein Arbeitszimmer, das mit schweren Eichenholzmöbeln ausgestattet war, die gut hundert Jahre alt sein mochten.

»Ich werde wohl der letzte Pfarrer auf dieser Pfarrstelle sein«, begann er seine Rede. »Wir haben zu wenig Nachwuchs, und die Pläne des Bistums gehen dahin, nur noch jede fünfte Pfarrstelle zu besetzen und dann neue, sehr große Pfarreien zu bilden. Das ist schade, aber in den wenigen ehrlichen Momenten schimpfe ich nicht darüber, sondern sage mir, dass ich auch keine bessere Idee habe. In den Gemeinden ist das aber ein ständiges Thema für Diskussionen.«

Er bot Peters einen Platz an und meinte: »Aber Sie sind sicher nicht wegen dieser Probleme zu mir gekommen.«

»Nein«, sagte Peters, »ich komme wegen des Empfangs im Hotel am Saarbacher Mühlweiher vor zwei Tagen und wegen des toten Zimmermädchens.«

»Ja, eine traurige Sache. Das hat den Menschen hier im Ort ganz schön zugesetzt. Man sagt, sie sei gewaltsam ums Leben gekommen.«

»Sie ist ertrunken, vorher jedoch wurde sie niedergeschlagen und dann vermutlich ins Wasser geworfen.«

»Es ist diese hübsche junge Frau mit dem auffallend kurzen Rock, die uns die Getränke serviert hat, stimmt das?«, fragte der Geistliche.

Peters überlegte kurz, ob einem Priester die Länge eines Rocks auffallen dürfe, aber da sagte der Pfarrer schon: »Auch wenn ich zölibatär lebe und schon ein alter Mann bin, nehme ich durchaus noch Schönheit zur Kenntnis. Damit muss es dann aber auch genug sein«, lächelte er.

»Ja, genau um diese Frau geht es. Ludmilla Herzegowina hieß sie und stammte aus Weißrussland. Ich würde gerne wissen, wann Sie sie zum letzten Mal gesehen haben.«

»Als ich zusammen mit dem Ortsbürgermeister den Raum verließ. Wir waren in guter Stimmung und haben uns dann vor dem Hotel noch etwas miteinander unterhalten.«

»Sind Sie beide gleichzeitig losgefahren?«

»Nein, nicht ganz. Der Bürgermeister musste noch einmal zurück, er hatte sein Sakko an der Garderobe hängen lassen. Ich bin gleich gefahren und habe ihn nicht mehr gesehen.«

»Haben Sie noch jemand anderen gesehen? Auf dem Parkplatz oder sonst wo um das Hotel herum?«

Der Pfarrer dachte einen Moment nach. »Nein, da war nichts, kein Mensch, keine Geräusche, nur ein paar Wildschweine in der Ferne.«

Peters stand auf. »Dann vielen Dank zunächst. Werden Sie die junge Frau beerdigen?«

»Ich glaube nicht. Sie wird wohl russisch-orthodox sein. Wenn kein orthodoxer Priester erreichbar wäre, würde ich das machen. Aber ich denke, ihre Familie wird sie in die Heimat holen wollen.« Nun stand er auch auf. »Auf jeden Fall hat sich noch niemand bei mir gemeldet.«

Der Pfarrer geleitete seinen Gast zum Ausgang, verabschiedete sich mit einem freundlichen Händedruck und zog die Tür zu. Peters stieg in seinen Wagen, überlegte, ob er sich jetzt direkt das Hotel anschauen solle, entschied sich dann aber doch, erst noch den Umweg nach Schönbach zu nehmen.

Alfred von Boyen liebte die Einsamkeit seines Hauses im Gebüg. Zwar hatte er an zwei Seiten Nachbarn. Mit denen verstand er sich jedoch gut, und die wussten inzwischen, dass er sich selbst melden würde, wenn er menschliche Gesellschaft suchte. Also hatte er das Privileg, seinen Alltag ohne feste Verpflichtungen gestalten zu können. Lediglich seine Dienste als ehrenamtlicher Kirchendiener in Schönbach gaben Termine vor. In die Gottesdienste wäre er sowieso gegangen, vielleicht nicht jeden Sonntag, aber wohl doch fast jeden, denn die Lieder, die Gebete und die Predigten von Barbara Fouquet taten ihm gut. Obwohl er sich nicht als überzeugten Christen bezeichnen würde. Eher als einen Menschen auf der Suche. Sein Versagen im Bosnienkrieg, oder das, was er dafür hielt, und dann der Tod seiner Frau hatten ihn vor einigen Jahren völlig aus der Bahn geworfen. Er legte die Aufgabe als Berater der Regierung offiziell nieder und bat um Entbindung von seiner Professur. Nun war seine Pension zwar nicht so hoch, wie sie hätte sein können, aber er konnte davon leben. Außerdem wurde er immer wieder um Rat gefragt, und jedes Mal wurde ein Honorar gezahlt, ohne dass er nachfragen musste.

Sein Werk über die gemeinsame Geschichte von Juden, Christen und Muslimen im östlichen Mittelmeerraum lag in den letzten Zügen. Die Druckfahnen waren gekommen und wollten noch einmal durchgesehen werden, bevor er an seinem neuen Buch weiter arbeiten konnte. Er hatte immer gehofft, damit einen Beitrag zur Verständigung dieser drei Religionen zu schaffen, hatte aber in den letzten beiden Jahren erste Zweifel bekommen, ob der intellektuelle Zugang zu dem Problem, den er gewählt hatte, der richtige war. Vielleicht war er dem alten Irrtum erlegen, die Menschen müssten eine Schwierigkeit nur besser verstehen, um sie beseitigen zu können. Immer wieder jedoch hatte er den Eindruck, alte Animositäten hätten so viel mit Gefühlen zu tun, dass man sie nicht auf der Ebene des Verstandes lösen könnte. Trotzdem – es war sein kleines Mosaiksteinchen, das er beibringen konnte, um diese Welt zu einer besseren zu machen. Vielleicht würde sein Buch gelesen werden. Vielleicht auch von ein paar der richtigen und wichtigen Leute. Wenn es als Hintergrundinformation für die Diplomaten des Auswärtigen Amtes dienen könnte, hätte es möglicherweise schon einen gewissen positiven Einfluss. Er hatte gelernt, dass er nicht das tun und erreichen konnte, was er gerne wollte, sondern nur das bisschen, das in seiner Macht lag. Das war viel zu wenig, aber das musste er machen, um vor sich selbst bestehen zu können.

Vielleicht würde er später einmal ein Buch über Emotionen schreiben, auch wenn das nicht gerade in den Forschungsbereich eines Historikers fiele. Aber er spürte eine Tendenz in der deutschen Gesellschaft, die so gar nicht zu einem Volk der Dichter und Denker passte. Das neue große Schlagwort war »Emotionen«. Alle waren sie bemüht, den Menschen emotionale Erlebnisse zu vermitteln. Im Fernsehen, im Kino, in der anspruchsvollen und der weniger ambitionierten Literatur, im Sport, in den Wahlkämpfen und im Privaten. Ein ganzer Wirtschaftszweig lebte davon, den Menschen emotionale Erlebnisse zu verschaffen, als ob man nicht aus dieser Welt gehen könne, ohne möglichst viel erlebt zu haben. Wieder, wie so oft, war auch das ‚nur‘ eine Frage des Geldes. Wer keines hatte, um große Reisen zu machen oder teure Konzerte zu besuchen, der suchte sich seine emotionalen Erlebnisse auf seine Weise – im Alkohol, in der Gewalt, im Widerstand. Letztlich war das alles doch nur ein erfolgloser Kampf gegen die Vergänglichkeit aus Angst vor dem Tod.

Er würde sich auch dieses Mal einmischen müssen, wie damals vor zwei Jahren, als das kleine Mädchen unten in Schönbach starb, nur weil einer noch mehr Geld machen wollte, als er sowieso schon verdiente. Jetzt war diese junge Weißrussin umgebracht worden und dabei war es sicher auch um Emotionen gegangen. Es gibt eben solche und solche Emotionen, die schönen und guten und die anderen, die zerstörerischen. Wie oft vermischten sich die einen mit den anderen. Deshalb war er vorsichtig, wenn von Emotionen die Rede war. Es waren auch Emotionen gewesen, die die Menschen auf dem Balkan dazu geführt hatten, sich gegenseitig zu massakrieren – in diesem Krieg wie in allen anderen Kriegen.

Er würde sich doch einmal mit Barbara zusammensetzen müssen, um zu schauen, ob sie beide etwas über diesen gewaltsamen Tod im Saarbacher Mühlweiher herausbekämen. Vielleicht könnten sie Kommissar Peters helfen. Vielleicht.

Barbara Fouquet war währenddessen glücklich. Glücklich, weil Bernd Peters gleich am Tag seiner Rückkehr von der Fortbildung zu ihr kommen konnte und weil bis zu seinem nächsten Termin an diesem Tag noch vier Stunden Zeit waren. Vier Stunden, die sie mit gemeinsamem Essen, gemeinsamem Reden und dem verbringen konnten, was zwei Menschen, die sich liebten, nach einigen Tagen der Trennung am liebsten machten.

Ihr Leben hatte sich verändert, seit dieser schlaksige Norddeutsche mit dem komischen Akzent dazu gehörte. Sehr zum Positiven, obwohl sie vorher keineswegs unglücklich gewesen war. Alleine auf einer Pfarrstelle in einem abgelegenen Teil des Pfälzerwaldes, das hätte für sie den faktischen Zölibat bedeuten können. Sie liebte jedoch die Menschen, die ihr anvertraut waren, und sie litt wahrlich nicht an einem Mangel an Beziehungen, wenn auch zumeist professionellen. Sie hätte die Pfarrstelle wechseln und in den Einzugsbereich einer Stadt ziehen können, wo es vielleicht leichter gewesen wäre, einen Partner zu finden. Aber sie hatte Pfarrerin werden wollen, und dass sie das geworden war, hatte sie mit einer großen Zufriedenheit erfüllt. Ein Mann und Kinder, das gehörte nicht zwangsläufig zu ihrem Lebensentwurf. Dass da jetzt doch ein Mann war, und dann noch dieser, nahm sie als ein Geschenk des Himmels, mit dem sie sorgfältig umgehen wollte.

So kam sie gut damit zurecht, dass Bernds Beruf ihm oft kaum Zeit für ein Privatleben und damit kaum Zeit für sie ließ. Auch ihr Beruf forderte sie immer wieder dann, wenn andere Freizeit hatten. So waren sie selbst nach zwei Jahren noch nicht zusammengezogen und weder verlobt noch verheiratet, auch wenn sie schon manches Mal, vor allem in den gemeinsamen Urlauben, davon gesprochen hatten. Sie musste in Schönbach wohnen, und

Bernd konnte seine Wohnung in Pirmasens nicht aufgeben. Beide hatten das akzeptiert und das Beste daraus gemacht. So ein Tag wie der heutige gehörte jedoch zu den Allerbesten.

Die schwere Küche der Westpfalz hatte sie heute nicht gewählt. Ein knackiger Salat mit knusprigem Brot war besser, wenn man anschließend noch eine Stunde im Bett verbringen wollte. Erst beim Kaffee kamen die beiden dazu, sich zu erzählen, was in den letzten Tagen gewesen war und was es mit der jungen Frau aus dem Saarbacher Mühlweiher auf sich hatte.

5

Peters machte einen guten Job. Das wussten alle, die mit ihm zusammenarbeiteten: Scheller, die anderen in der Abteilung und die Vorgesetzten. Er selbst wusste es auch, was ihn nicht daran hinderte, immer besser werden zu wollen. Was er gar nicht mochte, war, wenn sich andere in seine Arbeit einmischten, die da nichts zu suchen hatten. Dazu gehörte seiner Meinung nach auch sein Vorgesetzter, der das aber aus grundsätzlichen Erwägungen heraus anders sah, was Peters wohl oder übel akzeptieren musste. Denn er arbeitete in einem System, in dem jeder sich damit abzufinden hatte, dass er einen oder eine Vorgesetzte hatte. Nur der Innenminister war frei davon, aber dem machte nicht selten genug die Opposition im Landtag das Leben schwer.

Was er aber überhaupt nicht ausstehen konnte, waren die klugen Ratschläge von Personen, die nicht zu diesem System gehörten. Zum Beispiel die Presse. Es gab Journalisten, die mit wenigen Informationen versehen ihren Spekulationen freien Lauf ließen – und damit nicht selten die Stimmung in ihrer Leserschaft aufheizten, was zu Leserbriefen führte oder zu Druck von der politischen Seite. Dann meldeten sich Bürgermeister oder Dezernentinnen des Landkreises, um ihm deutlich zu machen, dass extremer Zeitdruck bestehe, dass bei Verfolgung dieser oder jener Spur politisches Geschirr zerschlagen werden könnte, die ihn auf Fettnäpfchen hinwiesen, in die er nicht treten solle, und so manch anderes.

In den Zeitungsartikeln über diesen Fall spielten vor allem zwei Tatsachen eine große Rolle: die außergewöhnliche Attraktivität der jungen getöteten Frau und deren Herkunft. So wurde das Mordopfer als »Das tote Model vom Saarbacher Mühlweiher« bezeichnet oder als »Die schöne Russin«. Für die korrekte Herkunftsbezeichnung hatten die Journalisten wohl keine Zeit oder es machte sich sprachlich nicht so gut. Man spekulierte über ein nächtliches Stelldichein in einem der Ruderkähne des Weihers, über erzwungene Sexualdienstleistungen einer Frau, die sich gerne aufreizend anzog, und über die langen Arme der weißrussischen Mafia. Wenn man den Vermutungen in der Presse folgte, die von vielen Teilen der Bevölkerung fantasievoll weiter getrieben wurden, dann stand die gesamte Gastronomie des Landkreises kurz vor der Übernahme durch die Mafia, oder aber das neu ausgestaltete Hotel am Saarbacher Mühlweiher war in Wahrheit eines dieser grenznahen Bordelle, wie sie zu der Zeit im Saarland entstanden.

Wenn Peters gefragt wurde, nannte er diese Überlegungen das, was sie seiner Meinung nach waren, nämlich Spekulationen, die Hunderte anderer Möglichkeiten aus dem Blick verloren und deshalb in der Polizeiarbeit keinen herausragenden Stellenwert hatten.

Wenn er auf Ratschläge von außen in einer außergewöhnlich spontanen und gelegentlich auch heftigen Art, nahezu allergisch, reagierte, so ließ er sich doch mit einer Person auf Gespräche über seine Arbeit ein – mit Alfred von Boyen. Um diese Ausnahme von der Regel zu verstehen, musste man nach dem Missing Link zwischen den beiden suchen, und das war Barbara Fouquet. Sie war die Frau, die Peters, den Mann aus dem hohen Norden, hier im manchmal sehr heißen Süden hielt, und sie war diejenige, die von Boyen in seiner Einsiedelei angesprochen hatte und ihn auf die ihr eigene Weise integrierte, indem sie ihn zum ehrenamtlichen Kirchendiener machte.

So trafen sie sich am Nachmittag des nächsten Tages bei Alfred von Boyen in seiner Einsiedelei, die eigentlich ein ganz normales eineinhalbstöckiges Haus mit ausgebautem Dachgeschoss am Waldrand im Gebüg war. Von Boyen war einer von den höchstens einhundertzwanzig Einwohnern dieses ehemaligen Köhlerdorfes, das direkt unterhalb des Maimonts lag und damit Luftlinie maximal zwei Kilometer von der Grenze zu Frankreich. Barbara Fouquet und Bernd Peters hatten die köstliche Donauwelle aus der Bäckerei von Anna Hoger in Schönbach mitgebracht, von Boyen warf seinen Vollautomaten an und bereitete Latte macchiato und Cappuccino zu. Sie saßen auf der unteren Terrasse, die noch im Schatten lag, und gaben sich zunächst dem Blick auf die in voller Blüte stehenden Dahlien hin, das dahinter liegende Tal und die den Horizont begrenzenden Bergzüge des Pfälzerwaldes, deren Grün in der Ferne in ein Türkis übergingen. Eine Eidechse lief die Garagenwand zur Rechten hoch, ein Eichelhäher hüpfte von Baum zu Baum, aber sonst war die Natur in der brütenden Hitze weitgehend still.

»Die Befragungen sind beendet und wir haben keine Spur«, begann Bernd Peters das Gespräch. »Am Ende des Empfangs, morgens gegen zwei Uhr, ging Jean Dallmann in seine Wohnung oben im Hotel, der Pfarrer fuhr nach Hause, der Ortsbürgermeister, nachdem er sein Sakko geholt hatte, auch. Bettina Friedrich von der Kreisverwaltung fuhr nach ihren Angaben sofort zurück in ihr Apartment in Pirmasens. Frederic war in seinem Mitarbeiterzimmer verschwunden, der Küchenchef war auf dem Heimweg. Der Nachtportier hat niemanden mehr gesehen.«

»Und Ludmilla?«, fragte Barbara.

»Das ist die große Frage. Ihre Kollegin, die mit ihr in einem Zimmer wohnt, hatte bis heute Urlaub. Sie war also allein und wir haben keine Zeugen dafür, dass sie in ihr Zimmer gegangen ist. Auch bei allen anderen müssen wir uns auf das verlassen, was sie gesagt haben. Nur Frederic wurde beim Eintreten in sein Zimmer von seinem Mitbewohner gesehen.«

»Hat der Nachtportier sonst gar nichts mehr bemerkt?«, fragte Alfred.

»Er sagt Nein und beteuert, die ganze Nacht über aufmerksam gewesen zu sein, was vielleicht auf ein kleines Nickerchen in seinem durchaus bequemen Schreibtischsessel hindeuten könnte.«

»Wer ist eigentlich diese Bettina Friedrich?«, fragte Barbara. »Sie war mir an dem Abend aufgefallen, weil sie – ich will es mal so sagen – weil sie recht extrovertiert war.«

Bernd Peters schmunzelte und erinnerte sich an den Bericht von Klaus Scheller.

»Chef, das ist eine Wuchtbrumme«, hatte er bei ihrer kurzen Nachbesprechung am vorherigen Abend begonnen.

»Eine was?«, fragte Peters zurück.

»Eine tolle Frau! Mindestens eins achtzig und üppig ausgestattet. Und ein Temperament hat die! Eine Lache!« Schellers Begeisterung war nicht zu übersehen. »Erst habe ich mich gewundert, dass sie die Tür hinter uns zugemacht hat, aber wahrscheinlich haben sich ihre Kolleginnen in der Vergangenheit schon ab und zu beschwert, dass man sie über den ganzen Flur hören könne. Die ist kein Kind von Traurigkeit und alles andere als leise.«

»Hat sie auch was ausgesagt, oder hat sie die ganze Zeit gelacht?«, fragte Peters, um zum Thema zu kommen.

»Geredet hat sie viel, aber wenn ich es auf einen kurzen Nenner bringen soll: Sie hat nichts gesehen und gehört und ist gleich nach dem Ende des Abends nach Hause gefahren.«

»Das war alles?«, fragte Peters enttäuscht.

»Es war ein bisschen schwer, sie beim Thema zu halten. Sie hat eine Anekdote nach der anderen erzählt. Ich weiß jetzt alles über den Pfarrer und den Ortsbürgermeister, über die Landtagsabgeordneten und über den Landrat. Lauter unwichtige Dinge aus dem Bereich Klatsch und Tratsch.«

»Hat sie etwas über Jean Dallmann gesagt?«

»Über seine Familie und seine Geschwister hat sie mir viel erzählt, aber über ihn recht wenig. Das fiel mir auf und ich fragte nach: »Herrn Dallmann scheinen Sie gut zu kennen, wie mir gesagt wurde?« Da wurde sie recht kurz und fragte zurück: »Wieso?« Und ich habe gesagt: »Na ja, man hat mir gesagt, Sie hätten sich sehr gut mit ihm unterhalten und sich am Ende des Abends sogar bei ihm untergehakt.« Dann sagte sie nur: »Daraus dürfen Sie bitte keine falschen Schlüsse ziehen!« Dann begann sie gleich wieder mit einer neuen Anekdote über den Vorbesitzer des Hotels.«

»Und dein Eindruck?«, fragte Peters.

»Die haben was miteinander oder hatten etwas miteinander in der Nacht!« Scheller grinste.

»Was aber beide in dem Sinne bestreiten, dass sie ausgesagt haben, sie seien gleich in ihre Wohnung gegangen oder nach Haus gefahren.«

»Genau, beide Aussagen decken sich. Was nicht heißt, dass sie wahr sind.«

»Weil sie etwas zu verbergen haben? Vielleicht nur eine gemeinsame Nacht, von der niemand etwas wissen soll.«

»Vielleicht«, hatte Scheller gesagt und seinen Bericht beendet.

Bernd Peters berichtete kurz von Schellers Erkundigungen und meinte dann: »Man kann also sagen, dass beide einander bestätigen, dass sie nicht zusammen waren.«

»Falls sie doch zusammen gewesen wären, könnten sie entweder als Täter infrage kommen – der eine oder die andere oder beide – oder sie wären möglicherweise Zeugen«, sagte Alfred nachdenklich.

»Aber da sind noch viele andere mögliche Zeugen oder Täter«, meinte Peters. »Den Ortsbürgermeister hat keiner wegfahren gesehen. Er hat allerdings ausgesagt, dass der Wagen des Pfarrers bereits weg war, als er nach Hause fuhr. Der Küchenchef wohnt alleine und hat somit auch keinen Zeugen.«

»Und dann haben da noch viele andere Gäste und Mitarbeiter im Haus übernachtet, die durchaus Gelegenheit gehabt hätten, sich mit Ludmilla zu treffen«, ergänzte Barbara.

»Wir haben also die Auswahl«, sinnierte Alfred. »Zu viel Auswahl.«

Die nachfolgende Pause diente dem Nachdenken und dem genüsslichen Vertilgen der Donauwelle.

»Der Ansatzpunkt kann zunächst nur bei Ludmilla selbst liegen«, sagte schließlich Bernd Peters. »Womit wir einen Mörder, der nicht in Kontakt mit ihr stand, übersehen würden.«

»Was statistisch gesehen nicht sehr wahrscheinlich ist, oder?«, fragte Alfred.

»Genau, statistisch gesehen«, antwortete Bernd.

»Was wisst ihr denn über Ludmilla?«, fragte Barbara.

»Neunundzwanzig Jahre alt, aus einem kleinen Ort in Weißrussland, seit sechs Monaten hier im Hotel, Ausbildung unbekannt«, fasste Bernd zusammen. »In ihrem Zimmer hängen Bilder von ihren Eltern, den Geschwistern und einem jungen Mann, von dem sie sagte, dass sie mit ihm verlobt sei. Sie galt als fleißig, zuverlässig und deutlich weniger an Männerbekanntschaften interessiert, als es den Herren der Schöpfung in ihrer Umgebung recht war. Wobei sie keineswegs spröde wirkte oder schroff ablehnend, sondern uninteressiert und freundlich auf Distanz bedacht.«

»Wie ist sie hierhergekommen?«, fragte Alfred.

»Über eine dieser zahlreichen Personalagenturen, die Mitarbeiter für Restaurants, Hotellerie, Krankenpflege und Bauwirtschaft aus Osteuropa vermitteln«, antwortete Bernd. »Sie heißt, wenn ich mich recht erinnere, ‚Dein Mitarbeiter‘. Es gibt viele mit sehr fantasievollen Namen.«

»Da müssen wir ansetzen«, sagte Alfred. »Wo haben die ihr Büro?«

»In Berlin. Scheller wird am Montag mit ihnen telefonieren«, sagte Bernd Peters.

»Berlin – immer eine Reise wert«, frotzelte Barbara zu Alfred gewandt.

»Ja, eine mühevolle Reise«, sagte Alfred.

»Man kann ab Mannheim fliegen«, gab Barbara zurück. »Dauert nur eine Stunde.«

»Ist teuer und umweltunfreundlich«, meinte Alfred. »Die Bahn ist besser.«

»Wenn sie denn fährt und keine Verspätung hat.«

»Alle reden vom Wetter, wir scheitern daran«, lächelte Bernd. »Der neue Wahlspruch der Deutschen Bahn.«

Die Kuchenplatte war geputzt, die Kaffeetassen leer.

»Wie wäre es jetzt mit einem Glas Wein? Ein leichter Weißer aus Nussdorf zum Beispiel?« Alfred schaute seine Gäste an.

»Allenfalls ein bisschen – und ein großes Glas Wasser«, bat Bernd.

»Wasser hätte ich auch gerne, bei der Menge des Weines möchte ich mich noch nicht festlegen«, sagte Barbara.

Während Alfred ins Haus ging, um Wasser, Wein und Gläser zu holen, schauten sich die beiden um. Es war leicht zu verstehen, warum Alfred von Boyen sich hier oben so wohl fühlte. Der Blick über das Tal hin zu den bewaldeten Höhenzügen am Horizont vermittelte ein Gefühl von Weite und Geborgenheit zugleich. Es gab kein Empfinden von Enge, wenn man über die Apfelbäume und Wiesen in die Ferne schaute, das Auge verlor sich jedoch nicht in der Unendlichkeit wie am Ufer eines Meeres. Der Blick tat der Seele gut, und Barbara verstand, warum Alfred sich nach all den Enttäuschungen hierher zurückgezogen hatte. Die Sonne war schon etwas milder geworden und es kam Leben in die Natur. Die Pferde unten auf der Wiese verließen den Schatten des großen Baumes und grasten verstreut über dem kleinen Hügel. Die Vögel wachten auf und Spatzen, Meisen, Rotkehlchen und Finken lärmten in den Büschen. Hoch in der Luft zogen zwei Greifvögel ihre Runden. Eine Wandergruppe kam die Dorfstraße hinunter und ging zu dem kleinen Hotel. Auf der Koppel daneben voltigierten abwechselnd und unbeholfen zwei Kinder auf einem gemütlich gehenden Pferd, das von einer älteren Frau an einer Leine gehalten wurde. Die beiden Motorräder, die in hoher Geschwindigkeit die Straße im Tal entlang brausten, schienen nicht hierher zu gehören.

Alfred stellte den Grauburgunder in einen Weinkühler, verteilte die Gläser, schenkte Wasser ein, nahm wieder die Weinflasche, öffnete den Schraubverschluss und sah fragend seine Gäste an. Bernd zeigte auf das untere Drittel seines Glases, Barbara auf das obere. Alfred schenkte entsprechend ein und sich selbst auch ein halbes Glas. Sie hielten die Gläser gegen den Himmel und an die Nase und nahmen einen Schluck, den sie im Mund kreisen ließen.

»Der ist frisch, sortentypisch, nicht zu viel Säure und angenehm im Abgang«, sagte Barbara.

Bernd schaute sie erstaunt an.

»Weintrinken gehört in der Pfalz zur Ausbildung«, entschuldigte sie sich. »Unser Predigerseminar liegt in Landau. Einige aus jedem Vikarskurs kennen sich mit Sicherheit mit Wein aus. Da lernst du es zwangsläufig.«

»Oh je«, sagte Bernd. »Das fand ich hier an dieser Gegend bisher so sympathisch, dass man eher Bier trinkt. Damit kenne ich mich wenigstens aus. Jetzt kommt auch noch ein Weinseminar.«

»Das ist eine Idee«, sagte Alfred, »ich mache mal eine Weinprobe für euch beide, und jeder darf einen anderen mitbringen.«

»Dann bringe ich Barbara mit«, lachte Bernd.

»Und ich den Bernd Peters«, grinste Barbar Fouquet.

»Auch nicht schlecht«, sagte Alfred. »Dann brauche ich jeweils nur eine Flasche.« Er wurde nachdenklich. »Aber zunächst einmal brauchen wir einen Plan, wie es weiter gehen soll.«

Der Plan nahm nach der zweiten Flasche Wein abenteuerliche Züge an.

Klaus Scheller würde man noch einmal auf Bettina Friedrich ansetzten. Schließlich brüstete er sich damit, dass bisher keine Frau seinem Charme widerstehen konnte. Da schien die Mitarbeiterin der Tourismusabteilung ein leicht zu erlegendes Wild zu sein.

»Aber dass der mir nur brav jede Nacht im eigenen Bett verbringt«, sagte Bernd. »Alleine wohlgemerkt, sonst heben die uns hinterher mit Leichtigkeit aus.«

Bernd Peters wollte sich um den Ortsbürgermeister kümmern und um die Hausdame.

»Hier gelten aber bitte dieselben Regeln. Verstanden?«, sagte Barbara.

Alfred von Boyen sollte das Telefonat Schellers mit der Personalagentur abwarten und diese danach genauer unter die Lupe nehmen – und wenn er dazu nach Berlin fahren müsste.

»Die vom Außenministerium haben mich sowieso händeringend gebeten, nächste Woche zu einer Konferenz zu kommen. Eigentlich wollte ich kurzfristig absagen, aber jetzt?«

Barbara Fouquet wurde auf Jean Dallmann angesetzt. Der sollte wohl am meisten wissen, auch wenn er so unwissend tat.

»Wie willst du denn diese Nuss knacken?«, fragte Alfred.

Barbara lächelte. »Ich hab da schon so eine Idee. Never underestimate the power of a good Mascara, sage ich nur.«

Die Männer schauten sich fragend an.

»Never underestimate the power of a good mascara – ist doch klar. Hab ich mal in einer Parfümerie gelesen. Hat sich mir eingeprägt.« Sie grinste.

»Auch hier gelten dieselben Spielregeln!«, sagte nun Bernd Peters mit einem vielsagenden Blick zu seiner Freundin.

Nichts zwang Peters dazu, seinen Nachforschungen auch am Sonntag nachzugehen. Also hatte er sich für zwei Nächte im Pfarrhaus in Schönbach einquartiert und war am Sonntagmorgen mit in den Gottesdienst gegan-

61

gen. Eigentlich hatte er mit Institutionen wie der Kirche nicht viel am Hut. Es genügte ihm, Teil der Megainstitution Landesverwaltung zu sein. Aber das Missing Link zwischen seiner Kirchenferne und dem Gottesdienstbesuch war auch in diesem Fall Barbara Fouquet, die seit einer Reihe von Jahren Pfarrerin in Schönbach war und damit Seelsorgerin für vier Dörfer und einige Höfe verstreut zwischen viel Wald, Wiesen und Feldern. Es war ihre erste Pfarrstelle, und sie hatte sie sich nicht ausgesucht. Aber sie hatte es auch nie bereut, keinen Widerstand geleistet zu haben, als man sie hierhin in den letzten Winkel des Dahner Felsenlandes schickte. Es war ihr gelungen, Freunde zu finden und von den Menschen akzeptiert und nicht selten geliebt zu werden. Nicht nur, weil sie eine strahlend schöne junge Frau mit rotblonden Haaren und Sommersprossen war, sondern weil sie ein offenes Wesen hatte, vorurteilslos auf die Leute zuging und sich durchaus durchzusetzen wusste, wenn man es ihr schwer machen wollte – und weil sie von ihrer Arbeit überzeugt war. So war es schnell akzeptiert worden, dass dieser blonde Hüne aus Pirmasens immer wieder einmal im Pfarrhaus nächtigte. Auch in der südlichen Westpfalz war man inzwischen durchaus zu der Meinung gekommen, dass in einer Beziehung zweier Menschen die Liebe wichtiger war als der Trauschein – nicht alle dachten das, aber doch die meisten.

So verbrachten Barbara und Bernd den Nachmittag mit ihrem neuen gemeinsamen Hobby, dem Klettern. Sie hatten sich nicht nur von erfahrenen Kletterern anleiten lassen und an geführten Kletterpartien teilgenommen, sie hatten auch einiges an Geld in eine anständige Ausrüstung investiert. Zudem waren sie nicht leichtsinnig und wagten sich alleine ausschließlich an die leichteren Aufstiege. Wobei es im Sommer manchmal richtig voll war an den Felsen rund um Dahn.

Es gab jedoch kaum etwas Schöneres als auf den engen Pfaden zur Basis eines Felsens hinaufzusteigen, wenn der Wind die Blätter der Buchen und der wenigen Eichen bewegte und man sich wie in einem Meer aus Tausenden von grünen Schmetterlingen fühlte, das Klopfen eines Spechts von der anderen Talseite herüberdrang und ansonsten außer dem Knirschen der Erde unter den Schuhen nichts zu hören war. Dann, am Felsen angekommen, musste der Weg gesucht werden, auf dem dieser Koloss bezwungen werden konnte. Jeder Fels war ein Individuum, von eigener Farbe, die steinerne Haut des einen fest, die des anderen sandig und weich, die Furchen und Falten charakteristisch und unverwechselbar. Manche zierten sich, andere wehrten sich nahezu, einige gaben sich willig hin und machten ihnen den Aufstieg leicht. Dann war es, als würden Fels und Kletterer miteinander verschmelzen, die Hand in den Stein gekrallt, der Fuß auf einer sicheren Stütze ruhend, immer ein Stück weiter hinauf, zusammen an einem Seil, der eine die andere absichernd, bis zum letzten Schritt aus der steilen Wand auf das Plateau.

Am späten Nachmittag standen sie ausgepowert, aber glücklich auf einem Felsvorsprung, von dem aus sie einen wunderbaren Blick über das Sauertal und die Höhen des Pfälzerwaldes hatten.

»Jetzt müsste man hier sitzen bleiben und auf den Sonnenuntergang warten«, meinte Bernd.

»Dann musst du hier auch übernachten«, sagte Barbara.

Er schaute sie fragend an.

»Ich glaube, im Dunkeln schaffen wir den Abstieg nicht«, sagte sie.

»Stimmt. Also dann, noch eine kleine Pause, und wieder runter vom Fels.«

»Und rauf zum Flugplatz zu einem Bier und Schniposa.« Sie reckte sich. »Schnitzel, Pommes und Salat.«

Eine halbe Stunde später machten sie sich an den Abstieg. Unten angekommen luden sie die Ausrüstung in Barbaras alten Golf und fuhren unüberhörbar zurück nach Schönbach, nahmen eine Dusche, und dann ging es zum Flugplatz auf dem Söller. Der Weg nach Nothweiler zweigte an der Ausfallstraße Richtung Süden kurz hinter Schönbach ab. Es ging links durch den Wald und den Berg hoch. In einer Kurve wies ein schon leicht verrostetes Schild auf der rechten Fahrbahnseite darauf hin, dass man hier noch einmal abzubiegen hatte. Von nun an wurde es etwas abenteuerlich, denn der Weg war unbefestigt und durch die schweren Fahrzeuge der Waldarbeiter so ausgefahren, dass Barbara aufpassen musste, dass ihr Wagen nicht aufsetzte. In der Hoffnung, dass niemand entgegenkäme, ging es mit einer gekonnten Schräglage am äußersten rechten Rand durch den Wald. Bernd bekam etwas Angst um den über zwanzig Jahre alten Wagen, aber Barbara wusste, was sie ihrem treuen Begleiter zumuten konnte. Schließlich wurde es heller, und sie fuhren an einer großen Wiese entlang auf das Holzhaus zu, in dem die Gaststätte war.

Sie suchten sich einen Platz auf der Terrasse, gaben ihre Bestellungen auf und genossen den Blick über die Wälder. Von hier aus müsste man den Sonnenuntergang wunderbar genießen können. Auf dem Flugplatz, der aus der großen Wiese, einem kleinen Tower und einigen Hallen für die Sportflugzeuge bestand, war an diesem Abend tatsächlich noch etwas los. Zwei Flugzeuge wurden gerade in die Hangars gezogen, als ein drittes aus nördlicher Richtung den Sportflugplatz ansteuerte, am jenseitigen Anfang der Landebahn aufsetzte und holpernd nach und nach zum Stehen kam.

»So habe ich mir immer das Fliegen in Afrika vorgestellt, wenn die Ranger und Tierärzte die weiten Strecken in den Nationalparks mit solchen Flugzeugen zurücklegen und dann auf so einer Buckelpiste aufsetzen«, sagte Bernd. »Diese kleinen Dinger müssen ganz schön stabile Fahrwerke haben.«

»Du siehst, solche Romantik kannst du auch hier haben«, sagte Barbara. »Wir können ja mal nach Rundflügen fragen. Ich fände es toll, alles einmal von oben zu sehen.«

»Und das live und nicht nur mit Google Earth.«

»Nur das mit dem Heranzoomen müsste dann nicht sein, lieber schön auf Distanz zur Erde bleiben.«

»Ja, dann könnte man sich auch einmal den Tatort aus der Distanz ansehen«, sagte Bernd. »Vielleicht würde dann einiges klarer.«

Die Teller wurden gebracht, und die beiden stürzten sich mit einem Heißhunger auf das kalorienhaltige Abendessen. Jetzt waren alle Flugzeuge in den Hangars verschwunden. Die Insassen des zuletzt gelandeten Flugzeuges kamen auf die Gaststätte zu und suchten sich einen Platz im Inneren. Es waren zwei Männer mit markigen Gesichtern und großen Reisetaschen. Als sie an ihrem Tisch vorbeigingen, fiel Bernd auf, dass sie sich in einer Sprache unterhielten, die er nicht kannte, die ihm aber mit ihren eigentümlichen Lauten und dieser ungewohnten Satzmelodie irgendwie slawisch vorkam.

»Wo war eigentlich der Tatort? Habt ihr das herausgefunden?«

»Nein, wir wissen nicht, wo sie ins Wasser geworfen wurde oder gefallen ist. Wir haben auch keine Tatwaffe gefunden. Das muss eine Eisenstange gewesen sein oder etwas Ähnliches. Die liegt vermutlich im Weiher.«

»Morgen geht es also weiter«, sagte Barbara mit einem leichten Seufzer.

»Ja, dann werde ich einmal die so sympathische Hausdame unter die Lupe nehmen. So jemand weiß doch eigentlich alles, was in einem Hotel abgeht.« Bernd dachte nach und nippte an seinem Weizenbier. »Nur leider war sie an dem Abend nicht da, hat sie ausgesagt.« Er nahm einen weiteren Schluck. »Bei so einer hübschen jungen Frau wie Ludmilla denkt man immer zuerst an eine Beziehungstat. Dafür gibt es keine konkreten Hinweise. Infrage kämen viele Männer, vielleicht auch Frauen. Aber wir wissen so wenig über Ludmillas Beziehungen. Alle sagen, sie hätte keine gehabt. Sie scheint so etwas wie eine gut aussehende Fleißmaus ohne Gefühle gewesen zu sein.«

»Vielleicht war sie ein Roboter in Frauengestalt«, sagte Barbara.

»Das hat die Obduktion bereits ausgeschlossen«, lächelte Bernd. »Und zum Glück bist du so etwas nicht.«

»Das weißt du ohne Obduktion?«

»Allerdings!«, grinste Bernd Peters zweideutig.

6

Der Montagmorgen begann für Barbara Fouquet wie fast jeder Morgen – mit dem Gang in die Bäckerei. Nur, dass sie heute für zwei Personen einkaufen musste.

Beim Betreten des kleinen Verkaufsraums knarzte es wie immer in den Privaträumen im hinteren Teil des Hauses. Es war noch eine Kundin im Raum, offensichtlich eine Wandrerin, die sich ihren Tagesproviant zusammenkaufen wollte. Dabei schien sie unsicher zu sein, was sie in ihrem riesigen schmutzigen Rucksack verstauen wollte. Zudem hatte sie ein ausgeprägtes Kommunikationsbedürfnis. Sie erzählte Anna Hoger, die geduldig hinter der Theke stand, ihre halbe Lebensgeschichte.

»Den Westpfalzwanderweg gehe ich nun schon zum dritten Mal. Die ersten beiden Male mit meinem ehemaligen Freund, aber der hat sich kurz nach Weihnachten

Knall auf Fall in eine andere verguckt, und so habe ich mich diesen Sommer alleine aufgemacht.« Die attraktive Frau Mitte dreißig sprach in einem leicht klagenden Ton. »Ich nehme auf jeden Fall zwei von den Rosinenbrötchen, oder wie nennen Sie die hier?« Ohne eine Antwort abzuwarten, fuhr sie fort. »Aber wissen Sie, das war keine besonders gute Idee. Jetzt muss ich bei jeder Station immer wieder an die Zeit mit ihm denken. Ach, und geben Sie mir doch noch zwei Vollkornweck. Er war ja nicht besonders gut aussehend, aber eigentlich doch recht nett. Manchmal etwas träge vielleicht, aber so sind doch die meisten Männer, oder? Ja, und dann hätte ich gerne noch etwas für den Nachmittag. Was ist das da?«

‚Das da' war ein Nusskranz, aber auch das interessierte die Frau nicht wirklich. »Vielleicht sollte ich froh sein, dass ich ihn los bin, denn eigentlich hat er nicht zu mir gepasst. Wissen Sie, der wollte sich immer mit mir zusammen Pornos anschauen, bevor wir ins Bett sind. Das ist doch schräg, oder? Also von dem da nehme ich einen halben. Da waren die anderen Männer vor ihm angenehmer. Ob ich noch was für den Abend brauche? Haben Sie auch etwas zu trinken? Wenn man alleine durch den Wald wandert, lernt man leider niemanden kennen. Auf den Hütten trifft man Leute, aber die sind meist in Wandergruppen, das ist ja was Schreckliches. Also ich nehme einen Liter Cola.«

In Barbara Fouquet regte sich ihr Helfersyndrom, aber sie kannte dieses Gefühl ganz genau und gab nicht nach, sondern dachte nur, dass zum Lebensglück auch eine gewisse Klugheit gehöre, und wie viele Menschen sich ihr Leben nur dadurch vermasselten, dass sie zu wenig ihren Verstand einschalteten. Diese Frau war ein Fall für eine erfahrene Seelsorgerin oder für einen Therapeuten, doch sie würde gleich wieder im Wald verschwinden sein.

Anna Hoger hatte alles Gewünschte auf die Theke gestellt, die Frau bezahlte und verstaute es im Rucksack.

»Herzlichen Dank noch, war schön bei Ihnen«, sagte sie und verließ die Bäckerei.

»Man kann es sich auch schwer im Leben machen«, sagte Anna, als die Frau draußen war. »Den Kerl hätte ich schon nach zwei Wochen rausgeschmissen. Aber die hängt sich an ihn und trauert ihm auch noch nach.«

»Ja, manchmal sind Frauen ausgesprochen dumm, wenn es um Männer geht – und diese bräuchte wirklich keine Angst zu haben, dass sie keinen abkriegt, so wie die aussieht«, sagte Barbara.

»Warum suchen sich manche immer genau die Falschen aus?«, fragte Anna mehr sich selbst.

»Vermutlich weil sie nach gut aussehenden Männern mit Geld suchen. George Clooney eben oder Hugh Jackman.«

»Da waren wir klüger, wir haben uns gut aussehende Männer ohne Geld gesucht«, lachte Anna Hoger ihr unverwechselbares Lachen.

»Und ohne irgendwelche schrägen Angewohnheiten«, sagte Barbara. »Abgesehen davon, dass beide mit ihrem Beruf verheiratet zu sein scheinen.«

»Wir wissen ja, wie wir sie immer wieder auf den Boden unserer Wirklichkeit zurückholen können«, sagte Anna. »Vermute ich richtig, dass es bei dir heute Frühstück für zwei gibt?«

»Du vermutest richtig – und ich frage erst gar nicht, wie du darauf kommst, denn du bist und bleibst die bestinformierte Frau der Gegend.«

»Ja, jede hat so ihre Talente. Und ich habe einige.«

»Dann hast du sicher auch schon die Antwort auf die Frage, wer die junge Weißrussin in Ludwigswinkel ermordet hat?«

»Ich habe da so eine Vermutung, aber es ist zu früh, darüber zu reden«, lächelte Anna verschmitzt. »Nein, eigentlich habe ich nicht die blasseste Ahnung – und ich habe noch nichts gehört außer dem üblichen Klatsch und Tratsch, den du vermutlich auch schon kennst.«

»Jean Dallmann ist ein Hallodri, die Frau war sexy, der Ortsbürgermeister hat ihr nachgestellt, der Küchenchef hätte sie gerne ins Bett gekriegt und so weiter.«

»Genau das – und noch mehr.«

»Also schieß los, du Orakel von Schönbach«, sagte Barbara.

»Auf dem Campingplatz ist eine eigentümliche Stimmung. Manche von denen kaufen bei mir ein – und erzählen dann ein bisschen. Zunächst einmal sind viele völlig verunsichert. Einige sagen, man könne mit den Kindern nicht mehr in einem Weiher baden, in dem eine Leiche gelegen hat. Andere haben Angst, die Gegend sei gefährlich geworden und überlegen, abzufahren oder ihren Dauerstellplatz aufzugeben.«

»Das kann man ja verstehen.«

»Da ist aber noch etwas. Einige Männer haben Sprüche geklopft, so nach dem Motto: »Die polnische Schlampe hat es doch nicht anders verdient.« Du kennst das ja.«

»Ja leider, Deutschland ist alles andere als eine rassismusfreie Zone. Das gilt auch für unsere Gegend.«

»Das hat nun einige auf die Idee gebracht, dass man den Täter gar nicht im Hotel suchen müsse, sondern auf dem Campingplatz. Und der Gedanke, mit einem Mörder auf einem Platz zu nächtigen, der ist nun wirklich schrecklich.«

»Haben sie auch erzählt, wer diesen grässlichen Satz gesagt hat?«

»Nein, sie wissen es nicht. Denn die Gruppe von Männern, die sich in ihren fremdenfeindlichen Rausch geredet und getrunken hat, hält zusammen. Da lässt keiner etwas raus.«

»Vielen Dank, ich werde das an Bernd weitergeben«, sagte Barbara nachdenklich. »Und jetzt hätte ich gerne das Übliche für ein Frühstück zu zweit.«

Anna Hoger füllte die Tüte, Barbara bezahlte und verließ so in Gedanken versunken den Laden, dass sie vergaß, sich zu verabschieden.

»Ludmilla war schon etwas Besonderes«, begann Nicole Berner, die Hausdame, als sie sich mit Peters in ihr Büro zurückgezogen hatte. »Wobei gar nicht leicht zu sagen ist, was denn an ihr so besonders war, abgesehen von ihrem Aussehen. Sie war außergewöhnlich zurückgezogen und gleichzeitig immer bereit, einzuspringen oder zusätzliche Dienste zu übernehmen. Ihr Deutsch war im Vergleich zu den anderen Kräften aus dem Osten eher gut, wenn auch natürlich nicht ganz ohne Fehler und mit dem besonderen Akzent, mit dem Russen eben Deutsch sprechen. Der war aber keineswegs unangenehm und fiel nach wenigen Sätzen nicht mehr auf, weil sie wirklich alles verstand und dann auf die ihr mögliche Weise antwortete. Aus meiner Sicht war sie die ideale Kraft.«

»Wir suchen nach einem Ansatzpunkt«, sagte Peters ein wenig verzweifelt. »Wer könnte ihr nach dem Leben getrachtet haben? Mit wem hatte sie Streit? Wer könnte einen Vorteil von ihrem Tod haben? Wusste sie etwas, das ein Geheimnis bleiben sollte? Hat sie jemanden erpresst?«

»Über all das habe ich auch schon nachgedacht, aber mir fällt beim besten Willen nichts ein«, sagte Nicole Berner und es klang fast ein wenig traurig. »Ich kann mir nicht so recht vorstellen, dass sie irgendetwas mit einem Mann hatte, wie viele vermuten. Sie war wirklich ausgesprochen zurückhaltend. Sie war einfach ein liebes Ding.«

»Sie haben sie über eine dieser Agenturen geworben?«, fragte Peters.

»Ja ganz regulär, mit allen Papieren. Wir arbeiten mit drei Agenturen zusammen, die uns Personal vermitteln. Zwei davon sind auf Osteuropa spezialisiert.«

»Und diejenige, über die Ludmilla kam, heißt ‚Dein Personal‘, ist das richtig?«

»Ja, das ist richtig. Die Namen der beiden anderen sind nicht fantasievoller. Die eine heißt ‚Personal für Dich‘, die ist auch auf den Osten spezialisiert, und die dritte nennt sich ‚Deine Personalagentur‘.«

»Man scheint sich in Ihrem Arbeitsbereich gerne zu duzen, fällt mir auf.«

»Ist mir auch aufgefallen, ist aber gar nicht so. Das soll wohl einfach nur persönlicher klingen. Letztlich funktionieren die alle gleich. Besonders persönlich sind sie nicht. Das ist ein Geschäft mit jeweils drei Beteiligten, von dem alle profitieren wollen«, sagte Frau Berner mit einem eigenartigen Unterton.

»Und wer hat den größten Nutzen?«, wollte Peters wissen.

»Ich weiß es nicht. Das ist von Fall zu Fall anders. Die Provisionen sind happig und rechnen sich für uns nur, wenn die Mitarbeiter mindestens eine Saison, also ein halbes Jahr, bleiben. Aber nicht alle halten es so lange aus. Oft wegen Heimwehs.«

»Was passiert dann?«

»Dann bekommen wir einen Teil der von uns gezahlten Provision zurück, und die Mitarbeiter müssen diesen Betrag und noch eine Art Vertragsstrafe an die Agentur zahlen.«

»Das wird teuer.«

»Ja«, sagte Frau Berner nachdenklich. »Das ist teuer für die Mitarbeiter. Deshalb bleiben die meisten das halbe Jahr, trotz Heimwehs und allem anderen, was sie vielleicht plagt.«

»Sie bekommen alle Ihre ausländischen Mitarbeiterinnen über diese Agenturen?«

»Ausnahmslos. Einen anderen legalen Weg gibt es nicht.«

»Und illegale?«

»Mag es geben, aber die müssten Sie besser kennen als ich, denn so etwas ist Ihr Job und nicht meiner«, sagte Nicole Berner und schaute Peters streng an.

»Ich habe damit noch nichts zu tun gehabt«, sagte Peters. »Könnten Sie mir nicht doch ein paar Tipps geben, Frau Berner?« Er war die Freundlichkeit in Person.

»Mir geht es wie Ihnen, ich habe mit so etwas auch noch nie zu tun gehabt.«

Peters gab auf, für heute jedenfalls, und fragte stattdessen: »Die Zimmernachbarin von Ludmilla ist doch wieder da. Könnte ich einmal mit ihr sprechen?«

»Sie ist gerade bei der Arbeit, aber ich werde sie Ihnen holen«, sagte Nicole Berner und verschwand.

Glatt wie ein Eiskanal, dachte Peters. Nicole Berner war nicht zu greifen. Alles in Ordnung, Ludmilla ein Ausnahmetalent, keine Konflikte. Dieses wäre das erste Hotel, in dem hinter den Kulissen alles glatt liefe und Personal nur legal beschäftigt würde – keine unbezahlten Überstunden, kein Geld an der Steuer vorbei, keine Drohung mit Kündigung. Nach allem, was Peters wusste, hatten gerade die Zimmermädchen einen Scheißjob mit hohem Zeitdruck, quengelnden Gästen und unfreundlichen Vorgesetzten. Das war überall so, nur hier angeblich nicht. Vielleicht war die ,Spa Residenz am Saarbacher Mühlweiher' nicht nur für die Gäste eine Wellnessoase, sondern auch für die Mitarbeiter.

Die Tür ging auf und Nicole Berner trat mit einer schüchternen jungen Frau ein.

»Das ist unsere liebe Natascha«, sagte sie. »Und das ist Kommissar Peters aus Pirmasens. Er untersucht den Tod von Ludmilla, deiner Freundin.«

»Nicht Freundin«, sagte Natascha mit einer etwas piepsigen Stimme und streckte Peters verlegen ihre Hand entgegen. Die junge Frau steckte in der schwarz-weißen Uniform der Zimmermädchen und hatte ihre langen blonden Haare zu einem Dutt gebunden.

»Sie war nicht Ihre Freundin?«, fragte Peters.

»Kollegin, nicht Freundin«, sagte Natascha leise.

»Wann haben Sie sie das letzte Mal gesehen?«

»Vor Urlaub, letzten Montag.«

»Wo waren Sie denn in Urlaub?«, wollte Peters wissen.

Natascha sagte nichts, schaute aber ein wenig in Richtung von Frau Berner.

»Ist auch nicht wichtig«, meinte Peters, dem klar wurde, dass diese Gesprächskonstellation nicht fruchtbar sein würde.

»Haben Sie nie etwas mit Ludmilla zusammen gemacht?«

»Zigaretten geraucht«, hauchte Natascha.

Peters wandte sich an Frau Berner. »Wenn es Ihnen nichts ausmacht, würde ich gerne alleine mit Natascha sprechen«, sagte er und fügte gleich hinzu: »Da können Sie ja nichts dagegen haben. Es wäre nur schön, wenn wir hierbleiben könnten.«

»Ist in Ordnung«, sagte Nicole Berner, und es schwang eine gewollte Großzügigkeit mit. »Ich mache dann einfach jetzt schon meinen Rundgang. Ich hoffe nur, die Mitarbeiterinnen werden nicht zu überrascht sein, wenn ich heute einmal etwas früher komme«, sagte sie und lächelte süffisant.

Als Frau Berner aus dem Raum war, wiederholte Peters seine Frage: »Wo haben Sie Urlaub gemacht?«

»In Frankreich, mit Freund«, sagte Natascha und ihre Augen glänzten.

»Freund?«, sagte Peters nur.

Natascha strich sich eine Strähne ihrer blond gefärbten Haare aus dem Gesicht. Eine hübsche Geste bei dieser sonst eher unscheinbaren Frau, zu der Peters als Erstes der Begriff ,verhuscht' einfiel. Aber manchen Männern gefällt gerade so etwas Devotes, dachte er.

»Freund ja. War Gast gewesen. Nicht jung, aber großes Auto. Netter Mann.«

Peters sagte nicht, was er dachte, sondern fragte nur: »Und Sie waren die ganze Zeit weg?«

»Ja, können Freund fragen.«

Der würde sich wahrscheinlich bedanken, wenn er in die Sache hineingezogen würde, dieser nicht mehr ganz so junge Mann mit dem großen Auto, dem er in seiner Fantasie gleich auch noch einen dicken Bauch verpasste.

»Wie war das mit Ludmilla, haben Sie nicht einmal über Privates geredet?

»Privates?«

»Freunde, Familie?«

»Wenig. Ludmilla wenig geredet. Viel mit Handy telefoniert oder SMS geschrieben. Ist oft aus Zimmer gegangen wegen Telefon.«

»Wo kommen Sie her?«

»Aus Ukraine.«

»Wie sind Sie hierhergekommen.«

»Mit Agentur, gute Agentur, alles legal, alles in Ordnung, sehr gut.«

Jetzt schien sie richtig gesprächig zu werden.

»Wie heißt die Agentur?«

»Weiß nicht, Hausdame weiß.« Damit war es schon vorbei mit der Gesprächigkeit.

Peters befürchtete, dass er aus diesem ängstlichen Wesen heute nichts mehr herausbekäme, was weiterführen könnte. Also bedankte er sich, schickte Natascha zur Arbeit und verließ das Büro der Hausdame.

Er betrat gerade das Foyer der ‚Spa Residenz‘, als zwei Männer aus dem Frühstücksraum kamen, die sich schnurstracks zum Ausgang begaben. Peters erkannte in ihnen die beiden Männer, die er am Abend zuvor auf dem Flugplatz hatte landen sehen und die ihm wegen ihrer Sprache aufgefallen waren. Er wandte sich an den Empfangschef und fragte, wer diese beiden Männer seien.

»Die beiden Herren kommen aus Estland«, antwortete der Mann hinter dem Empfangsschalter. »Geschäftsleute. Investoren, wenn Sie wissen, was ich meine.« Er machte ein wichtiges Gesicht.

»So, Estland«, sagte Peters nachdenklich.

»Ja, Estland. Gerade ist ihr Leihwagen angekommen, ein großer Benz übrigens. So eine Art Geländewagen in Luxusausführung. Deshalb habe ich sie benachrichtigen lassen. Nachher haben sie noch einen Termin mit dem Chef. Wollen sich aber erst einmal die Gegend anschauen. Investoren eben.«

»Wie sind die beiden angereist?«, fragte Peters neugierig.

»Mit dem Taxi, gestern Abend. Direkt vom Flughafen Frankfurt. Was das gekostet haben muss? Na ja, Investoren eben.«

»Haben Sie das Taxi gesehen? Und das Kennzeichen?«

»Ich habe nur das Taxischild auf dem Wagen gesehen, das reicht doch. Und die beiden hatten Gepäckstreifen an den Taschen. Da war ganz deutlich ‚FRA‘ zu lesen.«

Komisch, dachte Peters, die habe ich gestern Abend nicht gesehen. Ich möchte wetten, dass da noch keine Gepäckstreifen an den Taschen waren.

»Wie heißen die beiden Herren?«

»Unaussprechliche Namen. Ich schreibe sie Ihnen auf.«

Der Mann hinter dem Empfangsschalter schaute in seinen Computer, nahm einen Zettel, schrieb Buchstabe für Buchstabe darauf und reichte Peters das Blatt.

»Vielen Dank«, sagte der. »Und bitte informieren Sie Ihren Chef, dass ich jetzt mit den Leuten in der Küche sprechen werde.«

»Die sind aber noch nicht alle da«, sagte der Concierge hastig.

»Kein Problem«, meinte Peters im Weggehen. »Ich fange bei denen an, die da sind.«

In der Küche wurden gerade die Reste des Frühstücksbuffets entsorgt. Aus der Spülküche waren das aufdringliche Geräusch der Spülmaschinen und das Klappern von Geschirr zu hören. Es roch nach Obst, Wurst und Käse, nach gebratenen Würstchen und Speck. Der Geruch von scharfem Geschirrspülmittel drang aus der Spülküche auf den Gang. Eine Mischung, die Peters auf den Magen schlug. Er schaute sich um und sah einen recht jungen Mitarbeiter, der die Männer und Frauen zwischen den Edelstahlteilen dirigierte. Er ging auf ihn zu und stellte sich vor.

»Kommen Sie mit heraus«, sagte der Mann. »Da ist es nicht so laut, und auch die Luft ist besser.«

Peters folgte ihm gerne. Der Mann stellte sich als Frank Mattheis vor und erklärte, er sei der Sous-Chef der Küche und diese Woche für das Frühstück zuständig.

»Außerdem muss ich die Vorbereitung des Desserts sowie der Soßen und des Gemüses beaufsichtigen. Nächste Woche habe ich dann Spätschicht und mein Chef übernimmt die Tagesschicht.«

»Letzte Woche hatten Sie auch Frühschicht?«

»Ja, wir wechseln alle zwei Wochen, das ist uns beiden am liebsten so.«

»Waren Sie während des Empfangs im Haus?«

»Nein, ich hatte am nächsten Tag wieder die Frühschicht, als Ludmilla gefunden wurde.«

»Kannten Sie Ludmilla?«

»Ja, ein wenig, wir haben ab und zu eine zusammen geraucht. Ich während meines Dienstes, sie vor ihrem Dienst, meist hier draußen vor der Tür.«

»Was wissen Sie über sie?«

»Sie war ein nettes Ding.«

Peters wunderte sich. Das erinnerte ihn an die Äußerung von Frau Berner, die Ludmilla ;ein liebes Ding' genannt hatte. Das geht an, wenn es aus dem Mund einer nicht ganz jungen Frau kommt, aber aus dem Mund eines jungen Mannes fand er das erstaunlich.

»Und ein sehr hübsches Ding«, sagte er deshalb.

»Ja, wenn sie auf Modelmaße stehen. Die hätte auch auf dem Laufsteg arbeiten können. Ist aber nicht so ganz meine Sache. Ich habe es gerne etwas handfester.«

Peters sah den Ehering, der bis vor Kurzem unter den Gummihandschuhen verborgen war.

»Und Sie sind in fester Hand?«

»Genau so ist es«, sagte er. »Glücklich verheiratet und für dünne Models nicht anfällig.«

»Schön, dass es das auch gibt«, rutschte Peters heraus. »Aber was können Sie mir über Ludmilla, das nette Ding, erzählen?«

»Ich fand, sie war so etwas wie ein guter Kumpel. Viel Persönliches haben wir nicht geredet. Aber man konnte herrlich mit ihr lästern – über unseren gemeinsamen Chef, über die Hausdame und den Empfangschef, über manche Kollegen und über die Camper da drüben. Die sind so ein Völkchen für sich. Haben immer neugierig herüber gestarrt, wenn wir hier standen.«

Er schaute über den Weiher, zog eine Zigarettenschachtel aus der Hosentasche, hielt sie Peters hin, der den Kopf schüttelte, und steckte sich dann eine an.

»Übrigens neugierig«, sagte Frank Mattheis. »Neugierig war sie auch, die Ludmilla.«

»Das hat bis jetzt noch niemand über sie gesagt«, wunderte sich Peters.

»Na ja, sie hat nicht mit jedem über alles geredet. Aber wir haben uns irgendwie gut verstanden.«

»Was hat sie so interessiert?«

»Eigentlich alles und jeder. Der Chef, die Hausdame, wo wir unsere Lebensmittel einkaufen, wie es früher hier war, wo das Personal herkommt, wie wir unsere Menüs zusammenstellen. Man konnte fast meinen, sie wolle selbst einmal ein Hotel aufmachen. Ich konnte ihr halt auch viel erzählen, denn ich habe hier schon gearbeitet, als das noch ein Gasthof und keine Spa-Residenz war.«

»Meinen Sie wirklich, sie wollte ein Hotel aufmachen?«

»Nein, das denke ich nicht. Aber über unser Hotel wollte sie nun wirklich alles wissen.«

»Hat sie auch andere so, sagen wir mal, befragt?«

»Das weiß ich nicht«, sagte Mattheis nachdenklich. »Sie hat sich jedoch immer alles gründlich angeschaut, fast zu gründlich, würde ich meinen. Ich habe sie einmal oben im Gang zum Zimmer der Hausdame getroffen, als die Urlaub hatte und gar nicht da sein konnte. Ich glaube, die war richtig neugierig. Aber eben auch sehr nett«, und er fügte hinzu: »Sie wird mir fehlen.«

Peters bedankte sich und ging zurück in die Eingangshalle, setzte sich auf eines der ausladenden Sofas, was er gleich bereute, quälte sich mühsam heraus, wechselte auf einen Stuhl und bestellte sich einen Kaffee. Er musste nachdenken, und währenddessen konnte er ein wenig die Atmosphäre dieser Spa-Residenz auf sich wirken lassen.

Zwei Bilder von Ludmilla hatte er in den Gesprächen präsentiert bekommen, die nicht recht zusammen passten. Einmal die attraktive junge Weißrussin, die ungewöhnlich gut Deutsch sprach, zu jeder Arbeit bereit war, distanziert gegenüber Annäherungsversuchen, die gegenüber ihrer Zimmergenossin nichts von sich preisgab, auch nicht gegenüber dem Sous-Chef der Küche, bei dem sie jedoch ganz anders sein konnte und jovial, kumpelhaft plaudernd möglichst viele Informationen abgriff.

Jetzt musste er noch auf den Campingplatz, um den Hinweisen von Anna Hoger nachzugehen. Nach kurzem Überlegen kam er zu dem Schluss, dass das eher eine Aufgabe für Scheller war, der die Sprache der Menschen hier sprach und sicher dort drüben am anderen Ufer des Weihers besser ankäme.

7

Peters fuhr zurück in sein Büro in der Polizeidirektion an der Pirmasenser Wiesenstraße. Er hatte sich in den letzten Jahren gut eingelebt, war von den Kolleginnen und Kollegen offen aufgenommen worden, als er sich hatte von Kiel hierher versetzen lassen. Wie er gerade auf Pirmasens gekommen war, wusste er nicht so recht. Als Mensch, der in dem Dorf Deichhausen bei Büsum aufgewachsen war und als kleiner Junge mit den Hühnern auf dem Hof seiner Eltern gespielt hatte, fühlte er sich auf dem Land recht wohl. Aus Kieler Perspektive war der große Wald an der französischen Grenze das so ganz andere, und das ganz andere sollte es sein, damit er vergessen konnte, was er vergessen wollte. Vergessen wollte er sein Versagen bei der Kindesentführung, bei dem das Kind am Ende nur noch tot aufgefunden werden konnte, und vergessen wollte er das Scheitern seiner Ehe, wobei das eine mit dem anderen zusammenhing. Pirmasens, das sagte ihm gar nichts, als er sich hierher meldete, und das war gerade richtig.

Nun war er hier angekommen und hatte im Laufe der Zeit manche Parallelen zwischen den Menschen an der Nordsee und hier festgestellt. Was den Norddeutschen das Meer mit seiner Unendlichkeit und Weite war, das war den Menschen hier der Wald, der sich in schier nicht enden wollenden Wellen über die Hügel hinweg zog. Lebenselixier und Möglichkeit zur Erholung auf der einen Seite, Bedrohung und Einsamkeit auf der anderen. Hier wie dort konnte man die Abhängigkeit von der Natur immer wieder spüren, die Natur, von der die Menschen lebten und die sie in Schranken wies. Hier wie dort lebte man am Rand der Republik und die Beziehung zu den Nachbarländern prägte die eigene Identität. Die gegenseitigen Aggressionen der einstigen Feinde waren nicht vergessen, die Überfälle der Deutschen im Zweiten Weltkrieg blieben ein historisches Faktum. Aber zugleich hatte man sich miteinander versöhnt und seit Jahrhunderten inspiriert.

Bernd Peters hatte das Gefühl, er wäre nicht so recht weitergekommen bei seinen Befragungen im Hotel, aber vielleicht würde der Hinweis auf den Campingplatz zu besseren Ergebnissen führen. Oder diese Bemerkung war ein Ablenkungsmanöver und die Spa-Residenz wäre doch der Ort, an dem sie weiter suchen mussten.

Im Büro traf er Scheller an, dem er von den Äußerungen der Hausdame erzählte, und bat ihn, sich unter den Campern umzuhören.

»Das mache ich morgen, wenn es recht ist. Heute muss ich mich erst noch Bettina Friedrich widmen«, sagte er und lächelte erwartungsvoll.

Peters verkniff sich die Bemerkung, die ihm auf der Zunge lag. Letztlich vertraute er Scheller und darauf, dass dieser langsam erwachsen würde, was bei einem Mann Mitte dreißig auch an der Zeit war. Also fragte er, was er über die Personalvermittlungsagentur herausgefunden hätte.

»Da scheint auf den ersten Blick alles in Ordnung zu sein. Die Agentur ist ordnungsgemäß ins Handelsregister eingetragen. Es handelt sich um eine GmbH mit zwei Gesellschaftern, einem Deutschen und einer Frau, die in Minsk wohnt. Die Mitarbeiterin am Telefon war äußerst kooperativ und hat die Personalunterlagen von Ludmilla Herzegowina per E-Mail geschickt. Die habe ich in unserer Personalabteilung durchschauen lassen, und auch dort meinte man, es sähe auf den ersten Blick alles in Ordnung aus, vorausgesetzt, die Unterlagen seien echt, also die der echten Ludmilla. Das Foto auf jeden Fall zeigt unsere Tote. Leider konnte man mir bei der Agentur wenig über die persönlichen Verhältnisse von Ludmilla sagen. Sie arbeiten mit Anwerbern in den Herkunftsländern zusammen. Immerhin wurde mir versprochen, dass man sich erkundigen wolle, von wem Ludmilla angeworben worden sei. Vielleicht können wir von dieser Person dann mehr erfahren.«

»Prima. Von Boyen hat angeboten, sich in Berlin zu erkundigen. Er fährt diese Woche dorthin und will ein bisschen seine Beziehungen beim Auswärtigen Amt spielen lassen. Belarus ist schließlich kein unkomplizierter Partner mit seinem quasi diktatorischen Regime und diesem Pendelkurs zwischen Russland und der EU. Das ist von außen schlecht zu durchschauen, aber in Berlin wird man bessere Informationen haben.«

»Gut«, sagte Scheller, »dann mache ich von allen Unterlagen Kopien und du kannst sie an von Boyen weitergeben, wenn es dir recht ist.«

»Ich denke, das können wir machen, ohne unsere Dienstpflichten zu verletzten. Oder wie siehst du das? Von Boyen macht das Ganze schließlich in mehr oder weniger offizieller Mission. Wir geben der Aktion den Titel ‚Amtshilfeersuchen‘.« Peters lächelte. »Ich bitte dich aber, dass du ihm die Unterlagen selbst bringst, denn ich möchte, dass du morgen noch einmal nach Ludwigswinkel fährst und dich auf dem Campingplatz umhörst.« Er erzählte ihm, was er von der Hausdame gehört hatte, und fügte dann hinzu: »Ich denke, mit diesen Leuten wirst du schneller ins Gespräch kommen als ich. Wenn die meinen norddeutschen Akzent hören, dann machen sie wahrscheinlich gleich zu. Du bist näher dran an denen. Außerdem kennen sie dich schon vom Tag des Leichenfundes.«

»Und es hätte den Vorteil, dass du denen zunächst einmal unbekannt bleibst. Vielleicht kann das noch mal von Vorteil sein.« Scheller dachte nach. »Ich werde am besten bei dem Platzwart anfangen, Markus Renner heißt der doch wohl, und dann schau ich mal, wie ich mich durchfragen kann. Ich kann mir schon vorstellen, dass die auf dem Campingplatz nicht besonders begeistert sind über den Ausbau des Hotels zur Spa Residenz.«

»Ja«, sagte Peters, »da treffen zwei Welten aufeinander, die sich sehr fremd sind und die sich sehr argwöhnisch belauern.«

Scheller machte die Kopien der Unterlagen und verabschiedete sich. Bernd Peters setzte sich an seinen Schreibtisch. Er nahm sich die Unterlagen und sah sie durch.

Ludmilla Herzegowina, ledig, geboren am 19. April 1974 in Nawarudak, Tochter von Pjedrow und Anna Herzegowina, beide verstorben, Ausbildung als Hotelfachkraft an einer staatlichen Schule von 1992 bis 1995, arbeitete in einem Hotel ihrer Heimatstadt, dann in Horki, danach Smarhon und Kalinkawitschy. Die Namen der Städte sagten ihm gar nichts. Seine Kenntnisse über Belarus waren mehr als dürftig. Er ging ins Internet und suchte nach den Orten. Ludmilla war in ihrem Heimatland ganz schön herumgekommen, auf jeden Fall für eine Hotelfachkraft. Aber immerhin, sie hatte eine ordentliche Ausbildung, und das erklärte, warum man hier so zufrieden mit ihr war. Lediglich zwei Umstände erschienen Peters bemerkenswert: Zum einen, dass eine so attraktive Frau um die dreißig noch ledig war und dass sie offenbar zuvor noch nicht außerhalb Weißrusslands gearbeitet hatte. Dabei waren die Löhne in Belarus so niedrig, dass viele Arbeitskräfte auswanderten. Allerdings die meisten nach Russland, weil fast alle Weißrussen auch Russisch sprachen. Das war der nächste erstaunliche Umstand: Ludmilla hatte gutes Deutsch gesprochen. Das musste sie irgendwann gelernt haben. Warum war das so? Sie hatte keine akademische Ausbildung. Die meisten anderen Arbeitskräfte im Hotelbereich, die aus dem Osten kamen, konnten nur gebrochen Deutsch. Gerade für die Menschen in Belarus war es keineswegs üblich, in der Schule Deutsch zu lernen. Das konnte man dort nur an wenigen Orten.

Da passte entsprechend seinem Bild von Weißrussland einiges nicht zusammen. Er entschied sich, selbst mit Alfred von Boyen zu reden, und legte Scheller einen Zettel auf den Schreibtisch, dass er die Sache mit den Kopien übernehmen würde. Er rief kurz bei von Boyen an und erfuhr, dass er in einer Stunde für ihn Zeit hätte. Solange würde er ohnehin für die Fahrt ins Gebüg brauchen. Jetzt benötigte er nur noch einen Wagen.

»Dienstfahrten mit dem Privat-Pkw sind nur zulässig, wenn kein Dienstwagen zur Verfügung gestellt werden kann.« Wie hasste er diesen Satz. Er stand ganz oben auf dem Formular für Reisekostenabrechnungen, das sein

Chef abzeichnen musste. Andererseits durfte ein Dienstwagen nicht für die Fahrt nach Hause benutzt werden – außer man musste abrufbereit sein. Peters hatte das Gefühl, immer abrufbereit sein zu müssen. Also hätte er auch jederzeit einen Dienstwagen nutzen können. Aber bis jetzt weigerte sich die Verwaltung, ihm einen festen Wagen zuzuteilen. Er musste wie alle anderen vor jeder Fahrt nachfragen, ob ein Wagen zur Verfügung stand, und wenn er Pech hatte, war der nicht betankt worden. Obwohl auch dies in den Vorschriften berücksichtigt war: Wenn der Tank bei der Abgabe weniger als halb voll war, musste zuvor nachgetankt werden. Warum gab man ihm keinen Wagen, den er während seiner Dienstzeit nutzen konnte und im Urlaub auf den Hof stellte? Für die Privatfahrten hatte er ohnehin noch sein eigenes Fahrzeug. Ein bisschen mehr Vertrauen in die Mitarbeiter hätte den Verwaltungsaufwand in der Polizeidirektion drastisch reduziert. Da könnte man wirklich sparen. Dann hätte er zwar jede Fahrt von der Dienststelle zur Privatwohnung als geldwerten Vorteil bei der Steuer geltend machen müssen – also drei Kilometer mal 30 Cent, machen 90 Cent. Aber selbst wenn er das jeden Tag fahren würde, käme er auf höchstens 250 Euro, also 125 Euro Steuern im Jahr, die dem Fiskus entgehen würden. Sollte man ihm dies doch einfach pauschal abziehen! Aber das ging nach Beamtenrecht eben nicht. Die deutsche Steuergesetzgebung war nichts anderes als ein Arbeitsbeschaffungsprogramm für Verwaltungskräfte und Steuerberatungsbüros. Wenn er sich über etwas aufregen konnte, dann war das die unnötig vertane Zeit bei dieser blöden Dienstfahrtenabrechnung.

Zum Glück gab es Jenny, die Verwaltungskraft seiner Abteilung. Sie war nicht mehr ganz so jung, wie man bei ihrem Namen vermutet hätte. Mit Anfang fünfzig war sie eine erfahrene Mitarbeiterin der Polizeidirektion, die alle anderen kannte und auch alle Kniffe, wie sie für ihren Chef das Beste herausholen konnte. Sie war richtig gut vernetzt. Die verheiratete Mutter einer erwachsenen Tochter hatte sich eine mädchenhafte Figur mit einem mädchenhaften Gang bewahrt und schien durch nichts aus der Ruhe zu bringen zu sein. Was die Dienstwagen anging, hatte sie so etwas wie einen Deal mit den Kollegen, die sich um die Wagen kümmerten, gemacht.

In der Zuteilung der Dienstwagen bildete sich die Hierarchie der Polizeidirektion ab. Je höher die Besoldungsgruppe, desto größer der Wagen. Peters, ihr Chef, befand sich auf der zweiten Hierarchieebene unter dem Polizeidirektor. Deshalb stand ihm ein Mittelklassewagen zu, also ein 3er BMW oder die Mercedes C-Klasse. Sie wusste aber, dass Peters eigentlich lieber kleinere Wagen fuhr, Kompaktklasse, wie sie den Mitarbeitern einer Hierarchieebene unter ihm zustand. Also hatte sie die Kollegen von der Abteilung Dienstwagen dazu gebracht, dass sie den weißen Golf, Peters Lieblingswagen, möglichst nicht an andere herausgaben. Wenn einer von den Mitarbeitern der Hierarchieebene »Kompaktklasse« einen Wagen brauchte, und es war nur noch der Golf da, dann gab man ihm einen alten 3er BMW. So machten sie einen ‚Kompaktklassenmitarbeiter' glücklich, und Peters konnte mit hoher Wahrscheinlichkeit davon ausgehen, dass er ‚seinen' Golf bekäme.

Als Peters Jenny sagte, er bräuchte einen Wagen, konnte die ihm nach einem kurzen Telefonat mitteilen, dass er sich an der Pforte den Schlüssel für den Golf abholen könne, und Peters lächelte zufrieden. Während er auf Jennys Antwort warten musste, hatte er die Kopien der Unterlagen gefaltet und wollte sie in seinem Sakko verstauen. Da fiel ihm der Zettel mit dem Namen der beiden Männer aus dem Hotel in die Hände, und er nahm sich vor, auch über diese beiden mit Alfred von Boyen zu sprechen.

Peters setzte sich in den Wagen und stellte zu seiner Zufriedenheit fest, dass er Sitz und Spiegel nicht neu einstellen musste. Er fuhr hinunter zur B 10 und freute sich, als er die ersten Kilometer dank des vierspurigen Ausbaus zügig vorankam. Kurz vor Hinterweidenthal bog er ab, fuhr durch ein Tal bis Salzwoog, und nun ging es kurvenreich hinauf und hinab durch den Pfälzerwald. Diese Wege waren wunderschön, wenn man Urlaub und Zeit hatte, sie waren lästig und gefährlich, wenn man es eilig hatte. Peters hatte sich angewöhnt, es auf diesen Straßen nie eilig zu haben. Dadurch verlor er zwei, drei Minuten, aber er schonte seine Nerven. Außerdem konnte er ab und zu einen Blick in die Landschaft werfen, auf die Bäche und Felsen, auf die hellgrünen Weiden, auf die Sonnenstrahlen, die durch das Blätterdach brachen, auf die kleinen Fischteiche, auf die schottischen Hochlandrinder, die hier das ganze Jahr draußen gehalten wurden, und auf die Greifvögel, die über den Tälern schwebten. In der Nähe des Saarbacher Mühlweihers kam er wieder in ein Tal, konnte den Campingplatz und das Hotel durch die Bäume sehen, fuhr bis Fischbach und bog dann ab, die Straße nach Gebüg hinauf .

Die letzten Meter zur Hofeinfahrt des Hauses von Alfred von Boyen waren nicht gepflastert. Sie bestanden aus festgefahrenem Schotter, den die Rinnsale des abfließenden Regens mit tiefen Falten durchzogen hatten. Von Boyen stand auf dem kleinen Hof vor der Garage, in der er liebevoll seinen alten Rover pflegte.

Die beiden Männer suchten sich einen Schattenplatz auf der Terrasse, Alfred brachte zwei Espressos und kühles Wasser, dann reichte Bernd Peters ihm die Kopien. Die beiden hatten genau genommen noch nie längere Zeit alleine miteinander geredet. Meistens war Barbara Fouquet dabei gewesen, manchmal auch Anne Mathissen, eine Jugendfreundin Alfreds, die er vor zwei Jahren wieder getroffen hatte und die jetzt als Ministerin für Europaangelegenheiten in Berlin arbeitete. Sie mussten also genau genommen ihr Verhältnis zueinander und den Umgang miteinander erst noch klären. Das fiel jedoch nicht schwer, weil jeder den anderen in hohem Maße achtete. Sie wussten um die schwierige Lebensgeschichte des anderen und schätzten die beruflichen Qualitäten, die beide in besonderer Weise besaßen. Außerdem waren sie vom gleichen ausgeglichenen Charakter der Menschen, die die eigenen Grenzen erfahren und damit umzugehen gelernt hatten. Sie waren Männer, die zunächst einmal auf der Sachebene miteinander kommunizierten und den alles kompliziert machenden Gefühlen nur sehr dosiert Raum ließen.

Während Alfred sich die Kopien anschaute, trank Bernd seinen Espresso, genoss die belebende Wirkung, nahm aber gleich ein Glas Wasser hinterher, um seinen Magen nicht der unverdünnten Säure des Kaffees auszusetzen. Alfred legte die Kopien beiseite, und Bernd begann ihm zu erklären, was ihm durch den Kopf ging.

»Wir haben ja schon am Samstag drüber gesprochen, dass uns in diesem Fall jeder Ansatzpunkt fehlt. Es gibt keine Zeugen, jedoch alle möglichen Verdächtigen, wenn man von einer Beziehungstat ausgeht. Aber es gibt andererseits auch keinen Hinweis auf eine Beziehungstat. Was also wusste Ludmilla, das für einen anderen gefährlich werden konnte? Wer hatten einen Nutzen von ihrem Tod?«

»Ja«, sagte Alfred, »die alte Frage nach dem cui bono – wem nützt es?«

»Vielleicht liegt der Schlüssel in Ludmillas Vergangenheit«, meinte Bernd. »Die kennen wir nur aus diesem Personalbogen. Auffällig ist, dass sie in weit auseinandergelegenen Orten gearbeitet hat. Sie scheint keine lebenden Verwandten zu haben, die Eltern sind tot, Geschwister sind keine vermerkt. Bemerkenswert sind ihre für eine Hotelfachkraft aus Belarus ungewöhnlich guten Deutschkenntnisse. Auffallend ist, dass ein einfaches weißrussisches Mädchen Ende zwanzig noch nicht verheiratet ist.«

»Du meinst, der Personalbogen könnte fingiert sein?«, fragte Alfred.

»Wie siehst du das?«

»Das könnte sein. Wenn er die wahre Identität von Ludmilla – oder wer auch immer sie war – verschleiern sollte, dann wäre es anhand dieser Angaben schwierig, ihren Lebenslauf zurückzuverfolgen, das stimmt. Man müsste nacheinander mehrere weit auseinanderliegende Städte besuchen, in den jeweiligen Hotels Unterlagen finden oder Menschen, die sich an sie erinnern.«

»Und wenn wir in ihrer Heimatstadt anfangen?«

»So werden wir dort eine Ludmilla Herzegowina finden, deren Spur sich aber kurz nach ihrer Ausbildung verliert. Fingierte Personalangaben sind nie völlig frei erfunden, zumindest nicht dann, wenn sie von Profis erstellt wurden. In dem Fall gab es eine Ludmilla, die aber heute völlig anders aussieht als damals. Frauen ändern gerne die Haarfarbe oder die Haarlänge, sie haben eine Brille oder doch lieber Kontaktlinsen, sie wandeln ihren Kleidungsstil. So könnte ein Foto der zwanzigjährigen echten Ludmilla durchaus zu unserer Toten passen. Auf jeden Fall wäre es nicht ausgeschlossen. Auch wenn es sich um zwei unterschiedliche Personen handelt.«

»Also kämen wir nur mit Fingerabdrücken oder einer DNA-Probe weiter, aber die müsste man erst einmal auftreiben.«

»Genau. Falls es jemanden gäbe, der das verhindern wollte, damit wir die Identität nicht überprüfen können, würde es leicht fallen, uns daran zu hindern.«

»Das stimmt – und die Kooperation mit der Polizei in Belarus wird nicht leichter sein als die mit ihrem diktatorischen Präsidenten«, sinnierte Bernd Peters.

»Aber warum sollte der Personalbogen fingiert sein?«, fragte Alfred von Boyen. »Welches Motiv könnte es dafür geben?«

»Da können wir nur spekulieren, ohne einen konkreten Anhaltspunkt zu haben.«

»Es hat vielleicht den einfachen Grund, dass Ludmilla keine Hotelfachkraft war, aber unbedingt im Westen arbeiten wollte«, überlegte Alfred. »Möglicherweise war sie in Belarus eine Lehrerin mit einem 250 Euro Gehalt. Oder sogar eine Deutschlehrerin, die einfach mehr Geld verdienen wollte, aber als Lehrerin hier bestimmt keine Arbeit gefunden hätte.«

»Das wäre plausibel. Aber auch dann könnte man daraus noch kein Motiv für den Mord an ihr ableiten«, meinte Bernd und schüttete sich ein Glas Wasser ein.

»Also«, sagte Alfred von Boyen nach einer Weile des Überlegens, »diesen Gedanken zu verfolgen macht nur Sinn, wenn zwei Annahmen richtig sind: Zum einen, dass der Lebenslauf fingiert ist, zum anderen, dass dahinter das Motiv für den Mord zu suchen ist. Ist mir ehrlich gesagt eine Annahme zu viel.«

»Aber es genügt zunächst, die erste Annahme zu überprüfen«, erwiderte Bernd Peters. »Wenn sie sich als falsch erweist, fällt die zweite sowieso weg.«

»Da kann ich dir nicht widersprechen«, lächelte Alfred.

»Also gut, nähmen wir mal an, du würdest die Einladung ins Auswärtige Amt annehmen, dann könntest du doch auch vorfühlen, ob jemand diesen Lebenslauf überprüfen kann«, fing Bernd vorsichtig an.

»Wieder eine Annahme zu viel«, lächelte Alfred noch einmal. »Ich habe die Einladung angenommen und werde am Mittwoch nach Berlin fahren. Und ja, ich könnte vorfühlen. Ich werde sowieso mindestens bis Freitag in Berlin bleiben.«

»Vielen Dank«, sagte Bernd mit einem Seufzer der Erleichterung. »Dann will ich dich jetzt auch nicht länger aufhalten.« Er machte Anstalten aufzustehen.

»Das kann ich auch noch später machen, vor morgen früh werden die doch nicht mit der Arbeit anfangen.« Jetzt stand Alfred auf. »Aber du könntest mir noch ein bisschen Gesellschaft leisten. Ich habe da ein paar Flaschen Bordeaux geschenkt bekommen, die trinkreif sind und auf eine Verköstigung warten. Was hältst du davon?«

Peters war eigentlich Biertrinker, denn ordentlichen Wein hatte es während seiner Jugend in seiner Heimat nicht gegeben. Nur solche Produkte wie »Liebfrauenmilch«, und die waren ihm immer zu süß gewesen. Nun hatte er in den letzten Jahren schon einiges an Wein vorgesetzt bekommen, das äußerst interessant schmeckte. Von den Bordeauxweinen hatte er bisher nur gehört. Sie zusammen mit einem wirklichen Kenner zu probieren, klang nach einer interessanten Fortbildungsveranstaltung. Außerdem war es sowieso dran, mal ein bisschen Zeit ungezwungen mit Alfred zu verbringen. Der alte Geschichtsprofessor war ein interessanter Mann mit einem immensen Wissen und er war sehr viel herum gekommen.

»Vorschlag mit Freuden angenommen«, sagte Bernd und lehnte sich erwartungsvoll zurück.

Der Abend nahm einen für beide Männer angenehmen Verlauf. Alfred erwies auch als ein guter Lehrer und amüsanter Erzähler. Er begann mit einem einfachen Merlot, der Bernd angenehm schmeckte und ihn ein wenig an Traubensaft erinnerte. Dann kam als Kontrastprogramm ein reiner Cabernet Sauvignon, der etwas rau war und nicht den Geschmack von Peters traf.

»So«, sagte Alfred, »die beiden waren aus dem Supermarkt. Den Merlot kann man auch gekühlt trinken. Er ist einfach und muss nicht lange im Fass reifen, bis er trinkbar ist. Der Cabernet Sauvignon ist ein ganz anderes Kaliber. Der schmeckt nicht, wenn er noch jung ist. Er braucht einige Jahre, bis er seine Rauheit verliert und langsam samtiger wird. Beide schmecken umso besser, je konzentrierter sie sind, also je weniger Trauben an einem Weinstock wuchsen. Die beiden hier sind nicht besonders konzentriert, es sind einfache Weine, die in großen Mengen mit vielen Trauben pro Weinstock hergestellt werden. Deshalb sind sie auch billig zu produzieren und kosten im Supermarkt nur zwei bis drei Euro. Die müssen nicht schlecht sein, es geht aber noch viel besser.«

Er machte die nächste Flasche auf und goss jeweils ein bisschen in die bauchigen Gläser.

»Der braucht nun ein wenig Sauerstoff. Wir sollten ihn in den Gläsern schwenken, bevor wir ihn trinken.«

Bernd tat gehorsam, wie ihm geheißen.

»Ein guter Bordeaux besteht nicht aus den Weinen einer Rebsorte, sondern mehrerer. Es dürfen bis zu sechs verschiedene sein, aber die am meisten verwendeten sind Merlot und Cabernet Sauvignon. Die Kunst des Winzers besteht darin, möglichst gute, konzentrierte Grundweine herzustellen und sie dann geschickt zu mischen, zu verschneiden, wie man sagt. Je konzentrierter die Weine sind, desto besser werden sie durch die Lagerung im Fass. Dann verliert der Cabernet Sauvignon seine Rauheit und in allen Weinen können sich die Aromen langsam entwickeln. Jetzt probieren wir mal diesen.«

Alfred nahm einen Schluck in den Mund, bewegte den Wein zwischen den Zähnen und schluckte ihn langsam hinunter. Bernd tat es ihm etwas unbeholfen nach.

»Und?«, fragte Alfred.

»Nicht rau und viel mehr Geschmack.«

»Genau! Das ist ein guter Bordeaux Superieur, der ein paar Jahre gelagert wurde. An den Reben hingen nur wenige Trauben, die schlechten wurden aussortiert, sie wurden schonend gekeltert und bei seiner Reife wurde sorgfältig auf die richtige Temperatur im Keller geachtet.«

Die beiden füllten ihre Gläser auf und tranken sie genüsslich aus. Dann holte Alfred Brot und Käse, um dem Alkohol etwas Widerstand zu leisten.

»Es geht aber noch besser«, sagte Alfred, stand auf und kam mit einer weiteren Flasche und einer Glaskaraffe zurück. »Das ist ein Côtes de Bourg, aus einem umgrenzten Anbaugebiet mit Weinen, die dadurch einen eigenen Charakter haben. So einen Wein bekommst du nicht mehr für 20 Euro wie den Bordeaux Supérieur. Bordeaux Weine sind sowieso in den letzten Jahren im Preis deutlich stärker gestiegen, als die Qualität zugenommen hat. Es hat eben die Nachfrage angezogen. Da gelten für den Wein dieselben Regeln wie für Bananen oder Baugrundstücke.«

Er entkorkte vorsichtig die Flasche und schüttete ungefähr die Hälfte des Inhalts in die Glaskaraffe. »Die Weine dieser Gegend wachsen auf einem Boden aus Kalkstein und Lehm, und sie haben meist einen hohen Anteil an Merlottrauben. Sie sind also von vorneherein nicht so rau, weil sie nicht so viel Tannin enthalten. Deshalb werden sie auch für einige Jahre in Holzfässer gelegt, um ein wenig von den Gerbstoffen des Holzes zu übernehmen, was die Weine haltbarer macht.« Er ließ den Wein in der Karaffe kreisen. »Durch dieses Dekantieren bekommt der Wein mehr Sauerstoff, bevor er getrunken wird, und entfaltet seine Aromen besser – ganz ähnlich wie beim Schwenken im Glas. Nur lassen wir ihn jetzt noch ein paar Minuten in dieser Karaffe, bevor wir ihn trinken. So haben wir etwas Zeit zum Reden und zum Käseessen.« Alfred lächelte und schob Bernd Brot und Käse hinüber.

Nach einer Weile des Schweigens und Essens blickte Alfred seinen Gast an und fragte ihn: »Wie hältst du das eigentlich aus, diese tägliche Beschäftigung mit Verbrechen, Gewalt, Tod und den menschlichen Aggressionen? Verliert man da nicht völlig seinen Glauben an die Menschen?«

»Der Glaube an die Menschen, das ist ein großes Wort«, sagte Bernd nachdenklich. »Ob ich an die Menschen glaube? Was meint das eigentlich?« Er machte eine Pause und dachte nach. »Ob ich daran glaube, dass die Menschen diese Welt einmal zu einer menschenwürdigen machen werden? Ich weiß nicht.«

Alfred schaute ihn erwartungsvoll an.

»Nein, ich glaube nicht, dass uns das je gelingen wird. Dazu gibt es zu viel Zerstörerisches in uns Menschen, wie auch in der Natur, in der wir leben.«

»Die Natur werden wir nie ganz beherrschen, das denke ich genauso«, sagte Alfred. »Erdbeben, Tsunamis, Stürme, Überschwemmungen werden immer stärker sein als alles, was wir Menschen bauen können. Davor wird es nie einen Schutz für alle von uns geben. Ganz abgesehen von dem Einschlag eines großen Meteoriten, der der Menschheit – oder zumindest einem beträchtlichen Teil von ihr – den Garaus bereiten könnte.«

»Dann die Naturkräfte, die wir gebannt haben und jederzeit loslassen können, wie in den Atom- und Wasserstoffbomben«, ergänzte Bernd. »Ich glaube nicht, dass wir Menschen die Natur völlig beherrschen können, auch wenn uns schon sehr viel gelungen ist.«

»Werden wir jemals das Böse und Zerstörerische in uns bändigen können? Noch nie sind so viele Menschen durch Kriege gestorben wie im vergangenen Jahrhundert«, sagte Alfred.

»Ich hoffe, die Mächtigen der Welt haben etwas daraus gelernt«, sagte Bernd nachdenklich. »Aber als ganz normaler Mensch lebt man bei uns doch heute besser als vor zweihundert Jahren, im Mittelalter oder der Antike. Das ist ein großer Fortschritt.«

»Ja, es ist gelungen, die Willkür der Mächtigen einzudämmen. Es gibt keine Sklaverei mehr. Kein Mensch kann über das Leben eines anderen Menschen verfügen – und sogar die Frauen sind inzwischen gleichberechtigt.« Beide lächelten.

»Jetzt müssten nur noch die Armen und die Fremden wirklich gleichberechtigt sein«, sagte Bernd und schüttelte fast unmerklich den Kopf. »Vor dem Gesetz sind sie es, aber in der alltäglichen Wirklichkeit bisher nicht.«

»Ich glaube, das werden wir nie erreichen. Es wird immer welche geben, die ihre Macht ausnutzen, um noch mehr Macht zu bekommen.«

»Oder noch mehr Geld. Und wenn es nicht auf legalem Weg geht, dann auf illegalem. Aber das zu verhindern, das ist mein Job, und deshalb mache ich ihn gerne und finde ihn wichtig. Auch ohne an die Menschen zu glauben.«

»Ja«, sagte Alfred, »es ist die Aufgabe des Staates, das Unrecht einzudämmen, selbst wenn er es nie besiegen wird.«

»Was mich manchmal noch viel mehr ärgert, ist, dass es sogar legal möglich ist, andere Menschen im eigenen Interesse auszunutzen. Wer Geld hat, der hat in dieser unserer Welt zu viel Macht. Das ist so, seit wir das Geld erfunden haben. Mit Geld kann man Menschen und politische Entscheidungen beeinflussen, Gewalt bezahlen, ohne sie selbst auszuüben. Man kann Menschen, die wenig Geld haben, abhängig machen. Geld ist zwar praktisch, es ist aber auch gefährlich, wenn es zu viel davon in einer Hand gibt.«

Alfred nahm die Karaffe und schenkte beiden ein. »Das hier hat leider auch etwas mit Geld zu tun. Es ist teuer, sich so etwas zu kaufen. Nicht jeder kann das bezahlen.

Und so gibt es Menschen, die sich deshalb für etwas Besseres halten, weil sie sich teure Weine leisten können.«

»Dabei sind sie kein Deut besser, sie sind einfach nur reicher«, meinte Bernd, hob das Glas, schaute sich die Farbe des Weines an, sog den Duft durch seine Nase ein und sagte »Prost.«

»Á votre santée«, sagte Alfred und nahm auch einen Schluck.

»Die Menschen, die sich solchen Wein leisten können, sind nicht besser als die anderer – aber«, sagte Alfred mit einem Bedauern in der Stimme, »dieser Wein ist besser als der andere.«

Es war schon ein besonderes Geschmackserlebnis, das sich mit dieser Flasche auftat. Das merkten beide. Bernd ergänzte: »Ja, es gibt Weine, die sind besser als andere. Aber es gibt keine Menschen, die besser sind als andere.«

»Also ist ein Polizist kein besserer Mensch als der Mörder, den er der Tat überführt?«, fragte Alfred interessiert.

»Nein, das denke ich wirklich nicht. Polizisten sind keine besseren Menschen als Mörder, Geschichtsprofessoren, Pfarrerinnen, Müllwerker oder Taschendiebe. Kein Mensch ist besser als ein anderer.«

»Aber es gibt schon Unterschiede«, sagte Alfred. »Ich würde lieber mit einem Müllwerker unter einem Dach leben als mit einem mehrfachen Mörder.«

»Ich auch«, antwortete Bernd. »Aber ist der eine besser als der andere? Der Mörder ist potenziell gefährlicher als der Müllwerker oder die Pfarrerin. Er hat bereits mehrfach eine Grenze überschritten, vor der die beiden anderen bisher Halt gemacht haben. Aber wer sagt mir, dass sie immer davor Halt machen werden? Wer sagt mir, dass ich immer davor Halt machen werde? Ich glaube, jeder Mensch könnte zum Mörder werden, wenn ihn die Gier, die Angst oder die Eifersucht dazu treiben. Selbst ich. Allerdings habe ich bis heute Glück gehabt, dass mir das nicht passiert ist.«

»Dann ist es reines Glück, dass ein Mensch nicht zum Mörder wird?«, fragte Alfred ungläubig. »Wenn das so wäre, könnte man nie sagen, dass ein Mörder Schuld habe. Dann hat er einfach nur Pech gehabt.«

»Es ist auf jeden Fall Pech, wenn man zum Mörder wird, denn es ist eine Folge des eigenen Charakters. Und für den kann man nichts.«

»Aber man kann an sich arbeiten, man kann sich selbst erziehen. Man kann nach Gutem streben und das Böse meiden.«

»Genau das kann man, und jeder Mensch sollte das tun. Es gibt jedoch Menschen, die sind von Geburt an aggressiver als andere. Manche wurden erst dazu gemacht. Gierig sind wir alle von Anfang an, aber die meisten haben das Glück, eine Erziehung zu genießen, durch die sie lernen, mit der eigenen Gier oder Aggressivität so umzugehen, dass sie sich selbst und anderen nicht schaden. Aber nicht alle werden so erzogen, nicht alle lernen das. Nicht alle lernen, sich selbst zu beherrschen. Dann geben sie in einem unglücklichen Moment ihrer Gier oder ihrer Aggression nach und werden zum Schläger, zum Mörder oder zum Betrüger.«

Bernd Peters machte eine Pause, nahm noch einen Schluck von dem wunderbaren Wein und sagte: »Ich überführe keine schlechten Menschen, ich überführe unglückliche Menschen. Selbstverständlich ist es so, dass wir diesen Menschen die Verantwortung für das, was sie getan haben, nicht abnehmen können. Wir müssen sie zur Rechenschaft ziehen. Damit sie dazu lernen und es möglichst nicht noch einmal tun. Auch damit die Angst vor der Strafe die anderen, die diese Grenze noch nicht überschritten haben, davon abhält, es zu tun. Denn das gehört ebenso zu der Wahrheit über uns Menschen, dass es oft nur die Angst vor einer Strafe und der damit verbundenen öffentlichen Blamage ist, die uns davon abhält, die Trennungslinie vom Gedanken zur Tat zu überschreiten.«

»Das alles lernt man auf der Polizeischule?«, fragte Alfred anerkennend.

»Ein bisschen davon, das meiste aber im Laufe der Zeit«, gab Bernd zur Antwort. »Aber du hast doch auch schon Menschen Schreckliches tun sehen, wenn ich recht weiß.«

»Ich habe gesehen, was bleibt, wenn Menschen Schreckliches tun: verbrannte Dörfer, vergewaltigte Frauen, Berge von Leichen – und ich habe den Gestank der Verwesung gerochen. Ich habe gesehen, was passieren kann, wenn einige wenige zu viel Macht haben und zu gierig sind. Die ihren Männern einreden, sie täten etwas Gutes, wenn sie andere töten. Die behaupten, sie hätten das Recht, ihren Aggressionen freien Lauf zu lassen. Die Situationen schaffen, in denen die Menschen keine Skrupel mehr haben, vom bösen Gedanken zur bösen Tat zu schreiten, weil man ihnen einredet, sie hätten ein Recht dazu, und weil sie wissen, dass sie keine Strafe erwartet. Ich habe den Krieg gesehen, der Menschen zu Raubtieren macht, zu Schlimmerem als Raubtieren – damals im Kosovo.«

»Und wie gehst du damit um?«, fragte Bernd.

»Ich bin daran zerbrochen und weiß nicht mehr, woran ich glauben soll«, sagte Alfred. »An die Menschen jedenfalls kann ich nicht mehr glauben.« Er sank in seinem Stuhl zusammen.

Es herrschte eine ganze Weile Stille auf der Terrasse. Die Sonne war hinter den Bergen im Westen verschwunden, aber der Himmel war noch hell. Im Wald wurde es lebendig, die Fledermäuse krochen aus ihren Verstecken und segelten zwischen den Bäumen rund um die Wiese auf der Suche nach Insekten. Nach einer Weile erhob sich

Alfred und sagte zu Bernd: »Wenn du möchtest, hole ich nun noch die Letzte der Flaschen, die ich geschenkt bekommen habe. Das Gewächs gehört zu den besonders guten Dingen, die Menschen machen können. Ein Wein vom Chateau Margaux. Damit der Abend einen guten Abschluss findet.« Er machte einen Schritt in Richtung Wohnzimmer. »Du kannst gerne in meinem Gästezimmer übernachten. Ich würde mich freuen.«

8

Scheller wollte aus der Befragung von Bettina Friedrich am liebsten ein Geheimnis machen – oder nur den Eindruck erwecken, als wolle er daraus ein Geheimnis machen. Denn er wusste sehr wohl, warum ihn sein Chef noch einmal zu dieser Frau geschickt hatte.

»Ach, da gibt es nicht viel zu erzählen. Ich habe mich völlig auftragsgemäß verhalten. Leider hatte sie während ihrer Dienstzeit keine Möglichkeit, mit mir zu sprechen, und so mussten wir das Ganze auf den Abend verlegen.«

»Was deinen Neigungen beim Umgang mit Frauen entgegenkam, weil jedem Abend eine Nacht folgt.«

»Ich erinnere mich durchaus an deine grundsätzlich gemeinte Anweisung, jegliche persönlichen Kontakte mit Zeuginnen und Verdächtigen zu unterlassen.«

»Und ich erinnere mich daran, dass es dir genauso grundsätzlich schwerfällt, in Anwesenheit einer attraktiven Frau deine Hormonwallungen soweit im Zaum zu halten, dass sie nicht über den Verstand siegen.«

»Ich bemühe mich auch in dieser Hinsicht ständig, ein immer besserer Polizist zu werden.«

»Ich frage jetzt nicht, wie weit du mit diesen Bemühungen inzwischen gekommen bist, sondern nur danach, was du herausgefunden hast.«

»Ich danke für das Vertrauen und werde mich bemühen, ihm gerecht zu werden.«

»Also?«, fragte Peters ungeduldig.

»Also, wirklich herausbekommen habe ich wenig. Was den Abend des Empfangs angeht, blieb sie bei ihrer Aussage, sofort nach Hause gefahren zu sein. Deshalb habe ich sie mehr allgemein über ihre Arbeit befragt und über das Projekt von Jean Dallmann, aus diesem alten Hotel eine Luxus-Spa-Residenz zu machen. Interessant ist zunächst einmal, dass dieses Unternehmen vom Landrat in jeder Hinsicht unterstützt wird. Interessant ist weiterhin, dass Bettina Friedrich keineswegs nur eine einfache Mitarbeiterin der Tourismusabteilung ist. Sie ist immer wieder auch so etwas wie die rechte Hand des Landrates. Der hat zwar einen persönlichen Referenten und einen Mitarbeiter für Repräsentationsfragen und Öffentlichkeitsarbeit. Aber er scheint in manchen Bereichen lieber eng mit Frau Friedrich zusammenzuarbeiten. So hat sie ihn schon bei Auslandsreisen begleitet, wenn es darum ging, Tourismuskonzepte in Nachbarländern kennenzulernen. Sie hat sich bei den Gesprächen mit dem Staatssekretär des Innenministeriums zum Thema Fördergelder in besonderer Weise eingebracht. Sie assistiert ihm bei den Verhandlungen mit Brüssel, wenn es um die Anerkennung des Pfälzerwaldes als Biosphärenreservat geht. Sie scheint seine Geheimwaffe für schwierige Fälle zu sein.«

»Haben diese Fälle alle etwas gemeinsam?«, fragte Peters nach.

»Das ist auf den ersten Blick nicht zu erkennen. Interessant war nur, dass alle erwähnten Gesprächspartner männlich waren. Also vielleicht setzt der Landrat in bestimmten Konstellationen auf den Charme dieser Mitarbeiterin.«

»Ich nehme an, durchaus erfolgreich.«

»Das kann man wohl sagen«, lächelte Scheller. »Sie hat eben unverkennbare Talente.«

»Die sie auch im Gespräch mit dir eingesetzt hat, vermute ich.«

»Sie hat sie eingesetzt, und das hat das ganze Gespräch durchaus nicht unangenehmer gemacht«, gab Scheller vielsagend zurück.

»Hast du etwas über Jean Dallmann erfahren?«, beharrte Peters.

»Auch hier ist sie im Einsatz. Der Landrat hat großes Interesse, dass Dallmann am Ball bleibt und sein Vorhaben gelingt. Dallmann investiert beträchtliche Summen aus seinem Vermögen in ein Projekt, von dem ihm jeder halbwegs kompetente Berater abgeraten hätte. Aber Dallmann hat eben eine verwundbare Stelle, das ist die Liebe zu seiner Heimat, besonders zu dieser Landschaft hier südöstlich seiner Geburtsstadt Pirmasens. Sie ist eine strukturschwache Gegend, und es gehört zu den Aufgaben eines Landrates, das so gut wie möglich zu ändern.«

»Ein erstes Luxushotel könnte ein weiteres nach sich ziehen, könnte das Image der Region verändern, könnte weiteren Tourismus fördern, könnte letztlich vielleicht auch zur Ansiedelung von Gewerbe führen.«

»Die Gedanken gehen sogar so weit, dass man sich erhofft, die Gegend für qualifiziertes Personal attraktiv zu machen, das normalerweise lieber im Speckgürtel der Großstädte wohnt, also den Kreis Südwestpfalz imagemäßig zum Main-Taunus-Kreis aufrücken zu lassen«, sagte Scheller.

»Das ist wirklich ambitioniert«, staunte Peters, »aber nicht auszuschließen. Schließlich ist der vierspurige Ausbau der B 10 hoffentlich bald beschlossene Sache, und dann könnte es hier wirtschaftlich aufwärtsgehen.« Er machte eine kurze Pause. »Bettina Friedrich ist also die ganz persönliche Betreuung von Jean Dallmann übertragen worden.«

»Den Eindruck habe ich«, antwortete Scheller. »Aber wie weit ihr außertarifliches Engagement geht, habe ich nicht in Erfahrung bringen können. Sie sagt nur Gutes über Dallmann, aber das gehört wohl zu einem professionellen Verhalten in dieser Angelegenheit dazu.«

»Und Ludmilla?«, fragte Peters.

»Die scheint gar nicht in ihrem Horizont zu sein. Weder als Servicekraft noch als Konkurrentin um die Gunst von Jean Dallmann. Sie selbst hat sie nicht erwähnt, und als ich von ihr sprach, meinte sie nur: »Ach, das ist doch diese hübsche Russin, die ermordet wurde.« Auch der Mord scheint für sie keine große Bedeutung zu haben. Lediglich die Folgen für das Image der Gegend hat sie reflektiert und gesagt: »Ein Mord, das ist unangenehm – aber in Berlin werden viel mehr Menschen ermordet, und das hindert auch niemanden daran, dorthin zu reisen.««

Peters hatte das Angebot des Gästezimmers durch Alfred von Boyen angenommen und war an diesem Morgen früh aus dem Gebüg aufgebrochen. Zu gerne hätte er einen kurzen Halt beim Pfarrhaus in Schönbach gemacht, aber die Pflicht rief, denn er hatte sich mit Scheller im Büro in der Wiesenstraße in Pirmasens verabredet. Nachdem Scheller ihm berichtet hatte, erzählte er von dem Gespräch mit von Boyen am Vorabend, wobei er seinen Bericht vor der Weinprobe abschloss.

»Er wird sich am Mittwoch nach Berlin aufmachen und mit etwas Glück wissen wir am Wochenende etwas mehr über Ludmillas Identität – so oder so.«

»So oder so?«, fragte Scheller.

»Na ja, ob sie wirklich diese Ludmilla war und dann vielleicht etwas über Verwandte in ihrer Heimat, Onkel, Tante, irgendetwas muss es doch geben. Oder ob sie gar nicht Ludmilla hieß und eigentlich eine Deutschlehrerin war oder irgendetwas anderes.«

»Was hat von Boyen dir zu den beiden Männern sagen können?«, fragte Scheller.

»Welche Männer?«

»Die Männer im Hotel! Dein Zettel!«

»Oh Mist«, fluchte Bernd Peters, »die habe ich völlig vergessen.«

»War wohl ein schöner Abend, oder?«, flachste Klaus Scheller.

»Mein lieber Kollege, bevor du jetzt allzu frech wirst, schlage ich vor, dass du dich auf den Weg zum Campingplatz machst und dort deine hellseherischen Talente auslebst«, sagte Bernd Peters mit gespielter Strenge.

»Schon gut, Chef, bin schon fast weg«, sagte Scheller und machte sich auf den Weg.

Peters setzte sich an seinen Schreibtisch und schob die Dienstpost beiseite. Er wollte gerade zum Telefon greifen, um bei Alfred von Boyen anzurufen, als sich die Tür öffnete und Jenny fragte: »Auch einen Kaffee, Chef?«

»Gerne, am liebsten einen ganz großen«, gab er zurück.

»Ist nur eine Frage von Minuten«, sagte Jenny und verschwand.

Als Peters mit von Boyen telefoniert und ihm die Namen der Männer sowie sein Anliegen durchgegeben hatte, war auch schon der Kaffee da. Jenny setzte sich auf einen freien Stuhl in seinem Büro und fragte: »Na, wie läuft es mit der toten Schönen aus dem Saarbacher Mühlweiher?«

»Wir wissen noch viel zu wenig. Klaus versucht, etwas auf dem Campingplatz zu erfahren. Wir hatten da so einen Hinweis. Aber ich weiß nicht genau, wie ich weitermachen soll.« Er nahm den ersten Schluck aus seiner Tasse und hatte schon das Gefühl, dass das Koffein wirkte. »Niemand dort weiß irgendetwas, aber so ein Mord geschieht nicht einfach so. Ich komme an manche Leute nicht heran. Die Hausdame zum Beispiel oder Jean Dallmann. Ich glaube, die machen zu, sobald sie befragt werden. Polizei ist für die einfach ein Grund, alles zu vergessen.«

»Was ist mit den beiden Männern, die du gesehen hast? Klaus hat mir von ihnen erzählt«, fragte Jenny interessiert.

»Das ist nur so eine Idee. Irgendetwas ist bei denen merkwürdig. Kommen mit einem kleinen Flugzeug an und landen auf einen Sportflugplatz ganz in der Nähe des Hotels. Dem Empfangschef erzählen sie, sie kämen mit dem Taxi aus Frankfurt und haben auch Gepäckaufkleber mit ,FRA' an den Taschen, die jedoch noch nicht dran waren, als sie landeten.«

»Da müsste man doch etwas über die Taxiunternehmen in der Gegend herausbekommen. Das wäre eine schöne Aufgabe für mich, oder?«, lächelte Jenny.

»Gute Idee, dann nichts wie ran. Hast du auch noch eine Idee, wie wir an die Männer herankommen?«

»Klar: verdeckte Ermittler.«

»Willst du das auch noch übernehmen?«, fragte Peters erstaunt.

»Auf jeden Fall sollte das eine Frau machen. Das funktioniert in dem Fall besser.«

»Du musst es ja wissen«, lachte Scheller. »Na ja, und außerdem, bei deinem Aussehen!?«

»Komplimente an direkt unterstellte Mitarbeiterinnen können als sexuelle Belästigung gewertet werden, Chef. Wusstest du das noch nicht?«

»Oh Pardon, dann nehme ich das zurück«, sagte Peters sichtlich verunsichert.

»Das muss nun auch nicht unbedingt sein«, meinte Jenny. »Ich könnte mir übrigens vorstellen, dass in diesem

Fall etwas Jüngeres ran müsste. Ich gehe bei den jungen Männern schon als Oma durch.«

Hübsche Oma, dachte Peters, sagte es aber nicht. Vielmehr fragte er: »Hast du eine Idee? Wir haben in unserer Truppe keine jüngere Frau.«

Die beiden brüteten versonnen über ihren Kaffeetassen.

»Never underestimate the power of a good mascara«, sagte Peters plötzlich leise vor sich hin.

»Was hast du gesagt?«, fragte Jenny verwirrt.

»Never underestimate the power of a good mascara.«

»Was soll das?«

«Ist so ein Spruch, den ich vor ein paar Tagen gehört habe«, sagte Peters.

»Im Radio, im Fernsehen, bei der Werbung?«, fragte Jenny immer noch verwirrt.

»Nein, von Barbara«, sagte Peters nachdenklich.

Peters erzählte nie viel von seinem Privatleben, aber dass er ein Verhältnis oder was auch immer mit einer Barbara hatte, das hatte sich in der Abteilung inzwischen herumgesprochen. Auch dass er seitdem um einiges ausgeglichener wirkte und nie mehr zerzaust und mit den Resten einer Alkoholfahne morgens im Büro erschien. Selbstverständlich wusste Jenny, dass diese Barbara mit Familiennamen Fouquet hieß und Pfarrerin in Schönbach war. Nur war sie ihr bisher nicht als Beraterin bezüglich Make-up, Lidschatten, Wimperntusche oder anderen Fragen der Kosmetik aufgefallen.

»War das ihr Vorschlag zur Verbesserung deines Aussehens?«, fragte Jenny spöttisch.

»Nein, das war ein Spruch, den sie in einer Parfümerie gelesen hatte. Sie wollte mir damit klar machen, dass es für eine Frau mit entsprechendem Aussehen leicht sein sollte, Jean Dallmann um den Finger zu wickeln.«

»Da hat sie recht. Wer soll diese Frau sein?«

»Sie war wohl der Meinung, das könnte sie selbst übernehmen. Ich war von der Idee nicht sonderlich begeistert.«

»Schlecht ist diese Idee nicht«, meinte Jenny, nahm einen Schluck Kaffee und schaute Peters erwartungsvoll über den Tassenrand an. »Da hätten wir doch schon unsere verdeckte Ermittlerin.«

»Das ist eine ausgesprochen schlechte Idee«, sagte Peters. »Denn erstens ist das nicht ungefährlich und zweitens ist sie keine Polizistin.«

»Aber offensichtlich eine recht kluge Frau. Versuch es doch einfach mal mit ihr!«

»Vorschlag abgelehnt! Kaffeepause beendet!«, sagte Peters.

»Es hat sich mal wieder gezeigt, dass die Pausen die kreativsten Momente der Arbeitszeit sind«, meinte Jenny und verließ mit einem gekonnten Hüftschwung das Büro.

Jetzt hatte Bernd Peters ein Problem. Selbstverständlich wollte er in diesem Fall weiterkommen. Aber er alleine kam nicht weiter. Auf jeden Fall nicht im Hotel. Die verrückte Idee von Barbara gefiel ihm jedoch auch nicht. Das war zu gefährlich und verstieß gegen alle Vorschriften. Jenny schien damit kein Problem zu haben. Vielleicht sind Frauen einfach mutiger als Männer? Oder sie haben die Erfahrung gemacht, dass es ihnen gelingt, sich geschickt aus der Affäre zu ziehen, wenn sie Gefahr wittern?

Peters griff zum Telefon und wählte die Nummer des Protestantischen Pfarramtes in Schönbach.

»Pfarramt Schönbach, Pfarrerin Fouquet«, meldete sich am anderen Ende eine durchaus vergnügt klingende Stimme.

»Ich bin's«, knurrte Peters.

»Oh, der Herr Kriminalkommissar, was verschafft mir die Ehre?«, fragte Barbara wohl gelaunt.

»Dir scheint es ja gut zu gehen«, sagte Peters versöhnlich.

»Durchaus, ich sitze hier gerade mit Anna bei einer Tasse Kaffee.«

»So habe ich mir das Leben einer Pfarrerin immer vorgestellt. Am helllichten Tag mit der Freundin Kaffee trinken, während andere sich den Kopf zerbrechen, wie sie in ihrem Fall weiterkommen.«

»Dazu nur zweierlei, mein lieber Geliebter. Erstens würde ich unter keinen Umständen die Nacht wählen, um mit Anna Kaffee zu trinken. Denn dann sind andere Getränke angesagt. Und zweitens, wenn man bereits um acht Uhr vor einer Schulklasse gestanden hat, danach drei Hausbesuche absolvierte, nach einem kleinen Happen die ersten Gedanken für die Predigt am kommenden Sonntag zu Papier gebracht hat und nachher noch zu einer Bauausschusssitzung in den Nachbarort muss, dann darf man auch am helllichten Tag Kaffee trinken.«

»Das hat gesessen«, gab Peters lachend zurück. »In Ordnung. Hast du vielleicht noch fünf Minuten Zeit zu telefonieren?«

»Mit dir doch immer!«, sagte Barbara.

»Also, ich weiß nicht, wie ich es sagen soll.« Er zögerte.

»Fang einfach am Anfang an.«

»Der Anfang war am vergangenen Samstag, als du vorgeschlagen hast, Jean Dallmann doch einmal unter die Lupe zu nehmen.«

»Du kommst also doch auf mein Angebot, als Undercoveragentin zu arbeiten, zurück. Interessant.«

»Nun ja, wenn es nicht zu gefährlich ist.«

»Du weißt, ich fürchte weder Tod noch Teufel. Nur Spinnen mag ich nicht so gern.« Sie schien wirklich bester Laune zu sein.

»Du musst vorsichtig sein«, sagte Bernd und fügte hinzu: »Und es ist völlig inoffiziell.«

»Das Offizielle mag ich sowieso nicht so recht.«

»Vielleicht erfährst du ja irgendetwas über Ludmilla oder was da sonst noch im Hotel los ist.«

»In Ordnung, ich denke nach. Noch etwas?«

»Ja, in dem Hotel sind die beiden Männer abgestiegen, die wir am Sonntag auf dem Sportflugplatz gesehen haben. Nur behaupten sie, sie wären mit dem Taxi aus Frankfurt angereist. Ist ein bisschen eigenartig.«

»Das finde ich auch«, sagte Barbara nachdenklich.

»Also, falls du zufälligerweise etwas über die beiden erfährst, wäre das nicht schlecht.«

»Ich denke, das sollte man nicht dem Zufall überlassen.« Barbara machte eine kurze Pause. »Ich hab schon eine Idee. Vielleicht sollten wir dort als Duo auftauchen. Ich werde gleich einmal Anna fragen. Tschüss, mein Schatz!« Sie wollte schon auflegen, als ihr noch einfiel: »Übrigens, Anna hat gesagt, es wäre nicht schlecht, den Campingplatz etwas genauer unter die Lupe zu nehmen. Da sind einige Männer, die gerne fremdenfeindliche Sprüche klopfen. Vielleicht haben die auch etwas gegen Weißrussen.«

»Guter Hinweis, danke. Scheller ist schon unterwegs. Viel Spaß noch mit Anna!«, sagte Peters und legte seinerseits den Hörer auf den Apparat.

Bernd Peters war mehr als verunsichert bei dem Gedanken, was er da angezettelt hatte. Für heute musste er sich keine Sorgen machen, denn Barbara war für den Rest des Tages beschäftigt. Andererseits fragte er sich, ob es nicht besser wäre, ihr gegenüber seinen Beschützerinstinkt ein wenig einzudämmen. Moderne Frauen mögen so etwas vielleicht gar nicht.

Es kam ihm noch der Gedanke, ob er das mit Jenny besprechen sollte, aber er befürchtete sich zu blamieren. Zudem war das sowieso viel zu intim.

Der Anruf von Bernd Peters hatte bei Barbara Fouquet und Anna Hoger so etwas wie einen Kreativitätsschub ausgelöst. Waren sie sowieso schon guter Laune gewesen, denn allzu selten hatten sie Zeit, in Ruhe miteinander zu reden, so machte es jetzt einen teuflischen Spaß zu überlegen, wie sie vorgehen wollten.

Sie planten, an einem Abend einfach mal die Bar des Restaurants aufzusuchen. Jean Dallmann stand in dem Ruf, der beste Kunde dort zu sein. Vielleicht hätten sie Glück, und er würde sich auch an dem Abend der Kontaktpflege mit seinen Gästen widmen. Ob sie auch die beiden Männer aus Osteuropa treffen würden, war selbstverständlich nicht sicher. Aber man – oder frau – müsste es eben darauf ankommen lassen.

»Und was erzählen wir denen, wenn die uns fragen, was uns in die Bar verschlagen hat?«, wollte Anna wissen.

»Mädelsabend«, sagte Barbara. »Wir erzählen denen, dass wir mit einer Freundin zu einem Mädelsabend verabredet seien. Aber die hätte gerade angerufen, dass sie nicht kommen könne, weil ihr Kind krank geworden sei.«

»Und warum hier in der Hotelbar?«

»Weil die so besonders stilvoll ist, würde ich sagen.«

»Und weil man hier so interessante Männer trifft«, schlug Anna vor.

»Na ja, das ist vielleicht ein bisschen zu direkt«, sagte Barbara. »Mich kennen die da ja schon. Also, ich kann schlecht behaupten, ich wäre auf Männersuche. Wenn sich das in der Gemeinde herumspricht, habe ich ein Problem.«

»Okay, also Mädelsabend, eigentlich wollen wir unter uns bleiben«, spann Anna den Gedanken weiter, »aber wenn es sich halt ergibt, reden wir auch mit Männern.«

»Genau so. Erst ein bisschen spröde, dann aber auch nicht ganz unzugänglich.«

»So – und was ziehen wir an?«

»Jetzt wird es schwierig«, lächelte Barbara.

»Du hast doch einen so schönen Minirock!«

»Spinnst du? Darin hat mich hier noch niemand gesehen. Den ziehe ich nur an, wenn ich mich mindestens fünfzig Kilometer von meiner Gemeinde entferne, und beim Einsteigen ins Auto verstecke ich den unter einem langen Mantel.«

»Als Pfarrerin hat man es nicht leicht, ich sehe schon.«

»Dann lieber lang und eng, das hat den gleichen Effekt.«

»Okay, und ich nehme einen Mini. Aber wie erkläre ich das meinem Mann?«, fragte Anna.

»Dem erklärst du gar nichts. Du sagst, ich hätte dich eingeladen, und das mache ich dann auch. Ich lade dich ein, weil ich vor kurzem Geburtstag hatte. Das stimmt sogar. Dein Mann geht um acht ins Bett, wie es sich für einen Bäcker gehört, und wir ziehen um halb neun los.«

»Eine halbe Stunde fürs Umziehen und Schminken? Bisschen wenig!«

»Das schaffst du schon. Ich kann zur Not auch noch ein bisschen draußen im Auto warten.«

»Also der Minirock«, dachte Anna nach.

»Und schönen roten Lippenstift. Nach dem Motto: Give me red lipstick and I will run the world.”

»Noch so ein Spruch aus der Parfümerie?«

»Genau! Und ich nehme die Mascara-Masche«, sagte Barbara.

109

»Dann schauen wir den Männern tief in die Augen!«

»Nur falls alles andere nicht funktioniert. Vor allem setzen wir sie unter Alkohol. Kinder und Betrunkene sagen die Wahrheit.«

»Wie machen wir am Ende den Abgang?«

»Da kannst du dich ganz auf mich verlassen, meine Liebe«, sagte Barbara und lachte.

9

Bäcker Hoger hatte sich beizeiten schlafen gelegt. Anna vernahm ein geräuschvolles Atmen aus dem Schlafzimmer, als sie fast pünktlich das Haus verließ und zu ihrer Freundin in deren alten Golf stieg.

»Auf, auf ins Abenteuer«, sagte Barbara zur Begrüßung.

»Ich fühle mich wie mit siebzehn, wenn es zu einer Party ging«, antwortete Anna.

»Und man keine Ahnung hatte, wie der Abend ausgehen würde«, setzte Barbara fort.

»Für heute weiß ich, dass ich um elf Uhr zu Hause sein möchte. Morgen muss ich um halb sieben das Geschäft öffnen.«

»Dann werden die Männer aber enttäuscht sein«, grinste Barbara.

»Wieso? Wie war noch der Spruch in unserer Jugend: Ein braves Mädchen geht um sieben ins Bett, damit es um zehn zu Hause sein kann.«

»Das ist aber nicht die Strategie dieses Abends, wenn ich bitten darf!«

»Okay«, sagte Anna und mimte die Enttäuschte. »Wie sieht die Strategie denn sonst aus?«

Der alte Golf, den Barbara in ihrer Freizeit regelmäßig wieder zusammenbastelte, verließ Schönbach in Richtung

Fischbach, mühte sich die Steigung hinauf, überquerte die große Lichtung und verschwand im dunklen Mischwald.

»Wir setzen uns ganz unauffällig an die Bar, bestellen zwei Gin Tonic, erkunden das Gelände und klären dann den operativen Vollzug.«

»Man könnte meinen, du hättest gedient«, sagte Anna.

»Diese militärische Sprache hat inzwischen in sämtliche Führungsleitfäden Einzug gehalten«, lachte Barbara gut gelaunt. »So was lernt man bei uns im Predigerseminar.«

»Wie könnte es dann weitergehen?«

»Wir identifizieren die Zielpersonen und lächeln ihnen bei passender Gelegenheit zu, wobei wir uns zu ihnen hinwenden, um unsere dezente Kleidung zur Wirkung kommen zu lassen.«

»Dann gehen wir zum Angriff über?«, fragte Anna.

»Nein, das war schon der Angriff. Wir gehen davon aus, dass Männer in einer Bar grundsätzlich auf der Pirsch sind. Wenn wir in ihr Beuteschema passen – und da habe ich bei deinem Rock keine Bedenken – werden sie sich nähern.«

»Und dann?«

»Dann gibt es für uns einen weiteren kleinen Gin Tonic und für die Männer einen großen. Das setzen wir so fort, bis sie redselig werden. Ganz einfach.«

Anna runzelte die Stirn. »Dein Wort in Gottes Ohr«, sagte sie skeptisch. »Wenn das mal klappt.«

»Das hat schon immer geklappt, seit es Männer und Alkohol gibt, also bereits seit Jahrtausenden.«

Der Golf wurde ständig lauter. Als sie durch Fischbach fuhren, dröhnte der Schall des Auspuffs von den Häuserwänden zurück. »Da ist entweder ein Loch im Schalldämpfer«, sagte Barbara, »oder die blöde Schelle hat sich schon wieder gelöst. Repariere ich später!«

Als sie auf den Parkplatz des Hotels fuhren, konnten sie sich der Aufmerksamkeit aller Menschen im Umkreis von hundert Metern sicher sein.

»Erinnere mich daran, dass ich nachher noch einmal kurz nachschaue. Wenn wir am späteren Abend mit diesem Krachmacher von hier losfahren, bekommen wir Hausverbot im Hotel.«

»Vielleicht bekommen wir das sowieso«, sagte Anna. »Nach unserem Auftritt in der Bar, meine ich.«

Die Bar im Souterrain des Hotels war genauso geschmackvoll ausgestattet wie das restliche Gebäude. Auch hier hatte sich Jean Dallmann nicht lumpen lassen. Alles war in dezentes Licht gehüllt, an den Wänden überwogen die Rottöne, die Polster curryfarben, die Spiegel und Flaschenregale hinter der Theke blitzblank, der Boden aus schwarzem Granit mit bläulich leuchtenden Einsprengseln. Barbara und Anna setzten sich an die Bar, bestellten sich ihre Gin Tonics und inspizierten das Gelände. In einer Nische saß ein Paar, das völlig auf sich konzentriert war. An einem der Tische hatten zwei Männer Unterlagen vor sich ausgebreitet – offensichtlich die Fortsetzung der Arbeit an anderem Ort. In einer Ecke spielte eine Gruppe Karten und trank Bier. Der Pianist hatte sich an seinen Flügel gesetzt und improvisierte über gängige Melodien aus dem Pop Genre.

Nach und nach füllte sich die Bar mit Gästen, die vom Abendbuffet kamen. Jean Dallmann war seinem Ziel schon recht nahegekommen, das wurde deutlich. Die meisten der Gäste kamen aus dem Milieu, das er erreichen wollte – die Schönen und die Reichen. Die Kleidung leger, aber edel, die Damen mehr oder weniger dezent dekolletiert. Jeder gelang es, durch die Betonung ihres schönsten Körperteiles von den weniger schönen abzulenken. Die Köpfe teuer, Werke von Könnern des Friseurhandwerkes und der Make-up Artists. Auch die grauen oder blonden Strähnen in den Haaren der Männer waren so geschickt hineingelegt, dass sie ganz natürlich wirkten. Man suchte sich eine Nische oder wählte einen der kleinen Cocktailtische, bestellte die Spezialitäten des Bartenders und lauschte der Musik.

Es war ungefähr neun, als Jean Dallmann auftauchte. Er trug einen teuren, aber legeren Anzug mit einem ebenso edlen T-Shirt und ging zunächst von Tisch zu Tisch, begrüßte die meisten Gäste mit Namen, hielt hier ein Pläuschchen und dort eines, machte Komplimente, lachte über die Bemerkungen der Männer, lächelte den Frauen zu, warb für den Ausflug zu einem Sternerestaurant am kommenden Donnerstag, empfahl den einen oder anderen Cocktail und kam dann an die Bar.

Er bestellte sich einen Long Island Ice Tea, das Stärkste, was man in einem Longdrinkglas verbergen konnte, schaute ein wenig erschöpft hin und her und nahm einen tüchtigen Schluck, als das Glas vor ihm stand.

»Attacke!«, murmelte Barbara und wechselte mit Anna den Platz, um näher an Dallmann heranzukommen und zugleich seine Aufmerksamkeit zu erregen. Als er das nächste Mal in ihre Richtung schaute, lächelte sie ihn an und drehte sich so, dass ihre Silhouette in dem recht engen Kleid gut zur Geltung kam.

»Frau Pfarrerin«, sagte Dallmann erstaunt, »Sie hier bei uns?«

Barbara lächelte ihr schönstes Lächeln. »Warum überrascht Sie das? Am letzten Donnerstag war ich doch auch bei Ihnen, oben, bei Ihrem wirklich sehr gelungenen Empfang.«

Schleim dich nur ein, dachte Anna.

»Nun ja«, sagte Dallmann etwas unsicher. »Das war ein offizieller Empfang. Sind Sie heute privat hier?« Er stand auf und setzte sich auf den Barhocker neben sie.

»Na ja, ich treffe mich mit zwei Freundinnen hier. Leider hat die eine eben abgesagt. Ihr Kind ist krank geworden. So müssen nun Anna und ich den Abend alleine verbringen.«

»Darf ich Ihnen etwas Gesellschaft leisten?«, fragte Dallmann und lugte an Barbara vorbei auf Annas Beine.

»Aber gerne, wir lieben gepflegte Unterhaltung«, antwortete diese und setzte sich in Positur.

»Was darf ich Ihnen bestellen?«, fragte Dallmann. »Ihre Gläser sind schon fast leer. Was hatten Sie?«

»Gin Tonic«, antwortete Barbara.

»Dann noch einmal zwei Gin Tonic – und für mich auch dasselbe«, sagte Dallmann zu dem Mann hinter der Theke und leerte sein Glas.

»Gefällt es Ihnen bei uns?«, fragte er an die beiden Frauen gewandt.

»Es ist alles ausgesprochen stilvoll – die Einrichtung, die Musik und auch die Gäste«, meinte Barbara.

»Ich habe mir Mühe gegeben«, sagte Dallmann, »und wirklich nur die besten Leute engagiert. Wissen Sie, ich möchte etwas tun für meine Heimat.«

Masche Nummer eins, dachte Barbara, der Altruist wird herausgekehrt.

»Ich finde das ganz beachtlich«, meinte sie, »und die Menschen hier freuen sich über Ihr Engagement, auch wenn manche am Anfang Bedenken hatten.«

»Ja, so ein Luxushotel wirkt zunächst wie ein Fremdkörper in dieser Gegend«, sagte Dallmann. »Das kann ich schon verstehen. Aber man muss das Ganze in einen größeren Zusammenhang stellen. Letztlich geht es doch darum, dieser Landschaft den Wert beizumessen, der ihr zusteht. Diese Gegend hat so viel Potenzial, das muss gehoben werden.«

Masche Nummer zwei, der Visionär, dachte Barbara.

»Ich glaube, Sie sind da genau auf dem richtigen Weg«, sagte sie. »Es ist gut, dass Sie unserer Südwestpfalz mehr zutrauen als Wanderwege und Badeseen.«

Die schleimt sich ganz schön ein, dachte Anna.

»Man muss den Menschen das Vertrauen in ihre eigene Heimat zurückgeben«, referierte Dallmann weiter. »Man muss ihnen helfen, ihr Schicksal selbst in die Hand zu nehmen. Nicht von einem stetigen Niedergang reden, sondern sich auf den Weg in die Zukunft machen.«

Masche Nummer drei, die Führungspersönlichkeit, dachte Barbara.

»Ich finde es wirklich faszinierend, wie tatkräftig Sie das alles anpacken, mein Respekt«, sagte sie und lächelte ihn nieder.

»Sie sollten in die Politik gehen«, mischte sich Anna ein.

»Darüber habe ich selbstverständlich auch schon nachgedacht. Aber wissen Sie, als Politiker kann man weniger bewegen als ein Geschäftsmann.« Er nahm einen großen Schluck aus seinem Cocktailglas und schaute sich im Raum um. »Diese ewigen Abstimmungen in den Fraktionen, diese vielen Gespräche und Sitzungen, die Rücksichtnahme auf gewisse Randgruppen, das ewige Schielen nach den Umfragen und Stimmungen, das ist einfach lästig und wenig effektiv. Ein Geschäftsmann hat neben dem Vertrauen, das man in ihn setzt, vor allem ein Mittel zum Erreichen seiner Ziele – und das ist sein Geld. Mit Geld können Sie fast alles bewegen. Also müssen Sie schauen, dass Sie genug Geld haben – eigenes oder geliehenes – und es dann effizient einsetzen. So kann man etwas erreichen, so kann man wirklich gestalten.«

Der strotzt vor Selbstbewusstsein, dachte Barbara, aber das ist keineswegs unangenehm, fast ein bisschen sexy.

In diesem Moment betraten zwei Männer die Bar, die sich durch eine bemerkenswerte Unauffälligkeit auszeichneten. Groß, breitschultrig, kurz geschnittene dunkle Haare, glatt rasierte Gesichter mit je einem markanten Kinn, Edeljeans und ebensolche Freizeithemden, dezent lässiger Gang. Sie hätten Brüder sein können. Sie zogen Anna Hoger sofort in ihren Bann und unüberhörbar rutschte ihr heraus: »Wladimir und Vitali.«

Dallmann und Barbara hatten es beide gehört und wandten sich zu ihr um.

»Wie bitte?«, sagte Barbara.

»Hab ich was gesagt?«, fragte Anna zurück.

»Du sagtest ,Wladimir und Vitali'. Hast du die Klitschkos gemeint?«

»An die muss ich wohl gedacht haben, als ich die Männer dort sah.« Sie zeigte an das andere Ende der Theke, wo sich die beiden auf Hochstühlen niedergelassen hatten, je einen Fuß auf dem Boden abgestellt.

Dallmann drehte sich um und sagte dann zu den beiden Frauen: »Das sind unsere Gäste aus Estland, oder wie es auch genannt wird, Estonia. Sie sind seit Sonntag da und scheinen sich sehr für mein Projekt zu interessieren. Ich hatte schon einige interessante Gespräche mit ihnen.«

»Estland, wo liegt das eigentlich?«, fragte Anna.

»Das fragt die Bäckersfrau oder die Lehrerin?«, sagte Barbara.

»Okay, schon gut«, gab Anna zurück. »Irgendwo im Osten, nicht ganz so weit wie Russland, ich weiß schon. Sind aber zwei hübsche Kerlchen«, lächelte sie.

»Soll ich Sie einander vorstellen?«, bot Dallmann an. »Ich hoffe allerdings, dass Sie mir dadurch nicht für diesen Abend verloren gehen«, sagte er zu Barbara gewandt.

»Keine Angst! Wir müssen unser Gespräch unbedingt fortsetzen«, lächelte Barbara unermüdlich.

Die drei erhoben sich und gingen zu den beiden Männern.

»Meine Herren, ich möchte Ihnen zwei Damen aus unserem Nachbarort vorstellen.« Die beiden erhoben sich und setzten ein freundliches Lächeln auf.

Barbara schoss es durch den Kopf, was die beiden Männer jetzt wohl denken mussten. Dass der Hotelbesitzer ihnen zwei willige Frauen des horizontalen Gewerbes zuführen will? Nuttig hatten sie sich zwar nicht angezogen, aber dezent und zurückhaltend konnte man weder ihr an ein Ganzkörperkondom erinnerndes Kleid noch den Minirock von Anna bezeichnen.

»Dies ist Frau Fouquet, unsere Pfarrerin. Auch wenn man es ihr nicht ansieht.« Er lächelte sie an. »Aber Sie sollten sie mal in ihrem Talar sehen.«

Hat der mich schon jemals im Talar gesehen?, fragte sich Barbara. Aber die Leute geben sich gelegentlich gerne etwas kirchennah, wenn es vorteilhaft erscheint.

»Und das ist ihre entzückende Freundin, Frau Hoger. Sie sind Bäckerin, nicht wahr?«, fragte er Anna.

»Nun ja, mein Mann ist Bäcker«, gab sie etwas verlegen zurück.

Jetzt meinen die beiden sicher, Pfarrer und Bäcker leben bei uns am Existenzminimum und müssen sich etwas dazu verdienen, dachte Barbara.

Aber falls sie das gedacht haben sollten, ließen die Männer es auch nicht am leisesten Zucken ihrer Minen erkennen. Vielmehr verneigten sie sich höflich, reichten den beiden Frauen die Hand und stellten sich mit einem angedeuteten Lächeln vor.

»Vladimir Alfjorow.«

»Vital Krivenchik.«

»Also doch Wladimir und Vitali«, platzte Anna heraus.

Die Männer schauten sie verständnislos an.

»Wladimir und Vitali Klitschko, die Boxer« sagte sie voller Unbefangenheit. »Die kommen doch aus Russland. Sie auch?«

»Die sind aus der Ukraine, meine Dame. Wir sind aus Estland.« Vladimir war die Höflichkeit in Person. Dennoch strahlte er etwas aus, das Barbara erschauern ließ. Diese Höflichkeit war mit einer deutlich spürbaren unterschwelligen Aggressivität gepaart.

»Das ist mir jetzt aber peinlich«, sagte Anna verlegen. »Entschuldigen Sie bitte!«

»Das macht gar nichts«, sagte nun Vital mit tiefer Stimme und dem unüberhörbaren Akzent eines Menschen, dessen Muttersprache Russisch war. Diese Stimme schien für Barbara etwas Bedrohliches zu haben.

»Aber Boxer sind Sie beide doch auch, oder? So wie Sie aussehen!«, sagte Anna und lächelte die beiden offensiv an.

Jetzt wird es aber peinlich, dachte Barbara. Was ist mit Anna los? Wie naiv ist die denn? Die schmeißt sich den beiden geradezu an den Hals. Ob der zweite Gin Tonic schon zu viel war?

Gerade wollte sie Anna mit einem leichten Zupfen an ihrer Bluse zurückziehen, als Vladimir sagte: »Das nehme ich mal als ein Kompliment und möchte es gerne zurückgeben. Eine solche Schönheit wie Sie hätte ich in dieser Gegend der Wiesen und Wälder nicht erwartet. Leisten Sie uns doch ein bisschen Gesellschaft und erzählen Sie uns etwas von Ihrer Heimat. Was darf ich Ihnen bestellen?«

Anna blitzte Barbara kurz an, die sofort verstand, dass sie sich zurückziehen solle. Wohl war ihr dabei aber nicht.

Barbara wandte sich Dallmann zu und sagte: »Wir wollten doch noch unser Gespräch fortsetzen – über Ihr Projekt, Ihre Pläne, Ihr Geschäftsmodell.«

Sie ging mit ihm zurück zu ihren Gläsern am anderen Ende der Theke, ohne das Gefühl loszuwerden, dass Anna etwas hoch pokerte im Umgang mit diesen beiden zwar höflichen, jedoch wildfremden Männern. Sie setzte sich so, dass sie ihre Freundin im Blick behielt.

Dallmann bestellte sich einen neuen Long Island Ice Tea, während Barbara mit dem Hinweis auf ihr noch halb volles Glas Gin Tonic abwinkte. Dallmann redete unaufgefordert weiter.

»Wie ich schon sagte, wenn man wirklich etwas gestalten will, dann sollte man nicht in die Politik gehen, sondern Unternehmer werden. Die Politiker sind, wenn ich mal das Beste annehmen will, Menschen guten Willens, freilich immer gepaart mit Machtbewusstsein und einer Spur Narzissmus. Aber selbst wenn es ihnen gelingen sollte, nach langem Hin und Her und vielen Kompromissen zu vernünftigen Beschlüssen zu kommen, so sind sie dann doch wieder abhängig von den Verwaltungen, die das umsetzen müssen. Und die haben ihre eigenen Gesetzmäßigkeiten und eine ausgeprägte Beharrungstendenz. Veränderungen lieben sie gar nicht, weil die Arbeit machen, und Verwaltungen eigentlich immer genug Arbeit haben. Auf jeden Fall besitzen die meisten Verwaltungsmitarbeiter nicht die Fähigkeit, das Wesentliche vom Unwesentlichen zu unterscheiden. Also vertun sie viel Zeit mit dem Unwichtigen.«

Barbara lächelte. »Ich denke, Ihre Diagnose trifft mehr oder weniger zu, was die Verwaltungen betrifft. Da kann man auch bei uns in der Kirche interessante und frustrierende Erfahrungen machen. Aber was die Politiker angeht, ich weiß nicht. Nehmen Sie doch mal unseren Ortsbürgermeister, was wären wir ohne den?«

»Ach der! Selbstverliebt und ein bisschen zu sehr hinter den Frauen her. Finden Sie nicht auch?«

Barbara wog den Kopf nachdenklich hin und her und sagte nicht, was sie dachte: Wer im Glashaus sitzt, sollte nicht mit Steinen werfen. Oder in der biblischen Variante:

Wie leicht erkennt man den Splitter im Auge des anderen, sieht aber nicht den Balken im eigenen.

»Nun ja, aber wir brauchen ihn«, sagte sie nur. »Wir benötigen jemanden, der diesen Job macht, meinen Sie nicht?«

Barbara schaute zu Anna. Schon wieder wurden die Gläser nachgeschenkt – mit Wodka, wenn sie die Flasche richtig erkannte. Das konnte nicht gut gehen. Wenn die so weiter machten, hatten die Männer Anna in einer halben Stunde unter den Tisch getrunken.

»Pardon, was meinen Sie?«, fragte sie, als sie bemerkte, dass Jean Dallmann etwas gesagt, sie jedoch nicht richtig hingehört hatte.

»Ich sagte: Ein bisschen mehr Tatkraft würde ich mir aber doch von unserem Ortsbürgermeister wünschen.«

»Vielleicht haben Sie recht, mag sein«, antwortete sie und wandte sich Dallmann mit ihrer Schokoladenseite zu. »Aber eigentlich würde ich gerne noch mehr über Ihre Unternehmung erfahren. So ein Wellnesshotel ist doch kein Selbstläufer. Wie machen Sie das? Man braucht gutes Personal, das ist schwer zu finden. Man braucht gutes Marketing, auch das ist eine Kunst für sich. Also, wie bekommen Sie das eigentlich hin?«

Die drei starken Cocktails und der Anblick einer schönen Frau machten Dallmann gesprächig. Er begann zu dozieren und Barbara Fouquet musste nur gelegentlich mit einem verständnisvollen Nicken, einem »Aha!« oder einem »So ist das also!« verstärken und erfuhr, dass er auf professionelle Agenturen setzte, die seinen Internetauftritt perfektionierten und ihn bei Google günstig platzierten, auf deftige Provisionen bei den einschlägigen Hotelvermittlungen im Internet und auf seine Freunde und die der Familie, die er zu kostenlosen Wochenenden eingeladen hatte und auf deren Multiplikatorenfunktion er hoffte.

»Trotz allem, ich denke, dass nach wie vor die Mund-zu-Mund-Propaganda einer der wichtigsten Wege der Werbung ist«, sagte er und schaute Barbara zustimmungsheischend an. »Im Internet kann viel geschrieben werden. Aber wenn mir ein vertrauenswürdiger Mensch gegenüber sitzt, der mir etwas empfiehlt, dann lasse ich mich doch viel eher auf etwas Neues ein, meinen Sie nicht auch?«

»Das sehe ich genauso wie Sie«, sagte Barbara. »Ich denke, Sie gehen das sehr geschickt an.« Sie bemerkte, wie der Rücken von Jean Dallmann nach dieser Zustimmung sichtbar gerader wurde. Wichtiger waren ihr aber die Informationen über das Personal, denn sie wollte etwas über Ludmilla Herzegowina erfahren. Gerade als sie mit einer Frage ansetzen wollte, sah sie, wie Anna und die beiden Männer aufstanden und sich auf einen frei gewordenen Tisch in einer Nische zubewegten. Anna kicherte ganz ungewohnt, lächelte die beiden an, schwankte ein wenig, einer der Männer fing sie auf, geleitete sie an seinem Arm und half ihr beim Hinsetzen.

Die ist ja schon völlig betrunken, dachte Barbara. Die wollen sie gefügig machen. Jetzt fehlt nur noch, dass die beiden sie mit auf ihr Zimmer nehmen.

Als dann der Barkeeper eine neue Flasche Wodka und drei Gläser auf den Tisch stellte, spürte sie, wie sie sich innerlich verkrampfte. Aber bisher hatte sie von Dallmann nichts Wichtiges erfahren. An Aufbruch war also nicht zu denken.

Sie zwang sich zur Konzentration und fragte Dallmann: »Aber wie machen Sie das mit dem Personal? Das ist doch nicht so einfach zu bekommen, oder?«

»Sie haben recht, gutes Personal ist rar. Auch hier hilft Geld. Sie müssen einfach gute Konditionen bieten, so bekommen Sie schon die Leute.«

»Und die sind dann bereit, hierher zu ziehen?«

»In der Hotellerie gibt es viele Zugvögel, manchmal auch eigentümliche Zugvögel. Menschen, für die der Job ihr Leben ist, die nichts anderes daneben haben. Oft auch keine Familie. Mit gutem Geld und ebensolchen Arbeitsbedingungen kann man sie für ein paar Jahre halten, dann ziehen sie weiter.«

»Aber ich meine, gehört zu haben, dass gerade in der Hotellerie und der Gastronomie nicht gut gezahlt wird. Die Tarife sind niedrig, sonst rechnet sich das nicht.«

»Das stimmt. Im Grunde haben Sie zwei Gruppen von Mitarbeitern. Die qualifizierten Führungskräfte müssen Sie gut bezahlen. Bei den anderen müssen Sie das wieder einsparen. Die arbeiten oft nur in dem Job, weil sie keinen anderen finden.«

»Sehr motiviert sind die dann aber nicht. Wie können die unter diesen Umständen gut sein?«

»Leider sind sie es oft auch nicht. Deshalb braucht man qualifizierte Führungskräfte. Das ist ein bisschen so wie beim Militär – wenn Sie gute Offiziere haben, können Sie auch mit unmotivierten Soldaten kämpfen.«

»Die werden standrechtlich erschossen, wenn sie nicht richtig mitziehen. Machen Sie das auch?«

Dallmann lachte. »Nein, das können wir nicht. Das wollen wir auch nicht. Den Druck müssen wir anders ausüben: Gehaltsabzug, Sonderschichten, Drohung mit der Kündigung. Das hilft manchmal. Aber übertreiben darf man nicht, sonst sind sie weg.«

»Das ist ja in gewisser Weise beruhigend. Dann war das bei Ludmilla keine Strafmaßnahme?«

»Aber bitte, was denken Sie? Ludmilla war ein reizendes Mädchen, sehr klug, sehr fleißig. Die mussten Sie nicht unter Druck setzen.«

»Aber wie ist das dann passiert?«

»Ich weiß es nicht, und wenn ich es wüsste, hätte ich das schon längst der Polizei gesagt.« Er sah fast zornig aus. »Dieser Mord ist für mein Geschäft so etwas wie der Super-GAU. Fast. Noch schlimmer wäre es gewesen, wenn man die Leiche im Wellnessbereich gefunden hätte. Aber das ist ja zum Glück nicht passiert.«

Weil du sie da weggeschafft hast?, fragte sich Barbara unwillkürlich.

»Ja«, sagte sie, »das wäre schlimm. Wer will schon in einen Wellnessbereich gehen, in dem eine Leiche gelegen hat?«

Sie schaute zu Anna hin, die gerade ihr nächstes Glas leerte und schallend lachte. Dallmann folgte ihrem Blick und sagte: »Die scheinen sich gut zu amüsieren, die drei. Ihre Freundin ist aber auch wirklich reizend.«

Und betrunken, dachte Barbara, aber immerhin sitzt sie noch ziemlich gerade. Sie sagte: »Ich suche mir meine Freundinnen eben gut aus. Sie ist wirklich eine tolle Frau!« Und hoffentlich nicht in Gefahr, dachte sie. Jedoch solange die drei noch in der Bar saßen, konnte nichts passieren.

»Aber wie kommen Sie an das Personal, das gute und das weniger gute?«, fragte sie den auch nicht mehr nüchternen Dallmann.

»Die Guten habe ich abgeworben, so nach dem Motto: Sagen Sie mir, was Sie hier verdienen, bei mir bekommen sie fünfhundert im Monat oben drauf. Beim Koch und beim Empfangschef mussten es auch tausend sein.«

»Wobei ich den Empfangschef nicht für die beste Wahl halte, ein bisschen arrogant.«

»Ja, das ist er. Aber die betuchten Gäste sind das so gewöhnt und erwarten es. Dafür kann er sich bei einem Trinkgeld auch bis auf den Tresen verbeugen. Und er erledigt alles mit äußerster Diskretion. Auch die heiklen Dinge.«

Gehört dazu das Entsorgen von Leichen?, wollte Barbara fragen, stattdessen aber sagte sie: »Was wohl besonders die Herren der Schöpfung zu schätzen wissen?«

»Die auf jeden Fall. Aber Sie ahnen nicht, wie viele Damen so ihre diskreten Wünsche haben.« Dallmann sah sehr wichtig und wissend aus.

»Haben Sie Ludmilla auch abgeworben?«, fragte Barbara mit einem sorgenvollen Blick auf Anna. Langsam musste die Sache hier ein Ende haben.

»Die war zwar sehr gut, aber sie gehörte nicht zu den Leitungskräften. Das Personal in der Küche besorgt der Chefkoch, die fürs Restaurant der Restaurantleiter und die fürs Housekeeping die Hausdame. Sie hat diesen Glücksgriff getan.«

»Die Hausdame bestimmt auch die Tarife?«

»Ja, sie bekommt ein Budget, das wir absprechen, und dann bemüht sie sich, damit auszukommen. Sie ist darin richtig gut.«

»Sie findet also immer günstiges Personal?«

»Ja, sie ist wirklich gut. Sie erhält eine Prämie, wenn sie ihr Budget einhält. Und von allem, was sie drunter liegt, bekommt sie dreißig Prozent. Das motiviert.«

»Ich kann mir vorstellen, dass dieses System funktioniert«, sagte Barbara und dachte, dass sie nicht wissen wolle, für welchen Hungerlohn die Menschen hier wohl arbeiten mussten.

»Wo bekommt die Hausdame ihre Leute her?«, fragte sie trotzdem.

»Über die üblichen Agenturen«, sagte Dallmann und schloss sofort an: »Aber ich glaube, sie hat noch andere Quellen. Die sind aber ihr Geheimnis. Und ich muss nicht alles wissen. Möchten Sie noch etwas trinken?«

»Ich glaube, ich habe genug. Ich bin heute Abend die Fahrerin. Vielleicht noch etwas alkoholfreies Herbes.«

»Ein Bier?«

»Ein Bier!«

»Haben Sie eigentlich unseren Wellnessbereich schon gesehen?«, fragte Dallmann und berührte Barbara Fouquet wie zufällig.

»Nein, den würde ich gerne einmal kennenlernen«, sagte Barbara. »Aber vielleicht ein anderes Mal. Ich glaube, für meine Freundin wird es Zeit. Sie muss morgen wieder früh im Laden stehen.« Sie legte ihre Hand auf seinen Unterarm und spürte die beabsichtigte Reaktion in Dallmanns Körper. »Vielleicht haben wir noch einmal Gelegenheit zu einem längeren Gespräch. Das würde mich freuen.«

Mache einem Mann Hoffnungen und du hast ihn für eine Weile in der Hand. Eine leichte Berührung, eine gute Mascara, ein enges Kleid und eine kleine, nicht unverfängliche Bemerkung und schon verlegt er das Denken aus dem Kopf in ein anderes Körperteil, nahezu zwangsläufig. Hat bisher immer geklappt.

»Das ist schade, dass Sie heute Abend keine Zeit mehr haben«, säuselte Dallmann. »Darf ich Sie bei Gelegenheit anrufen?«

»Gerne!«, sagte Barbara. »Warten Sie, ich gebe Ihnen meine Karte.« Das Bier kam und sie nahm einen großen Schluck, bevor sie etwas mühsam eine Visitenkarte aus der Handtasche hervorkramte. Dabei fiel ihr Blick wieder in Richtung Anna, die sich offenbar bemühte aufzustehen. Sofort sprangen die beiden Männer rechts und links von ihr auf und halfen ihr.

Jetzt wird es ernst, vielleicht gefährlich, dachte Barbara und sagte zu Dallmann: »Oh, ich sehe, meine Freundin möchte gehen. Bitte entschuldigen Sie, wenn ich das Bier nicht austrinke.« Sie stand etwas abrupt auf. »Begleiten Sie mich noch ein Stück?« Mit Dallmann an der Seite würde sie ihre Freundin schneller aus den Fängen dieser beiden unheimlichen Männer befreien können.

Sie gingen beide zum Tisch der drei und Anna rief übertrieben erfreut: »Barbara, das ist aber schön, dass du auch schon nach Hause willst.«

Sie wandte sich den beiden Männern zu und wankte etwas, als sie sagte: »Meine Herren, es war mir ein Vergnügen, Ihre Bekanntschaft gemacht zu haben. Aber nun ist es Zeit zu gehen. Ich würde mich freuen, wenn wir unsere Unterhaltung bei anderer Gelegenheit fortsetzen könnten.«

Die beiden Männer brummten etwas, das Barbara nicht verstand, verneigten sich mit vollendeter Höflichkeit, reichten die Hand und blieben zusammen mit Dallmann stehen, als die beiden Frauen, Anna leicht schwankend, Barbara aufrecht, die Treppe ins Erdgeschoss des Hotels hinaufstiegen.

Vor dem Hoteleingang angekommen, reckte Anna sich, bog ihre Arme und Beine gerade und sagte mit klarer Stimme: »Das war ein interessanter Abend. Mindestens acht Wodka und kein bisschen betrunken.« Sie lachte. Barbara staunte.

»Du hast aber schon ganz schön geschwankt, als wir die Bar verließen«, sagte sie.

»Man muss den Männern ihr Erfolgserlebnis lassen. Nichts ist schöner, als zu beobachten, wie eine Frau einen Schwips bekommt. Das nährt die Hoffnung, sie würde über kurz oder lang ihre anerzogenen Hemmungen verlieren und zu einem willigen Weibchen werden.« Anna sprach klar und deutlich und stand aufrecht und ohne das leiseste Schwanken in der klaren Abendluft.

»Acht Wodka?« Barbara starrte sie an. »Du musst betrunken sein. Und du hast durchaus betrunken gewirkt.«

»Das wollte ich auch. Wie gesagt, Männer mögen das. Manche zumindest. Den beiden hat es auf jeden Fall gefallen.«

»Aber acht Wodka?«, wiederholte sich Barbara.

»Ich habe es gemacht wie einst Bundeskanzler Adenauer in den Sechzigern des letzten Jahrhunderts, als er zum Abendessen in den Kreml eingeladen wurde und unbedingt nüchtern bleiben wollte. Mindestens drei rohe Eier vorneweg, und der Wodka hat keine Chance. Eier gibt es in einer Bäckerei zuhauf.«

»Aber Alkohol ist Alkohol?«

»Stimmt – und deshalb muss ich jetzt ins Bett. In ein, zwei Stunden wird er seinen Tribut fordern.« Anna gähnte herzzerreißend.

»Was hast du herausbekommen?«, fragte Barbara.

»Morgen, meine Liebe, morgen«, sagte Anna. »Jetzt gibt es nur noch eines – und das heißt: Bett.« Sie setzte sich auf den Beifahrersitz und rief: »Vergiss den Auspuff nicht!«

Barbara holte eine Decke aus dem Kofferraum, platzierte sie unter dem Heck des Wagen, legte sich darauf und schob die Schelle über die beiden Teile der Abgasanlage.

»Nur gut, dass mich keiner gesehen hat«, sagte sie, als sie sich ins Auto gesetzt und die Hände notdürftig an einem Tuch abgewischt hatte.

Anna schaute sie unverwandt an und sagte nichts mehr, bis Barbara sie vor der Bäckerei in Schönbach abgesetzt hatte.

»Schlaf gut!«, waren ihre letzten, schon fast unverständlichen Worte, als sie die Haustür aufschloss und das Licht im Flur anmachte.

10

Karl, der Camper, gab unüberhörbar den Ton auf dem kleinen, vorwiegend von Dauercampern besiedelten Campingplatz am Saarbacher Mühlweiher gegenüber dem Hotel von Jean Dallmann an. Sein Wohnwagen stand schon lange auf dem Platz. Er war keineswegs der älteste der Camper. Wohl aber verbrachte er die meiste Zeit dort. Ob er überhaupt noch ein anderes Zuhause hatte, wusste keiner so genau. Er hatte einen ersten Wohnsitz angegeben, aber das konnte auch die Adresse seines Bruders oder seiner geschiedenen Ehefrau sein, von der er behauptete, dass sie ihn das Misstrauen gegenüber Frauen gelehrt hätte. Es sei ihm einst gut gegangen, erzählte er immer wieder, wobei im Dunkeln blieb, womit genau er sein Geld verdient hatte. Im Zuge der Scheidung habe ihm seine Ex das letzte Hemd ausgezogen, und jetzt lohne es sich für ihn nicht mehr zu arbeiten. Alles, was über der Sozialhilfe läge, würde sowieso sie bekommen. Sie, so nannte er seine Ex-Frau. Einen Namen erwähnte er nie. Seine Tage vertrieb er sich mit Angeln oder mit handwerklichen Tätigkeiten, in denen er ein gewisses Geschick besaß. Er erledigte alles, wozu es den meisten auf dem Platz an Zeit oder Fähigkeiten fehlte – ein neuer Holzboden im Vorzelt da, die Reparatur einer Dachluke dort, der Einbau eines neuen Herdes bei einem anderen. Die Abende verbrachte er mit einer oder mehreren Bierflaschen, alleine oder in Gesellschaft von Campern, die es gewöhnt waren, ihm geduldig zuzuhören, wenn er ihnen die Welt erklärte.

Karl war ein Rassist, wie man sie allenthalben fand. Er war sich dessen keineswegs bewusst, wie das bei vielen war. Auch hätte er sich nie als einen solchen bezeichnet. Aber mit seiner tief sitzenden Ängstlichkeit, die er mit lauten Tönen zu überspielen verstand, fehlte ihm jegliche Neugier für das Fremde, wie sie einen psychisch stabilen Menschen auszeichnete. Geblieben war lediglich die Scheu vor dem Fremden, wie sie auch jeder kannte, die sich bei ihm jedoch zur Angst ausgewachsen hatte, einer Angst freilich, von der er nichts wusste, die aber sein

Denken, Reden und Handeln bestimmte. Er verabscheute Frauen, obwohl er sie zugleich begehrte. Menschen mit dem Aussehen eines Südeuropäers oder gar eines Afrikaners verunsicherten ihn zutiefst, sodass er sie für minderwertig erklären musste. Sie waren eine Irritation seines engen Weltbildes, in dem alles Fremde eine Bedrohung sein musste. Solche Menschen konnten seinem sicheren Gefühl nach nur etwas Böses wollen. Wenn einer gebrochen Deutsch sprach, so war das für ihn ein Zeichen minderer Intelligenz und gab ihm die Gelegenheit, sich darüber lustig zu machen, obwohl es ihm selbst schwerfiel, statt seines breiten Pfälzisch richtiges Hochdeutsch zu reden.

Karl, der Camper, war die Schlüsselfigur auf dem Campingplatz, und das musste Klaus Scheller erst lernen, als er sich am Mittwochvormittag aufmachte, um die Aufgabe zu übernehmen, für die ihn sein Chef in so besonderer Weise qualifiziert sah. Scheller war ein Pirmasenser Kind, zum Campen hatte er jedoch keine Nähe entwickeln können. Seine Eltern waren mit ihm und den Geschwistern immer an die Nordsee gefahren, in das Erholungsheim der BASF auf Sylt. Sein Vater hatte es wie manch anderer aus der Gegend schon früh auf sich genommen, die weite Strecke nach Ludwigshafen zu fahren, um dort von den guten Tarifen der IG Chemie zu profitieren, mit denen es leichter war, eine fünfköpfige Familie zu ernähren als mit den mageren Löhnen der Schuhindustrie. Die Fahrt dauerte manches Mal fast zwei Stunden, aber die langen Zwölfstundenschichten machten es erträglich, weil er so auf viele Freischichten kam und nicht jeden Tag zur Arbeit musste. Zu den zahlreichen Vergünstigungen dieses Jobs gehörte die Möglichkeit, mit der Familie in Westerland Urlaub zu machen, in einem Hochhaus direkt am Strand. Dieses Gebäude war für die Silhouette des Ortes zwar nicht gerade förderlich, aber der freie Blick aufs Meer war herrlich. Später, als Scheller nicht mehr mit den Eltern fahren wollte, verbrachte er die Ferien lieber zusammen mit Freunden im Freibad oder an einem der vielen Badeseen der Gegend. Als das erste Geld da war, entwickelte er sich zum Pauschaltouristen und bereiste Europa und die Welt.

So war er ein wenig erstaunt, als er sich beim Platzwart anmeldete und einer der drei Männer, die vor dem kleinen Büro auf ihren Klappstühlen saßen, ihn fragte: »Suchen Sie einen Platz? Im Moment ist alles voll.«

»Sind Sie der Platzwart?«, fragte Scheller zurück.

»Nee, der ist gerade mal aufs Scheißhaus gegangen«, sagte Karl und die beiden anderen Männer lachten. »Aber wenn ich Ihnen sage, dass hier nichts frei ist, dann können Sie mir das glauben.«

»Und wer sind Sie?«, fragte Scheller etwas angesäuert.

»Ich weiß ja noch nicht einmal, wer Sie sind«, kam es zurück.

Ach je, so einer, dachte Scheller, Kräfte messen am frühen Morgen. Nachgeben oder eins drauf setzen? Entschuldigung oder Dienstausweis? Der Klügere gibt nach? Vielleicht besser!

»Ich bin der Scheller Klaus. Und Sie?«

»Ich bin der Karl. Alle sagen nur Karl zu mir.«

»Schön, Karl. Ich möchte zum Platzwart.«

»Das kann bei dem eine Weile dauern. Der hat die Zeitung mitgenommen.« Lachen.

»Auch gut. Dann schau ich mich ein bisschen um.«

»Zutritt nur für Camper!«, ließ Karl vernehmen. Wieder Lachen.

Der Kerl geht mir auf die Nerven, dachte Scheller. Dann kam ihm eine Idee.

»Sie scheinen sich hier gut auszukennen, Karl. Können Sie mich nicht ein Stückchen begleiten?«

»Warum sollte ich?«

»Weil ich so nett gefragt habe.«

Schweigen.

»Oder könnte es einer von Ihnen machen?«, fragte Scheller und schaute die beiden anderen an.

»Nee, das mach ich dann schon lieber selbst«, sagte Karl und quälte sich aus seinem Stuhl. »Ich lass schließlich nicht jeden hier über den Platz gehen.« Seine Neugier hatte obsiegt.

»Das finde ich aber nett von Ihnen«, säuselte Scheller.

»Nicht Ihnen! Du! Karl und du, so sagt man zu mir.«

»Danke Karl. Ich heiße Klaus«, sagte Scheller. »Klaus und du.«

»Jungs, ihr haltet hier die Stellung«, gab Karl seine Anweisungen. »Falls noch so einer kommt.«

Karl machte die ersten Schritte und fragte dann: »Was willst du denn sehen, Klaus?«

»Eigentlich alles.«

»Ich hab dir gesagt, dass nichts frei ist, und das ist auch so.«

»Aber vielleicht wird mal etwas frei.«

»Nicht bevor die Ferien zu Ende sind.«

»Okay!?«

»Die besten Plätze sind sowieso für lange belegt. Mit was kommst du denn? Hänger? Zelt? Doch nicht etwa so ein Wohnmobil?«

»Nee, so viel verdiene ich auch nicht.«

»Was machst du denn?«

»Polizei.«

Karl blieb stehen. »Ach so, Polizei.« Er dachte nach. »Wegen der toten Frau.«

»Wegen der!«

»Von uns war das keiner.«

»Hab ich auch nicht gesagt.«

»Aber gedacht.« Karl wurde unwillig.

»Wir denken alles, glauben nichts und halten fast alles für möglich.«

»Scheißjob.«

»Stimmt. Aber nur manchmal. Übrigens schön, dass du nicht Scheißbulle gesagt hast, Karl. Das höre ich auch gelegentlich.«

»Wollte ich eigentlich gerade sagen«, raunte Karl unfreundlich.

»Nur heraus damit. Ich bin einiges gewöhnt.«

Die beiden schwiegen.

Als der Scheller Klaus mit dem Karl den Rundgang beendet hatte, wusste er wieder genau, warum er niemals campen würde. In den sanitären Anlagen reihten sich die Waschbecken eng aneinander, die Duschen waren mit Vorhängen abgetrennt, die Toilettenkabinen nach oben offen. Null Privatsphäre. Die Plätze der Dauercamper dagegen waren sorgfältig gegeneinander abgegrenzt, einige hatten sogar niedrige Hecken gepflanzt, die Vorzelte voll gestellt mit Kühlschränken und Vorratsboxen. Die wenigen Flächen, die nicht mit Dauercampern belegt waren, waren uneben, die Erde zerpflügt. Scheller versuchte, sich vorzustellen, wie es hier nach zwei Tagen Regen aussah. Das einzige, was ihm gefiel, waren die Kinder, die auf den Wegen herumliefen oder im Weiher planschten.

Karl zeigte alles und vergaß nie, darauf hinzuweisen, wo er was gebaut oder eingerichtet, wo er geholfen hatte und wo er es gewesen war, der den Anbau einer Satellitenantenne, einer Spüle im Vorzelt oder eines Wetterschutzes erst zu einem wirklich perfekten Abschluss gebracht hatte. Er führte ihn zu seinem eigenen Wohnwagen mit eigenartigen Gartenzwergen in Uniform zu beiden Seiten des Eingangs und einem Flaggenmast mit der Deutschlandfahne. Scheller atmete tief durch, als er das sah, verkniff sich aber jede Bemerkung.

»Und jetzt zeige ich dir unseren Badesteg, den wir vor vier Jahren in mühevoller Kleinarbeit selbst gebaut haben, das Schönste an unserem Platz«, sagte Karl und führte Klaus Scheller durch eine Öffnung in der Hecke, die den Campingplatz zum See hin abschloss. Es war wirklich eine solide Konstruktion aus ölgetränkten Holzbohlen auf in den Weiher gerammten Metallpfählen. »Das haben wir vor allem für die Kinder gemacht. Deshalb auch diese Rutsche hier.« Er zeigte auf eine rote Kunststoffrutsche am Ende des Stegs. »Du solltest mal sehen, was hier bei warmem Wetter los ist«, sagte er voller Stolz.

Scheller nickte anerkennend und schaute über den Weiher zum Hotel. »Mit denen da drüben habt ihr gar nichts zu tun?«, fragte er nachdenklich.

»Die können uns nicht stören«, sagte Karl abfällig. »Die gucken nur blöd rüber.«

»Kommt da nicht mal jemand rübergeschwommen?«

»Schon, aber nur einmal. Wenn die hier rüberkommen, dann springt immer gerade einer von uns aus Versehen direkt vor denen ins Wasser. Dann ziehen die wieder ab.« Kurt lachte.

Nun ja, dachte Scheller, da ist wohl einiges im Busch. Freundschaftlich scheint das Verhältnis nicht gerade zu sein. »Und die Angestellten von da drüben. Seht ihr die nie?«

»Doch, doch. Manchmal stehen die da unten vor der Küche und rauchen. Und abends können wir sie durch die Fenster sehen. Da rechts, das sind die Zimmer von den Mitarbeitern. Da wohnen immer zwei in einem Zimmer. Die haben weniger Platz als wir in unseren Wohnwagen.« Karl lächelte. »Sind ein paar hübsche Frauen dabei.«

Eigentlich hatte Scheller genug gehört. Karl würde sicher nicht zugeben, dass er sich abends mit dem Fernglas an den Weiher stellte oder ins Vorzelt seines Wohnwagens, um Ludmilla beim Umziehen zuzusehen. Keiner der Männer auf dem Platz würde es tun. Deshalb sagte er nur: »Die kommen ja aus aller Herren Länder, die Frauen.«

»Ja, das ist eine bunte Mischung. Sogar eine Schwarze ist dabei. Ich glaube, die meisten kommen aus dem Osten. Die haben oft blond gefärbte Haare.« Karl hatte einen fachmännischen Ton angeschlagen.

»Ob der Platzwart jetzt wohl da ist?«, fragte Scheller, der sich auf keine weitere Diskussion einlassen wollte.

»Ja, hoff' ich doch. Der war jetzt lange genug auf dem Klo.«

Immerhin hat er nicht wieder Scheißhaus gesagt, dachte Scheller, der langsam genug von Karl hatte. Die beiden gingen zurück zum Eingang des Campingplatzes. Der Platzwart saß jetzt in der Runde der Biertrinker. Scheller stellte sich vor, erklärte, dass Karl ihm freundlicherweise alles gezeigt und er keine Fragen mehr hätte, und dann verabschiedete er sich. An seinem Wagen angekommen, schnaufte er erst einmal gründlich durch und war froh, den Job erledigt zu haben. Bei diesen Männern konnte er sich, was die Frauen drüben im Hotel anging, alles vorstellen. Einen konkreten Anhaltspunkt hatte er allerdings nicht. Den würde er mit einfachem Fragen auch nicht bekommen. Da müsste er sich schon was anderes einfallen lassen.

11

Alfred von Boyen machte sich mit gemischten Gefühlen auf den Weg nach Berlin. Er hatte geschworen, sich von allem fernzuhalten, was mit internationaler Politik zu tun hatte. Nach wie vor holten ihn nachts, oft genug auch tagsüber, die Bilder der Toten ein, die nicht hätten sterben müssen, wenn er die richtige Expertise abgegeben hätte. Man hätte eingreifen müssen, damals im Kosovo, deutlich früher und schlagkräftiger. Eigentlich war ihm das klar gewesen, aber er hatte geraten abzuwarten. Das hatte Tausenden von Menschen das Leben gekostet. Da half es auch nichts, dass andere ebenfalls seiner Meinung gewesen waren, dass eine Mehrheit für eine andere Entscheidung nicht in Sicht war, dass die Interessen der Großmächte dem entgegengestanden hätten. Er warf sich vor, nicht deutlicher, nicht konsequenter, nicht unversöhnlicher seiner ursprünglichen Erkenntnis gefolgt zu sein. Schließlich hörte man auf ihn, hatte ihn um seine Expertise gebeten. Er war sich seiner Sache sicher gewesen und hatte trotzdem nachgegeben, sich der Mehrheitsmeinung angepasst, seine persönliche Verantwortung an die Gruppe delegiert, sich damit beruhigt, dass er sich irren könne – und hatte dann dem Falschen zugestimmt.

Aber immer wieder fragten sie ihn wegen seines Rates an, auch nachdem er sich ans Ende der Welt ins Gebüg zurückgezogen hatte, um sich nur der Erforschung der Vergangenheit zu widmen, seinem eigentlichen Metier, bei dem man keine Verantwortung für den aktuellen Verlauf der Geschichte übernehmen musste. Immer wieder fragten sie, und meistens gelang es ihm, höflich abzulehnen. Er hatte sich geirrt, als er meinte, mit dem Rückzug in den Wald hätte er das Schreckliche der Wirklichkeit aus seinem Leben eliminieren können. Spätestens als vor zwei Jahren das kleine Mädchen an einem anaphylaktischen Schock gestorben war, hatte die Realität ihn eingeholt und gezwungen, sich einzumischen. Nun war wieder jemand gewaltsam umgekommen, eine junge Frau, und keiner wusste, warum und durch wen. Also musste er wohl wieder hinaus aus seiner Einsiedelei und hinein in die Welt der Politik und das tun, was andere nicht machen konnten, weil sie nicht über sein Wissen und seine Verbindungen verfügten. Er hatte sich deshalb bereit erklärt, nach Berlin zu fahren und anschließend vielleicht nach Belarus, um den Spuren von Ludmilla Herzegowina nachzugehen und zu eruieren, ob es möglicherweise der lange Arm der weißrussischen Diktatur gewesen war, der diese Frau hatte zu Tode kommen lassen.

So setzte er sich in seinen Rover P 5 und genoss die Fahrt, die wegen dieses alten Wagens zugleich ein kleiner Ausflug in die Vergangenheit war, als die Elektronik noch nicht Einzug in den Autobau gehalten hatte, als man meinte, Hubraum sei nur mit mehr Hubraum zu übertreffen, das Benzin durch einen Vergaser lief und die Frontsitze eine Bank waren, die wenig Halt vermittelte und zu vorsichtigem Durchfahren der Kurven anhielt. Er liebte dieses alte englische Auto, obwohl es zu viel verbrauchte.

Er fuhr mit dem sonor brabbelnden Motor durch die Täler des Dahner Felsenlandes, bis er bei Hinterweidenthal auf die B 10 traf, folgte ihr bis Landau, wechselte dort auf die Autobahn, die ihn bis kurz vor den Mannheimer Bahnhof brachte, wo er den Wagen parkte und den Sprinter der Bahn nach Berlin nahm. Nun hatte er fünf ruhige Stunden, um sich auf die Gespräche im Auswärtigen Amt vorzubereiten und sich noch einmal die Umstände von Ludmillas Tod durch den Kopf gehen zu lassen.

Rumänien, Bulgarien und Kroatien standen auf der Liste der Staaten, die in absehbarer Zeit in die Europäische Union aufgenommen werden sollten. Da gab es vieles zu bedenken, auch über wirtschaftliche, politische und militärische Aspekte hinaus. Von Boyen war eingeladen worden, weil er als Historiker ein Kenner der Mentalitäten der Menschen dieser Länder war. Geisteshaltungen und Denkweisen waren es häufig, die später zu langfristigen Problemen beim Zusammenwachsen zu einer wirklichen Union führten. Geprägt worden war die Mentalität durch die Religion, durch die Staatsformen und die wirtschaftlichen Verhältnisse. Menschen, die unter einer Diktatur gelebt hatten, waren oft passiver und mehr auf die Probleme des Alltags fixiert als diejenigen, die in einer demokratischen Tradition aufgewachsen waren. Wenn ein Großteil der Bevölkerung in der Landwirtschaft tätig war, konnte man davon ausgehen, dass die Offenheit gegenüber Veränderungen, die Liberalität in Fragen der Sexualmoral und überhaupt der menschlichen Beziehungen nicht in dem Maße vorhanden war, wie in städtisch geprägten Ländern. Schließlich gab es immer noch die alten Feindbilder von Ost und West in den Köpfen, die sorgsam bedacht werden mussten, wenn es um Anschlüsse an eine vom Westen ausgehende Union ging. Außerdem wirkten all diese Prägungen eine ganze Reihe von Generationen nach, weshalb ein Historiker genau der richtige Fachmann war.

Was den Mordfall anging, so wollte von Boyen sich bei den Spezialisten für Weißrussland erkundigen. Vielleicht würde er sie in der Arbeitsgruppe treffen, denn die Teams im Auswärtigen Amt waren oft auch mit Kennern jener Länder besetzt, die nicht direkt an die Beitrittskandidaten grenzten.

Ein Taxi brachte ihn vom Berliner Hauptbahnhof zum Haus am Werderschen Markt. Eigentlich hatte er die U-Bahn nehmen wollen, um ein bisschen von dem alten Berlin, wie er es Anfang der Neunziger kennengelernt hatte, zu spüren und zu riechen. Aber dazu fehlte ihm an diesem Tag die Zeit. Damals war die ehemalige Zweiteilung der Stadt weiterhin deutlich erkennbar. Berlin war auf dem Weg, eine Weltstadt zu werden, stand aber noch im Schatten von München und Hamburg. Die Mieten waren billig, die Straßen schlecht und die Menschen wussten nicht, ob sie sich darüber freuen sollten, dass ihr Berlin zur Hauptstadt der neuen großen Bundesrepublik geworden war. Vielleicht war es die Wehmut, mit der die

Einwohner am Alten hingen, die sich mit dem aufkommenden Stolz vermischte, die der Stadt damals eine ganz besondere Stimmung verlieh und sie innerhalb weniger Jahre zur beliebtesten Metropole bei der Jugend Europas machte.

Er ging durch den eindrucksvollen Lichthof des Auswärtigen Amtes und betrat den Neubau, wandte sich nach links, überschritt den Protokollhof für die Staatsempfänge und nahm im Altbau einen der Pater Noster, um auf die Ebene zu gelangen, auf der die Konferenzzimmer lagen.

Die Arbeitsgruppe wurde von einer Staatssekretärin von der Partei *Die Grünen* geleitet. Sie bedankte sich ausdrücklich bei Alfred von Boyen, dass er es doch möglich gemacht hatte, dazuzustoßen. Er könne jene wichtige Expertise einbringen, die im Amt nicht vertreten und ohne die ein Erfolg dieser zweitägigen Sitzung nicht zu erwarten sei, meinte sie, bot ihm den Platz neben sich an, und bat einen ihrer Ministerialdirigenten, von Boyen bei allen Fragen zur Verfügung zu stehen.

Man arbeitete professionell und zielorientiert. Die einzelnen Aspekte wurden jeweils in 30-minütigen Vorträgen beleuchtet, im anschließenden Gespräch die wichtigsten Informationen herausgearbeitet und noch ungeklärte Fragen gesammelt. Von Boyens Referat war erst für den nächsten Vormittag geplant, aber wenn er sich bei den Diskussionen einbrachte, fand er immer offene Ohren und viel Beachtung.

Er lernte viel an diesem ersten Tag – über die Wirtschaftsdaten der Beitrittsländer, über die Bevölkerungszusammensetzung, die Gesetzgebung, inwieweit die Unabhängigkeit von Justiz und Presse gewährleistet war, über die Situation der Minderheiten und die Einhaltung der Menschenrechte im Allgemeinen. Wahrlich nicht alles, was er hörte, war erfreulich. Es gab in diesen Ländern in mancherlei Hinsicht unleugbarer Veränderungsbedarf. Es kam jedoch bei keinem der Referenten oder den an der Diskussion Beteiligten so etwas wie ein Überlegenheitsgefühl auf. Man versuchte, die Probleme sachlich zu behandeln, sie möglichst zu quantifizieren und mit den Daten anderer Länder zu vergleichen. Nur einmal fiel – interessanterweise von einem Mann – die Bemerkung, was die Gleichberechtigung von Männern und Frauen anginge, läge in Rumänien doch noch viel Nachholbedarf vor. Diese Anmerkung konterte die Staatssekretärin sofort mit dem Satz: »Vergessen Sie nicht, dass bei uns noch bis in die Siebzigerjahre der Mann offiziell als Haushaltsvorstand galt.«

Man arbeitete bis achtzehn Uhr, dann wurde ein Snack gereicht, und es ging bis einundzwanzig Uhr weiter. Schließlich – die Ermüdung vieler Gesprächsteilnehmer war inzwischen unübersehbar geworden – vertagte die Staatssekretärin die Sitzung auf den nächsten Vormittag um neun Uhr. Sie selbst wirkte frisch, als sei sie erst vor kurzem aufgestanden, was von Boyen in seiner Vermutung bestätigte, dass es in einem politischen Amt neben Fachwissen und guter Rhetorik vor allem auf eine solide körperliche und psychische Konstitution ankäme. Darin ähnelte der Politikalltag einem Fußball- oder Handballspiel, bei dem es letztlich die mehr oder wenige gute Tageskondition der Spieler sein konnte, die über Sieg oder Niederlage entschied. Wenn man in der Politik keine Niederlage einstecken wollte, dann musste man vor allem fit sein und zur Not mit wenig Schlaf auskommen. Vielleicht hatte es ihn auch deshalb nicht ins politische Geschäft gezogen, sondern in die Professur, denn sein Kopf funktionierte nur im ausgeschlafenen Zustand gut.

Als die Staatssekretärin sich von Alfred von Boyen bis zum nächsten Tag verabschieden wollte, konnte er endlich sein Anliegen vorbringen. Er wolle gerne mit ein oder zwei Fachleuten zu Weißrussland sprechen, wenn er schon gerade in Berlin sei. Ob sie ihm das vermitteln könne? »Ich schlage Ihnen vor, dass Sie mit den beiden morgen zu Mittag essen, wenn wir hier fertig sind. Ich werde veranlassen, dass sie Sie hier abholen.« Mehr sagte sie nicht. Keine Andeutung, dass dies ein Problem sein könne. Offenbar brauchte sie das nur anzuweisen. In der Bundesverwaltung funktionierte die Hierarchie.

Als Alfred von Boyen am nächsten Morgen zum Meeting erschien, arbeitete sein Kopf noch nicht so richtig. Die Nacht war kurz gewesen, zumindest hatte er nicht viel Schlaf gehabt. Dafür war es aber ein äußerst erfreulicher Abend gewesen, beginnend mit einem Abendessen zu zweit in einem schönen Restaurant und gefolgt von einer Nacht in ihrer Wohnung. Aber es lag nicht daran, dass Professor Alfred von Boyen eine besondere Vorliebe für die weiblichen Mitglieder der Partei *Die Grünen* hatte. Vielmehr kannten sie sich bereits lange und hatten sich erst vor zwei Jahren wieder getroffen. Da war von Boyen schon eine geraume Zeit Witwer.

Anne Mathissen war die Ministerin für Europaangelegenheiten und damit die Chefin jener Staatssekretärin, die auf von Boyens Anfrage hin so unkompliziert ein Treffen arrangieren wollte.

»Ja, sie ist eine äußerst toughe Frau, genau richtig an ihrem Platz«, sagte Anne. »Sie wäre eine gute Nachfolgerin für mich, wenn ich diesen Job hier einmal aufgebe.«

»Oder aufgeben musst«, hatte Alfred geantwortet, »wenn ihr das nächste Mal nicht mehr an der Regierung beteiligt seid.«

»Das wäre schade, nicht nur für Deutschland«, lächelte Anne selbstbewusst, »denn dann könnte sie auch nicht meine Nachfolgerin werden.«

»Aber wir hätten mehr Zeit miteinander«, meinte Alfred.

»Du erwartest doch wohl nicht, dass ich zu dir in diese Einöde ziehe, in die selbst gewählte Einsiedelei.«

»Die dann keine Einsiedelei mehr wäre, eher schon eine Zweisiedelei«, lächelte Alfred.

»Was soll ich dann dort machen?«, fragte Anne mit gespielter Empörung. »Dir den Kaffee kochen, während du dich an deinen Schreibtisch zurückziehst?«

»Das Angebot nehme ich sofort an«, sagte Alfred und gab ihr einen Kuss. Er hatte noch nie darüber nachgedacht, wie es mit ihnen weitergehen würde, wenn sie sich nicht nur die wenigen Wochenenden im Jahr sehen könnten. Aber weil sie beide vorher allein gelebt hatten, waren schon diese wenigen Tage und der gemeinsame Urlaub ein großer Fortschritt. Außerdem fühlten sie sich einander in einer Weise nah, die über alle Zeiten der Trennung hinweghalf. Er konnte sich nicht vorstellen, in Berlin zu wohnen, und sie hatte so lange in Großstädten gelebt, dass es ihr unmöglich erschien, in ein Einhundert-Seelen-Dorf wie Gebüg zu ziehen. So blieb es zunächst einmal so, wie es war.

Sie sahen sich am Abend des folgenden Tages wieder. Von Boyen hatte mit seinem Vortrag in der Arbeitsgruppe große Aufmerksamkeit erreicht. Keiner der Anwesenden war Spezialist für Mentalitätsgeschichte, sodass von Boyen ein vielfaches Aha bewirkte. Daten zur Wirtschaft und zur Bevölkerungszusammensetzung alleine halfen wenig, wenn man nicht die Auswirkungen der letzten zweihundert Jahre auf das Denken und Fühlen der Menschen kannte. Von Boyen war zudem in der Lage, die Mentalitäten in den drei Beitrittskandidaten nach sozialer Schichtung und nach Regionen zu differenzieren und dann die sich aus diesem komplexen Bild ergebenden Grundlinien am Ende zusammenzufassen. Damit ergaben sich völlig neue Ansatzpunkte für die Beitrittsverhandlungen und dafür, in welchem Zeitraum realistischerweise welche Veränderungen zu erreichen waren. Kommunikationsprobleme, die bisher immer die Verhandlungen gestört hatten, wurden verständlich. Ansatzpunkte für neue Strategien konnten entwickelt werden. Man beauftragte eine weitere Arbeitsgruppe, die sich speziell dieser Problematik widmen sollte, und bat von Boyen um seinen Vortrag mit allen Literaturangaben und Links im Internet.

Dann hatte er die beiden Spezialisten für Belarus getroffen. Sie waren autorisiert, ihn auf Kosten der Staatssekretärin zum Essen einzuladen und richteten ihm noch einmal ihren herzlichen Dank für seinen äußerst konstruktiven und weiterführenden Beitrag aus. Er erzählte ihnen ganz offen von seinem Anliegen, von dem unaufgeklärten Mord und der Bitte des befreundeten Polizeibeamten, sich doch um die Klärung der Identität von Ludmilla Herzegowina zu kümmern, wenn es ihm möglich wäre. Die beiden Spezialisten, ein knapp dreißigjähriger Mann in Feincordhose mit Wollsakko und Fliege und eine circa vierzigjährige Frau im dunkelblauen Hosenanzug mit Rüschenbluse, schienen nicht erstaunt über sein Anliegen. Offenbar hatten sie öfter mit solchen nicht ganz alltäglichen Recherchen zu tun.

»Ludmilla Herzegowina? Das klingt gar nicht weißrussisch«, meinte die Frau.

»Ludmilla schon, aber Herzegowina? Nein, ziemlich untypisch«, pflichtete ihr der Mann bei.

»Herzegowina, das ist ein Landesteil von Bosnien«, sagte die Frau.

»Klingt ein bisschen wie ein Künstlername«, meinte der Mann. »Erinnert mich an Eva Herzigova, das Model.«

»Da scheinst du dich ja auszukennen«, frotzelte die Frau.

»Ich weiß weibliche Schönheit durchaus zu schätzen«, sagte der Mann. »Auch im beruflichen Umfeld.« Er lächelte die Frau frech an.

Ob die beiden auch außerhalb des Dienstes zusammen sind?, fragte sich von Boyen.

»Du stehst hart an der Grenze zur sexuellen Belästigung«, gab die Frau ebenso frech zurück.

»Aber doch nicht in Anwesenheit eines so seriösen Zeugen«, sagte der Mann.

»Okay«, meinte von Boyen, dem das zu bunt wurde. »Wie meinen Sie das mit dem Künstlernamen?«

»Nun ja, Vorname und Nachname passen von der Herkunft nicht gut zusammen und scheinen so gewählt zu sein, dass sie bei einem westlichen Menschen wegen des aus anderen Zusammenhängen her bekannten Nachnamens Authentizität suggerieren sollen«, sagte die Frau.

»Sie meinen also, wenn ein Mensch in der tiefsten Westpfalz diesen Namen hört, dann glaubt er sofort, dass es sich um eine Russin oder Weißrussin handelt?«, fragte von Boyen.

»Genau das meinen wir«, sagte der Mann. »Allerdings funktioniert so etwas nicht nur in der Westpfalz, sondern auch in einer Weltstadt wie Berlin. Die meisten Menschen bei uns wissen eben zu wenig über die Länder und Menschen östlich von Oder und Neiße.«

»Also, wenn das nicht ihr richtiger Name ist, ist a vielleicht auch die Biografie erfunden. Wie kommen wir dann an ihre wirkliche Identität?«, fragte von Boyen.

»Allenfalls über ihr Gesicht, ihr Passfoto vielleicht«, meinte die Frau.

»Das müssten wir mit einer Gesichtserkennungssoftware durch alle möglichen Dateien laufen lassen«, fuhr der Mann fort.

»Vielleicht war sie schon einmal unter einem anderen Namen eingereist«, sagte die Frau.

»Dann müssten wir sie finden«, sagte der Mann.

Der Art und Weise nach, wie die beiden jeweils den Satz des anderen fortführten, könnten sie eineiige Zwillinge sein, dachte von Boyen. Aber vielleicht sind sie nur ein gut eingespieltes Team.

»Und wenn sie noch nie zuvor eingereist war?«, fragte von Boyen.

»Dann müssen wir die Computer der Weißrussen hacken«, sagte der Mann und erntete dieses Mal einen vorwurfsvollen Blick seiner Kollegin.

»Das müsste sowieso über das Auswärtige Amt laufen«, meinte sie daraufhin.

»Da war ich noch heute Morgen«, sagte von Boyen.

»Wir sind Mitarbeiter des Ministeriums für Europafragen«, sagte der Mann.

»Wie kommen wir an das Auswärtige Amt heran?«, wollte von Boyen wissen.

»Da gibt es zwei Wege. Entweder stellt die Polizei einen offiziellen Antrag, der dann über Wochen seinen langen, mühsamen Dienstweg gehen muss«, sagte die Frau.

»Oder Sie sprechen mit dem Außenminister persönlich«, meinte der Mann.

»Mit dem habe ich noch nie ein Wort gewechselt«, gab von Boyen mit einem kaum merklichen Unterton der Enttäuschung zu bedenken.

»Vielleicht kennen Sie jemanden, der den Außenminister kennt und der das für Sie machen könnte«, sagte die Frau.

»Ich könnte es mit Ihrer Ministerin versuchen. Bei der habe ich nachher noch einen Termin«, sagte von Boyen.

»Gute Idee«, antworteten der Mann und die Frau wie aus einem Mund.

Dann blieben die drei noch für eine knappe Stunde zusammen, und von Boyen konnte alle Fragen loswerden, für die er bei seinen bisherigen Recherchen zu Weißrussland keine Antwort bekommen hatte.

Der Termin bei der Ministerin war wieder ein Abendessen, aber dieses Mal in ihrer Wohnung. Während Anne das Essen kochte und Alfred den Tisch deckte, erzählte er ihr von seinem Gespräch mit den beiden Spezialisten als Vorbereitung auf die Bitte, die er äußern wollte.

»Das war schon ein ungewöhnliches Paar, nicht nur was das Äußere betraf«, sagte er. »Sie im Businesslook, er gekleidet wie ein Lehrer vom Anfang des zwanzigsten Jahrhunderts, als sei er der ‚Feuerzangenbowle‘ entsprungen.« Er richtete die Gläser für Wasser und Wein korrekt neben den Tellern aus. »In perfekter Abstimmung hat der eine immer den Satz der anderen vollendet. Die waren schon ulkig – aber auch sehr kompetent«, schloss er.

»Ich habe einmal von den beiden gehört, kenne sie aber nicht persönlich«, antwortete die Ministerin, die gerade die Spaghettini in das kochende Wasser schob. »Ich glaube, sie haben den Spitznamen ‚Bonny und Clyde‘, weil sie als unschlagbares Team mit ganz eigenem Stil gelten. Es sollen wirklich gute Leute sein.«

»Sie haben mir auch einen wirklich guten Tipp gegeben. Sie haben gesagt, wenn ich den Außenminister schon nicht persönlich kenne, dann sollte ich jemanden fragen, der ihn kennt, ob er nicht seine Leute in ihren Dateien nach Ludmilla Herzegowina suchen lassen könnte. Sozusagen auf dem kleinen Dienstweg, weil die Bearbeitung eines offiziellen Antrags der Polizei Wochen in Anspruch nehmen könnte.«

»Keine schlechte Idee. Und wen willst du fragen?«, lächelte Anne.

»Ich hatte da eigentlich an dich gedacht. Einfach so auf die unbewiesene Vermutung hin, dass du den Außenminister kennen müsstest. Auf jeden Fall habe ich euch beide im Fernsehen schon manches Mal nebeneinandersitzen sehen.«

»Du meinst also, ich quatsche jeden Mann, der irgendwo neben mir sitzt, so einfach an? Du hast aber eine eigentümliche Meinung über mich.«

»Das hoffe ich doch, dass du nicht jeden Mann einfach so anquatschst. Sonst hätte ich mich sehr in dir getäuscht. Es sollte nur der Außenminister sein. Vielleicht bei der nächsten Kabinettssitzung oder so.«

»Du meinst also, der macht das für mich?«

»Wenn ich an seiner Stelle wäre, könnte ich dir nicht widerstehen.«

»Nur gut, dass sie dich nicht auch noch zum Minister gemacht haben. Da bedarf es einer gewissen Resistenz gegen weiblichen Charme. Gerade als Außenminister. Sonst erliegt man jeder diplomatischen Charmeoffensive in wenigen Minuten und vergisst die Interessen der Bundesrepublik Deutschland.«

»In diesem Fall wären die Interessen der Bundesrepublik jedoch gewahrt. Vielmehr liegt es, wenn auch in einem weiteren Sinn, gerade im Interesse der Bundesrepublik, wenn etwas mehr Licht in den Mord an einer ausländischen Arbeitnehmerin gebracht wird. Schließlich möchte man nicht, dass sich daraus noch internationale Verwicklungen ergeben.«

»Es muss aber schon ein ganz besonderes Zimmermädchen sein, wenn das Folgen auf der diplomatischen Ebene hätte.«

»Nun gut, dann sage ich es einmal so: Es geht genau darum, dies zu überprüfen, ob es sich um ein ganz besonderes Zimmermädchen handelt, deren Mord zu diplomatischen Verwicklungen führen könnte.«

Während des Gesprächs hatten die Spaghettini schon fast den Zustand ‚al dente‘ erreicht, und Anne holte das Sieb zum Abgießen aus dem Schrank.

»In Ordnung«, sagte sie mit gespieltem Ernst; »Sie haben mir eine stringente Argumentation geliefert, mit der ich an den Kollegen Außenminister herantreten kann. Ich sehe ihn morgen. Sie liefern mir ein Foto von der jungen Dame und dann hören Sie in spätestens drei Tagen von mir, Herr Professor. Aber jetzt Schluss mit der Arbeit und zu Tisch!«

Am nächsten Tag nahm Alfred von Boyen den ersten Zug zurück nach Mannheim. Anne Mathissen war um fünf Uhr morgens abgeholt und zum Flugplatz gebracht worden. Sie hatte an diesem Tag einen Termin in Brüssel und würde am Nachmittag zurückkehren, um dann an der Kabinettssitzung teilzunehmen. Von Boyen rief aus dem Zug bei Bernd Peters an und bat ihn, zwei möglichst gute Fotos von Ludmilla Herzegowina an die ihm genannte Mailadresse zu senden, eines von der toten und außerdem eines der lebenden Frau, zur Not das Passfoto.

Dann widmete er sich den von der Zugbegleitung angebotenen überregionalen Tageszeitungen und war mit deren Lektüre bis zur Ankunft in Mannheim beschäftigt. Auf der Höhe von Hannover hatte er eine Idee und rief Peters noch einmal an. »Und senden Sie am besten auch Fotos von den beiden rätselhaften Männern an die Mailadresse«, bat er, und Peters sagte zu, dass er versuchen wolle, solche Fotos aufzutreiben.

Er war mit einem Gefühl der Wehmut losgefahren, weil er und Anne nicht wussten, wann sie sich wiedersehen würden. Aber in diese Empfindung mischte sich auch ein wenig die Befriedigung, in doppelter Weise einen sinnvollen Job getan zu haben – einmal mit seinem Vortrag und dann mit seiner Bitte an Anne Mathissen, die die Ermittlungen der Pirmasenser Polizei hoffentlich schnell ein Stück weiter bringen würde.

12

Von Boyen traf am Nachmittag im Gebüg ein, parkte den Rover in der Garage, schloss die Haustür auf und ging als Erstes ins Wohnzimmer, um den weiten Blick über das Tal und die Höhenzüge des Pfälzerwaldes zu genießen. Er hatte das Gefühl, wieder angekommen zu sein, heraus aus dem Trubel der Hauptstadt und der ständigen Geräuschkulisse beim Reisen mit Bahn und Auto und freute sich an der Ruhe.

Bernd Peters hatte ihn angerufen, als der Zug sich in der Nähe von Frankfurt befand, und ihm Vollzug gemeldet. Die Fotos waren in Berlin angekommen, und man hatte ihm zugesagt, sie noch vor der Kabinettssitzung an die Ministerin weiter zu geben. Gleichzeitig hatte er ihn für den Abend in ein bekanntes Restaurant nach Hirschtal eingeladen. Als Dank für seine Mühen sozusagen. Barbara Fouquet würde auch kommen und man könnte dann beim Essen über alles reden.

Alfred von Boyen nahm gerne an, hatte aber das nicht zu verdrängende Gefühl, dass er unbedingt etwas Bewegung bräuchte nach den beiden Tagen voller Sitzungen und der stundenlangen Reise. Also beschloss er, den Rasen zu mähen und danach zu duschen.

Das Rasenmähen erwies sich als keine besonders gute Idee, denn damit zerstörte er nun selbst die Ruhe, die er eigentlich genießen wollte. Aber es war der Spätnachmittag eines Freitags, und dann wurden im Gebüg sowieso überall die Rasen gemäht. So ein Dorf hatte seine eigene Ordnung. Während es die Woche über nahezu immer ruhig war, denn die meisten waren auf der Arbeit, waren der Freitagabend und der Samstagvormittag mit lautstarker Geschäftigkeit angefüllt. Die Nebenerwerbslandwirte warfen ihre alten Traktoren an, andere versuchten mit Rasenmähern, Heckenscheren und Laubbläsern dagegenzuhalten, und unter all diesem Krach hörte man die Straßenbesen, die Gehwege und Abflussrinnen reinigten, fast gar nicht mehr. An diesem Abend mischten sich auch noch die markanten Töne einer Holzspaltmaschine in die Kakofonie.

Nach gut einer Stunde war der Rasen gemäht und von Boyen ins Schwitzen geraten. Er flüchtete sich in die Stille des Hauses und dann direkt unter die Dusche. Erst als er sich frische Kleidung angezogen hatte, bemerkte er die SMS von Anne auf dem Handy. »Befehl ausgeführt! Melde mich wieder.« Also hatte sie den Außenminister für sein Anliegen gewinnen können. Wahrscheinlich war es hilfreich gewesen, dass beide der gleichen Partei angehörten.

So fuhr von Boyen ganz zufrieden nach Hirschtal und freute sich auf das Abendessen. Das Mittagessen hatte er ausfallen lassen, um wirklich mit Genuss essen zu können. Kaum etwas nahm er sich mehr übel, als wenn er seinen Verdauungstrakt mit zu viel Essen überlastete und sich dann unwohl fühlte. Jetzt aber freute er sich auf guten Wein und eine ebensolche Mahlzeit.

Das Restaurant war bekannt für seine lokalen Spezialitäten: Steaks von den in der Westpfalz allgegenwärtigen schottischen Hochlandrindern und raffinierte Rezepte mit den Forellen und Karpfen aus den zahlreichen Fischteichen. Das Essen war ausgezeichnet und hätte einige Auszeichnungen verdient, aber nach wie vor waren die Gourmets der irrigen Meinung, die Lokale im südlich angrenzenden Elsass seien besser. Was die Franzosen wirklich besser konnten, war das Angebot an Muscheln und Seefischen. Da waren die Lieferwege in Frankreich deutlich leistungsfähiger ausgebaut als in Deutschland. Es wäre für die Pfälzer ein Leichtes gewesen, sich in den Fischhandlungen jenseits der Grenze zu versorgen. Aber auch dann wäre es für viele Gäste doch nur eine Fischküche zweiter Klasse gewesen, selbst wenn die Zubereitung genauso gut oder gar besser gewesen wäre. Ein Restaurant in Frankreich war eben ein Restaurant in Frankreich. Auch bei der Gastronomie zählte die Lage. Es war vielen Gästen wichtig, dass sie sagen konnten, sie wären ins Elsass zum Essen gefahren. Also war es für die Gastronomen der Südpfalz klüger, sich über einen langen Zeitraum hinweg ein eigenes Image aufzubauen. Einige waren auf einem wirklich guten Weg.

So auch dieses Restaurant in Hirschtal. Es lag an einem der vielen Weiher, war mit seiner Einrichtung modern gehalten, aber durch eine geschickte Beleuchtung hatte man eine gemütliche Atmosphäre erreicht, die auch Menschen ansprach, die eher eine Vorliebe für klassische Speiselokale mit sichtbaren Deckenbalken und in Nischen platzierten Tischen hatten. Die Wände waren mit raffiniert aufgenommenen Bildern von Rindern vor dem Hintergrund von Pfälzer Burgruinen, springenden Forellen in Zuchtweihern, dem weiten Blick über die Höhen des Pfälzerwaldes und von alten Fachwerkhäusern dekoriert. Auf der Weinkarte standen ausnahmslos Pfälzer Gewächse und unter den Rotweinen fanden sich einige der besten Cuvées.

Als von Boyen das Restaurant betrat, bemerkte er sofort Barbara Fouquet, die ihm zuwinkte. Außer Bernd Peters saß noch dieser Scheller mit am Tisch, den er eher in einem Fast-Food-Restaurant als in dieser gepflegten Atmosphäre erwartet hätte. Aber man sollte immer bereit sein, seine Meinung über einen Menschen zu ändern, war einer seiner Grundsätze, und Scheller hatte diese Chance genauso verdient wie jeder andere auch.

Sie hatten einen sehr schönen Tisch bekommen und für von Boyen den Platz frei gelassen, von dem aus er auf den Weiher schauen konnte, in dem sich die letzten Sonnenstrahlen spiegelten. Bis zum Sonnenuntergang waren es noch zwei, drei Stunden, aber die Sonne würde bald hinter den Bergen verschwunden sein und die Schatten langsam die Hänge zum strahlend blauen Himmel empor wandern lassen. Dann endlich würde die Zeit beginnen, in der die Wildtiere aus den Wäldern in die offenen Täler hinauszogen, um an den Bächen und Weihern Wasser aufzunehmen. Das waren die ruhigsten Stunden des Tages, in denen von von Boyen oft auf der Terrasse seines Hauses saß, die Natur auf sich wirken ließ und sich fragte, warum es nicht immer so friedlich sein konnte, und warum die Menschen diese unselige Neigung hatten, sich mit Gewalt zu bekämpfen und dabei regelmäßig den Rest der Schöpfung in Mitleidenschaft zu ziehen.

Die drei am Tisch hatten mit der Bestellung auf ihn gewartet. Eine junge Frau in schwarzen Jeans und weißer Bluse brachte die Karten und fragte nach den Wünschen für den Aperitif. Man bestellte Wasser für den ganzen Tisch. Barbara und Peters nahmen einen Winzersekt mit Hibiskusblütenextrakt und von Boyen und Scheller ein Oggersheimer Bier. Dann widmen sie sich dem Studium der nicht sehr umfangreichen, aber dennoch vielversprechenden Karte.

Von Boyen wählte das Menü mit dem Bachforellencarpaccio, dem Hochlandrindersteak mit Lauchgemüse und neuen Pfälzer Kartoffeln sowie einer Mousse von der Huxelrebe als Dessert. Scheller entschied erwartungsgemäß etwas rustikaler und bestellte ein großes Steak vom Grill, während Peters und Fouquet Fisch als Hauptgang nahmen. Der Gruß aus der Küche kam, eine exzellente Creme mit einem Hauch von Maronen und krossem Weißbrot. Von Boyen überließ Peters als dem Gastgeber die Weinauswahl, die dieser mit einigen sich versichernden Rückfragen an von Boyen ganz manierlich meisterte. Man genoss für eine Weile die entspannende Atmosphäre von Küchengruß und Aperitif, redete über das Wetter, die Politik und einige bemerkenswerte Anekdoten der Zeitungsseite »Aus aller Welt«.

Als die Vorspeisen verzehrt waren, setzte Scheller das Thema: den Bericht der neusten Erkenntnisse. Er erzählte von seinem Besuch auf dem Campingplatz und dies in einer Weise, dass die anderen drei immer wieder in schallendes Gelächter ausbrachen. Karl, der Camper, wurde in seinem Bericht zur Karikatur eines engstirnigen Spießbürgers, dessen geistiger Horizont an den Grenzen seines Vorzeltes aufhörte. Alfred von Boyen hatte nicht erwartet, einen so geistreichen Vortrag von Scheller zu hören, und langsam begann er sein Bild von diesem Mann um ungeahnte Aspekte zu erweitern.

Alle aber warteten gespannt auf die Berichte von Barbara und ihrem Besuch in der Bar sowie Alfreds Terminen in Berlin. Er ließ ihr den Vortritt.

Anna Hoger hatte ihr am Dienstagabend nichts mehr sagen wollen, zu viel Alkohol und ein hoher Grad an Müdigkeit hatten sie schnurstracks ins Bett zu ihrem friedlich schlafenden Mann geführt. Am nächsten Morgen jedoch, als Barbara sich ihre Frühstücksbrötchen holte, lieferte sie Rapport. Anna Hogers Bericht wurde immer mal wieder durch die Bedienung neuer Kunden unterbrochen. Wenn die beiden alleine im Verkaufsraum der Bäckerei waren, fuhr sie fort.

Barbara fasste sich kurz in ihrer Darstellung, ließ die ganzen Bemerkungen Annas über den spröden Charme der beiden Unbekannten mit dem eigentümlichen Akzent, über die Leichtigkeit, mit der man Männer um den Finger wickeln könne sowie ihre eigene Fähigkeit, auch mit erhöhtem Alkoholspiegel noch klar zu denken, und die Freude daran, den beiden ein leicht verfügbares, weil stark angesäuseltes Objekt ihrer Begierden vorzuspielen, weg.

Die beiden Männer hatten versucht, ihre Rolle als an Investitionen in der Westpfalz interessierte Geschäftsleute aus Estland konsequent durchzuhalten. Ihr Pech war jedoch, dass sich Anna während ihres Geografiestudiums intensiv mit diesem Land beschäftigt und auch eine Studienreise dorthin unternommen hatte. Sie schwärmte ihnen von ihrem angeblichen Heimatland vor und stellte fest, dass sie die bewusst eingestreuten Fehler weder korrigierten, noch überhaupt zu bemerken schienen. »Also aus Estland sind die bestimmt nicht«, war ihr Fazit. Zwar behaupteten sie, zur russischen Minderheit zu gehören, aber das rechtfertigte ihre groben Schnitzer nicht. Dann fragte sie nach ihren Geschäften, aber die beiden konnten ihr gar nicht richtig erklären, was sie wollten. Sie redeten von der zentralen Lage der Westpfalz im Herzen Europas, was allenfalls für Westeuropa galt. Sie sprachen von Forstwirtschaft und Tourismus, von Logistikzentren auf den Konversionsflächen der alten amerikanischen Lager in den Wäldern um Fischbach und manch anderem, was aber weder eine klare Strategie noch irgendeine Plausibilität für sich hatte. Also war ihr Fazit für diesen Teil des Gespräches: »Die sind alles andere, nur keine Geschäftsleute.« Allerdings habe sie es den ganzen Abend genossen, das gute Angebot der Bar auf Kosten der beiden Männer kennenzulernen und seit Langem wieder mal ihren weiblichen Charme ausspielen zu können. So lautete ihr drittes Fazit: »Falls du noch einmal einen ähnlichen Auftrag für mich hast: Ich bin dabei!«

»Also«, sagte Barbara abschließend, »das Ergebnis ihrer unter hohem persönlichen Aufwand betriebenen Recherchen ist: Die Männer sind Russen, sie sind nicht aus Estland und sie sind keine Geschäftsleute.«

»Stellen sich also die Fragen, wer die beiden wirklich sind und warum sie sich hier mit einer falschen Identität eingemietet haben«, sagte Scheller.

»Und ob dies im Zusammenhang mit dem Tod von Ludmilla Herzegowina zu sehen ist, sind sie doch kurz danach angereist«, fuhr Peters fort.

»Womit ich am besten meinen Bericht anschließen sollte«, sagte von Boyen. »Viel habe ich nicht herausgefunden, aber doch Einiges in die Wege leiten können. Was mir allerdings zwei Spezialisten zu Weißrussland sagen konnten – übrigens ein skurriles Pärchen, das bei seinen Kollegen den Spitznamen ‚Bonny und Clyde‘ hat – ist dies: Es spricht viel dafür, dass der Name Ludmilla Herzegowina fingiert und damit auch vermutlich die uns bekannte Biografie erfunden ist. Sie hielten diesen Namen für so etwas wie einen Künstlernamen, der in deutschen Ohren richtig schön russisch klingen soll, es aber nicht sein kann, da ‚Herzegowina‘, die Bezeichnung für eine Landschaft auf dem Balkan, kein weißrussischer Name sein kann. Das ist genau genommen nur eine Vermutung, wenn auch von zwei wirklich kompetenten Menschen.« Von Boyen trank einen Schluck von dem hervorragenden Riesling, den Peters bestellt hatte. »Aber es hat gereicht, Anne davon zu überzeugen, den Außenminister darauf anzusprechen, ob seine Leute nicht auf dem kleinen Dienstweg einmal die Identität unserer Toten überprüfen könnten.«

»Die Fotos von Ludmilla müssten heute Nachmittag in Berlin angekommen sein«, ergänzte Peters, »und die der beiden Männer habe ich hinterhergeschickt.

»Also die beiden sind nicht das, was sie vorgeben, und Ludmilla war möglicherweise nicht die, für die sie sich ausgegeben hatte«, fasste Barbara zusammen. »Drei unbekannte russische oder vielleicht besser weißrussische Personen, eine tot, die anderen nach deren Tod unter falscher Identität angereist.«

»Jedenfalls kommen die beiden nicht als Mörder infrage, selbst wenn sie sich schon länger hier aufgehalten haben sollten«, sagte Scheller. »Denn welchen Sinn sollte es machen, dass sie weiterhin da sind?«

»Außer, sie haben noch mehr zu erledigen als diesen Mord«, sinnierte Peters. »Einen weiteren vielleicht. Oder ihr Auftrag geht jetzt erst richtig los. Möglicherweise hätte die Anwesenheit von Ludmilla sie bei ihrem Vorhaben gestört, und deshalb haben sie sie vorher aus dem Weg geräumt.«

»Um dann hinterher als harmlose estnische Geschäftsleute wieder zurückzukommen«, setzte Scheller den Gedanken fort.

»Eine mögliche Hypothese«, sagte von Boyen. »Also müssen wir schauen, dass wir mehr über die beiden erfahren.«

»Übrigens«, sagte Peters und es schien ihm gerade erst einzufallen, »die Recherchen von Jenny, unserer Mitarbeiterin in Pirmasens, zu dem Taxiunternehmen, das die beiden angeblich vom Frankfurter Flughafen zum Hotel gefahren hat, haben nichts erbracht. Sie konnte kein Taxiunternehmen hier in der Gegend ausmachen, das die beiden vom Flugplatz am Söller, wo wir ihnen begegnet sind, abgeholt hat, und auch keines vom Frankfurter Flughafen. Was für einen Wagen der Concierge gesehen hat, bleibt ein Rätsel.«

Das Telefon von Alfred brummte. Eine SMS. Er nahm es in die Hand und schaute auf das Display. »Das Außenministerium macht mit« stand da nur, und von Boyen wusste, dass Anne Mathissen erfolgreich gewesen war. Er las es vor.

»Das könnte uns helfen«, meinte Peters.

Der Hauptgang wurde serviert und man widmete sich erst einmal in stillem Genuss den Gaumenfreuden.

»Also ich«, sagte Scheller und versuchte mit vollem Mund deutlich zu sprechen, »ich würde dem Koch hier einen Stern oder einen Kochlöffel oder so etwas verleihen, wenn das in meiner Macht stände.«

»Dem schließe ich mich an«, sagte Barbara, »aber leider kenne ich niemanden beim Guide Michelin oder beim Gault Millau.«

»Dann bleibt noch die gute alte Mundpropaganda«, meinte von Boyen. »Deren Reichweite sollte man nicht unterschätzen.«

»Ich werde das Restaurant unserem Polizeipräsidenten vorschlagen«, ergänzte Peters. »Dann kann er sich einmal in den hintersten Winkel seines Zuständigkeitsbereichs begeben.«

Inzwischen war es dunkel geworden und der Weiher draußen wurde von einer dezenten Unterwasserbeleuchtung erhellt. Das sah sehr romantisch aus, war aber für die Unterwasserfauna sicher nicht von Vorteil.

Eigentlich hatte keiner von den vieren am Tisch mehr Lust, sich über den Fall Ludmilla Herzegowina zu unterhalten. Dazu war der Wein zu gut und erst recht das Essen. Aber Peters sah sich bemüßigt, vor dem Dessert noch einmal und damit, wie er betonte, für diesen Abend abschließend, zusammenzufassen.

»Drei unbekannte russische Personen, die unter falschem Namen hier anwesend sind, beziehungsweise waren, denn eine wurde ermordet. Um die Identitäten kümmert sich das Außenministerium. Also steht uns ein ruhiges Wochenende bevor, das wir auch als solches genießen sollten. Vor allem nach einem so schmackhaften Auftakt.«

Alle stimmten kopfnickend und zufrieden zu. Jedoch ahnten sie nicht, dass dieses Wochenende alles andere als ruhig werden sollte.

Nach dem Dessert, einem Digestif für die einen und einem Espresso für die anderen, verließ man wohlgelaunt das Restaurant und trat in die inzwischen frische Abendluft hinaus. Sie waren die letzten Gäste gewesen und hinter ihnen wurde abgeschlossen. Zugleich erlosch die Beleuchtung im Weiher und die Tiere hatten endlich ihre Ruhe.

Auf dem Parkplatz verabschiedeten sie sich voneinander. Scheller fuhr nach Pirmasens in seine Wohnung, Peters mit Barbara nach Schönbach. Von Boyen wartete, bis die anderen abgefahren waren. Er setzte sich in seinen Wagen, kurbelte die Fenster an beiden vorderen Türen herunter und startete die Maschine. Das Blubbern des V 8 Motors klang wie die Botschaft aus einer vergangenen Welt, die ihm sagen wollte: »Lass dir Zeit mit dem, was du tust! Tue eins nach dem anderen!« Er wollte die wenigen Kilometer durch die frische Nachtluft genießen und hoffte, dass sich nicht ein eiliger Einheimischer an seine hintere Stoßstange heften würde.

Zu Hause angekommen setzte er sich auf die Bank vor seinem Haus und schaute den Fledermäusen zu, die im Schein der Straßenlaterne nach den Insekten jagten, bis diese schließlich verlosch.

13

Am nächsten Morgen wachte Alfred von Boyen durch das helle »Ping« seines Handys auf, das den Eingang einer SMS signalisierte. Er war bereits wach gewesen, hatte sich jedoch noch den Gedanken des morgendlichen Halbschlafs hingegeben, die ihn schon oft weiter geführt hatten als jedes systematische Nachdenken in den wachen Stunden des Tages. Heute kam er nicht weiter. Allein die Tatsache, dass drei Personen unter falscher Identität aufgetaucht waren, gab noch keine Hinweise zur Klärung des Mordes. Dieser Sachverhalt eröffnete den Raum für viele Spekulationen. Es brauchte mehr Fakten, um weiter zu kommen.

Das »Ping« des Handys hatte er nur halbbewusst wahrgenommen, deshalb dauerte es einige Minuten, bis er zum Telefon griff. »Ruf mich an, wenn du wach bist.«, stand da auf dem Display und ein küssender Smiley. Das konnte nur von Anne sein, und so begann der Tag schon einmal gut. Bevor er zurückrief, wollte er jedoch erst richtig wach werden. Also warf er die Kaffeemaschine an, trank das allmorgendliche Glas Wasser und ging in die Dusche. Als er angezogen war, setzte er sich an den Küchentisch, nahm einen Schluck aus der Kaffeetasse und griff zum Handy.

»Wie war deine Nacht, mein Schatz?«, fragte er noch ein wenig schlaftrunken, nachdem Anne sich gemeldet hatte.

»Nicht schlecht, nur ohne dich und zu kurz.«

»Und wie wird der Tag?«

»Voller Repräsentationstermine und die auch ohne dich«, lautete die Antwort. »Aber deshalb hatte ich dich nicht gebeten anzurufen. Mich hat heute Morgen der Außenminister angerufen. Er war gerade auf dem Weg zum Flughafen, um eine Reise nach Indonesien anzutreten. In der Gegend müssen wir einen Fuß in der Tür behalten und können nicht alles den Japanern und Chinesen überlassen. Aber darum ging es nicht. Der Bereitschaftsdienst des Auswärtigen Amtes hatte in der Nacht wohl Langeweile, und dann haben sie die Fotos von Ludmilla und den zwei Männern ein erstes Mal durch die Computer geschickt. Ganz offenbar sind alle drei Weißrussen und vermutlich beim Geheimdienst oder einer vergleichbaren Organisation tätig. Auf jeden Fall müsste für weitere Nachforschungen auch der Bundesnachrichtendienst eingeschaltet werden, damit es kein Kompetenzgerangel gibt. Dafür wiederum ist nun doch eine offizielle Anfrage der

Polizei aus Pirmasens notwendig. Um nicht den wochenlangen Dienstweg gehen zu müssen, sollte diese Anfrage per Fax an das Auswärtige Amt gehen, vom Polizeipräsidenten unterschrieben, zu Händen des Staatssekretärs Jäger, der an diesem Wochenende die Stellung hält. Der würde sich wiederum mit dem BND in Verbindung setzen.« Es trat eine kurze Pause ein. »Man scheint dem Ganzen offenbar eine gewisse Bedeutung zuzumessen«, schloss Anne Mathissen ihren Vortrag.

»Das ging viel schneller, als ich gedacht habe«, sagte von Boyen.

»Eben, soll mal keiner etwas gegen den Beamtenapparat der Bundesregierung sagen. Ohne den wäre Deutschland aufgeschmissen.«

»Aber über Nacht, damit habe ich nicht gerechnet.«

»Hat vielleicht etwas damit zu tun, dass so ein Bereitschaftsdienst in der Nacht auch nicht nur herumsitzen will.«

»Egal, das Ergebnis ist einfach toll. Ich werde gleich Peters informieren. Dann hat der jetzt seinerseits einen anstrengenden Tag vor sich.«

»Du bekommst übrigens nachher noch eine E-Mail vom Auswärtigen Amt mit allen Kontaktdaten. Ich hatte nur deine Mailadresse. Sie haben das geschluckt, weil sie dich kennen. Du müsstest die Daten an die Polizei weiterleiten.«

»Mach ich – und dir wünsche ich nun, dass der Tag nicht nur anstrengend, sondern auch ein bisschen unterhaltsam wird.«

»Auf jeden Fall wird es überall etwas Gutes zu essen und zu trinken geben«, sagte Anne noch zum Schluss. »Das ist nach dem zweiten Termin allerdings mehr eine Qual als eine Freude. Wenn ich Zeit habe, melde ich mich morgen.«

»Ich freue mich darauf«, sagte von Boyen, und beide drückten auf den roten Knopf an ihrem Telefon.

Peters lag noch im Bett, als sein Handy klingelte, und er war nicht allein, was für ihn das Schönste an der ganzen Sache war. Barbara und er hatten wirklich nicht viel Zeit zusammen, und in den letzten Monaten hatten sie wiederholt darüber gesprochen, dass er doch eigentlich zu ihr ziehen und sein kleines Appartement in Pirmasens aufgeben könnte. Immer war etwas dazwischen gekommen, entweder ein neuer Fall, der ihn über Tage oder Wochen völlig in Beschlag nahm, oder es war gerade eine Phase mit sehr viel Arbeit im Pfarramt. Immer wieder waren sie an den Punkt gelangt, dass sie es wenn, dann auch richtig machen und heiraten wollten. Das sollte ein Fest werden, an dem seine Familie aus dem Norden teilnehmen könnte, also musste es gut und vor allem langfristig geplant werden. Dann kam wieder etwas dazwischen. Irgendwann würden sie es schaffen. Nur heute leider nicht.

Bernd Peters war sofort hellwach, als von Boyen ihm von dem Anruf aus Berlin erzählte. Noch während er zuhörte, plante er sein weiteres Vorgehen. Er würde schlecht beim Polizeipräsidenten in Kaiserslautern anrufen können. Das müsste schon sein Vorgesetzter, der Polizeidirektor aus Pirmasens, machen. Also musste er zuerst ihn erreichen. Zum Glück pflegte der sich nicht hinter seinem Vorzimmer zu verstecken, sondern hatte den leitenden Beamten seine Handynummer gegeben, um immer für sie erreichbar zu sein. Hoffentlich war es nicht schwieriger, den Polizeipräsidenten zu erreichen.

Peters rief also seinen Chef an. »Na, wie war die Nacht in Ihrem Miniappartement?«, fragte der ihn als Erstes. Dass Peters nur ein Zweizimmerappartement bewohnte, statt sich eine richtige Wohnung zuzulegen, war immer wieder einmal Thema gewesen. Dabei waren die Wohnungen in Pirmasens durchaus bezahlbar, sowohl die Mieten als auch wenn es darum ging, Eigentum zu erwerben. Anfangs hatte Peters gesagt, er bräuchte nicht mehr, weil sein Beruf sowieso die meiste Zeit seines Lebens in Anspruch nähme und er sein Appartement eigentlich nur zum Schlafen benutze. Aber dann war die Sache mit Barbara durchgesickert, und diese Ausrede zog nicht mehr. Deshalb war die zweite Frage des Polizeidirektors auch: »Oder haben Sie wieder einmal nahe der französischen Grenze übernachtet?«

»Das Schöne an einem Handy ist ja, dass der Gesprächspartner nicht gleich merkt, wo man ist«, sagte Peters. »Aber Sie haben richtig vermutet. Ich genieße die erholsame Waldluft.«

»Schön für Sie, aber was lässt Sie mich anrufen? Haben wir einen neuen Fall?«

»Nein, wir haben eine neue Spur in einem alten Fall. In dem Mord an der Weißrussin im Hotel bei Ludwigswinkel.«

»Das ist ja höchst erfreulich. Dann schießen Sie mal los!«

Peters berichtete also von dem Anruf aus Berlin und musste wohl oder übel erklären, welche Vorgeschichte dazu gehörte.

Es dauerte einen Moment, bis sein Chef antwortete. Vermutlich überlegte er sich in dieser Zeit, was er besser alles nicht sagte. Er mochte es gar nicht, wenn inoffizielle Wege gegangen wurden. Das konnte vor Gericht die ganze Sache platzen lassen. Andererseits wusste er auch, dass man ohne kleine Tricks oft nicht weiterkam. Dann sagte er nur: »Und Sie haben diesen von Boyen nicht davon abhalten können, auf eigene Faust zu recherchieren?«, und Peters glaubte, ihn lächeln zu hören.

»Nein, tut mir leid. Professor von Boyen ist zwar ein netter Kerl, aber gelegentlich eigenwillig. Jetzt allerdings muss alles einen geregelten Weg gehen – und das möglichst heute noch.«

»Also ich soll den Polizeipräsidenten dazu bringen, ein Gesuch auf Amtshilfe an das Auswärtige Amt zu richten. Das per Fax und noch heute.«

»Genau so ist es«, sagte Peters und war einen Moment unsicher, ob sein Chef mitspielen würde.

»Sie können mir die Angelegenheit wesentlich erleichtern und sie zugleich beschleunigen, wenn Sie mir einen Textentwurf zumailen. Bis wann können Sie fertig sein?«

»Ich denke, das werde ich in einer halben Stunde schaffen. Bis dahin ist vielleicht schon die E-Mail mit den Kontaktdaten bei mir, die leite ich dann an Sie weiter.«

»In Ordnung. Bitte verwenden Sie meine dienstliche Mailadresse. Die kann ich auch von zu Hause bedienen. Ich versuche, derweil schon einmal den Polizeipräsidenten zu erreichen. Das dürfte aber nicht schwer sein. Der ist in ständiger Bereitschaft«, meinte der Polizeidirektor, beendete das Gespräch und drückte gleich wieder die grüne Taste seines Handys, um zu wählen.

Peters besprach sich kurz mit Barbara, ob er ihren PC benutzen dürfe, und rief bei von Boyen an, um ihm zu sagen, er solle die erwartete E-Mail ans Pfarramt in Schönbach weiterleiten. Dann setzte er sich an den Computer und überlegte, wie er das Amtshilfegesuch möglichst gut formulieren könne. Es sollte so klingen, als hätte es den inoffiziellen Vorlauf nicht gegeben, denn keiner der Beteiligten legte Wert darauf, dass dies schriftlich nachzuvollziehen wäre. Im Bereich der hohen Politik musste man vorsichtig sein, denn wer wusste schon, welche Kreise die Angelegenheit noch ziehen könnte. Würde es gehörig Wellen schlagen und vielleicht irgendwann zu einem parlamentarischen Untersuchungsausschuss kommen, müssten alle Akten offen gelegt werden. Dann würde es wichtig sein, dass darin nichts Verfängliches zu finden ist, aus dem irgendjemand einen Strick drehen könnte. Obwohl den Interessen der Bundesrepublik – da war Peters sich sicher – mit dieser Untersuchung nicht geschadet wurde. Außer es käme zu irgendwelchen diplomatischen Verwicklungen mit Weißrussland, die niemand wollte. Also gab er sich Mühe, schrieb von einem Mord an einer Ausländerin auf deutschem Hoheitsgebiet und dem Verdacht, dass zwei andere unbekannte Ausländer darin verwickelt seien, und bat lediglich um Klärung der Identitäten. Seine Vorgesetzten auf den nächsten beiden Hierarchieebenen würden den Text gegebenenfalls sowieso überarbeiten.

Barbara hatte ihm eine Tasse Kaffee auf den Schreibtisch gestellt, die sich als äußerst hilfreich erwies, um so kurz nach dem Aufstehen klare Gedanken zu fassen. Nach zwanzig Minuten war er mit dem Text fertig, und in diesem Moment kam auch die von Boyen weitergeleitete E-Mail an. Nun formulierte er noch kurz das Schreiben an seinen Vorgesetzten, kopierte die Daten aus von Boyens E-Mail hinein, setzte den Zeiger der Maus auf »senden«, drückte auf die linke Taste und lehnte sich mit einem leichten Seufzer der Entspannung zurück.

»So, jetzt sind die anderen dran«, sagte er zu Barbara. »Wir können uns wieder den schönen Dingen des Lebens widmen. Aber rufbereit werde ich schon bleiben müssen.«

Barbara hatte die ganze Zeit in ihrem Morgenmantel neben ihm gestanden. Bernd drehte sich zu ihr um und lächelte sein Verführerlächeln. Er zog den Gürtel auf, sodass der Morgenmantel sich wie von selbst öffnete, und sagte: »Da sind sie ja schon, die schönen Dinge des Lebens«, nahm sie bei der Hand und führte sie zurück ins Schlafzimmer.

Der Dienstweg wurde schnell, mit großer Professionalität und ohne Umwege gegangen. Schon eine Stunde nach Peters Anruf in Pirmasens war das Amtshilfegesuch samt Bilddateien auf dem Weg nach Berlin. Bis eine Antwort käme, würde es einige Zeit dauern, aber dann musste Bernd Peters in seinem Büro sein. Also wurde es nichts mit dem schönen Samstag im sonnigen Schönbach, mit Kaffee auf der Terrasse, dem Spaziergang durch den Pfälzer Wald und der Tiefkühlpizza vor dem Fernseher. Vielmehr würde er diesen Tag wartend zwischen seinen Aktenordnern verbringen und der Sonne zusehen, wie sie langsam um die Polizeidirektion in der Wiesenstraße herumwanderte. Er hatte Scheller anrufen müssen, damit er sich in Bereitschaft hielt, und der hatte zugesagt, sein Handy immer bei sich zu tragen und nicht auszustellen, egal, mit wem er wo sei. Scheller war eben nicht mehr der Don Juan, der er noch vor zwei Jahren gewesen war, bei dem man nie sicher sein konnte, aus welcher Himmelsrichtung er morgens ins Büro kam. Er wurde erwachsen, und Peters würde sich nicht wundern, wenn er ihm eines Tages seine zukünftige Ehefrau präsentierte. Zwar konnte er sich seinen Kollegen noch nicht einen Kinderwagen schiebend vorstellen, aber dazu würde es über kurz oder lang kommen, dessen war er sich sicher.

Bernd Peters nutzte diesen öden Samstag, um die Akten aufzuarbeiten, die ungesichtet auf seinem Schreibtisch lagen. Jenny würde sich wundern, wenn am Montag nicht gerade Berge, aber doch Hügel von Akten zur Ablage auf ihrem Schreibtisch lägen. Er tröstete sich mit dem Gedanken, dass er diese Arbeit sowieso irgendwann hätte machen müssen und er sich so vielleicht einen freien Tag herausarbeitete, den er dann mit Barbara verbringen könnte. Er hielt sich mit Kaffee und Wasser wach, aber das Lesen von Rundschreiben, Berichten der Kollegen und Aufsätzen zu neuen Formen der Spurensicherung war zwar wichtig, aber nicht immer aus sich heraus motivierend.

Zwischendurch gingen seine Gedanken zurück zu den Ereignissen und Erkenntnissen der letzten Tage. Selbst wenn sie die Identität der beiden Männer herausfänden und wenn diese als Mörder infrage kämen, dürfte es schwer sein, es ihnen nachzuweisen. Denn weder hatten sie den eigentlichen Tatort entdeckt, noch hatten sich an der Wasserleiche Spuren finden lassen, die auf eine konkrete Person als Täter hinwiesen. Zudem gab es nach wie vor zu viele mögliche Richtungen, in die sie weiter suchen mussten. Vielleicht war es doch jemand vom Campingplatz, der diese außergewöhnlich schöne, aber eben ausländische Frau ermordet hatte. Rassismus war als Motiv nicht auszuschließen. Dann war da die Hausdame, die nicht wirklich erklärt hatte, woher sie ihr Personal bezog. Eine illegale Anwerbung Ludmillas, vielleicht ein Erpressungsversuch ihrerseits. Auch das wäre ein Motiv. Dann die Kolleginnen und Kollegen vom Hauspersonal und die ständig wechselnden Beziehungen zwischen ihnen. Hier könnte Eifersucht im Spiel sein. Oder einer der Gäste, der nicht wollte, dass seine Beziehung zu Ludmilla öffentlich wurde, dem sie sich vielleicht in ihrer Unnahbarkeit verweigert hatte. Und Jean Dallmann? Was wusste er wirklich? Was wollte er nicht wissen? Sie hatten schon viele Puzzleteile zusammen getragen, aber ein Bild ergab sich nicht. Letztlich bissen sie auf Granit.

Eigentlich müsste er sich einen Plan B zurechtlegen, für den Fall, dass auch die Recherchen in Berlin nichts ergäben. Andererseits, warum hätten sie diese morgendliche Telefonkette ausgelöst, wenn sie nicht zumindest eine Art Anfangsverdacht hatten?

Alle bisherigen Ergebnisse befanden sich wunderschön visualisiert auf der Metaplantafel im Besprechungsraum.

Er ging dorthin und setzte sich davor, um noch einmal alles in sich aufzunehmen. Das hatte schon oft geholfen – sich alleine vor die Tafel zu setzen, einfach nur draufzuschauen und die Gedanken schweifen zu lassen. Manchmal war es auch gut, ein wenig zu dösen, die Augen zu schließen, wieder hinzuschauen, in ein leichtes Träumen zu verfallen und seinem Unterbewusstsein die Regie zu überlassen. Sein Hauptwerkzeug war die Logik, aber gelegentlich musste er sein Gehirn einfach seine eigenen Wege gehen lassen, um neue Ideen zu entwickeln. Nicht alles, was ihm dann einfiel, hielt der anschließenden Überprüfung seines geschulten Denkens stand. Doch manchmal hatten sich erstaunliche Sprünge in den Gedanken ergeben, neue Ideen, auf die er noch nie gekommen war.

So saß er also eine Weile in dem Raum, der vom hellen Sonnenlicht dieses schönen Samstags erhellt wurde, starrte auf die Tafel, strich in Gedanken Verbindungen, die aufgezeichnet waren, fügte neue hinzu, und nickte ein.

Das unerträglich fröhliche »Hallo Chef, wie geht's?« von Klaus Scheller riss ihn aus seinen Träumen und ließ ihn alles vergessen, was er zuvor gedacht hatte. »Hab ich dich beim Meditieren gestört?«, setzte Scheller hinzu, als er merkte, wie aufgeschreckt Peters war.

»Auf jeden Fall ist jetzt alles weg, was ich da gerade gedacht habe«, sagte der. »Aber schön, dass du da bist. Ich hoffe, der Fall hat dir nicht auch den Samstag vermasselt.«

»Du kennst mich doch. Wenn die Pflicht ruft, lass ich alles stehen und liegen – und alle, ob blond, ob braun, ob schwarz oder rot.«

Peters lächelte: »Ich dachte, du kommst langsam in ruhigere Fahrwasser.«

»Stimmt, deshalb macht es mir immer weniger aus. Morgen Nachmittag allerdings habe ich ein Date mit einer süßen Krankenschwester. Vielleicht ein bisschen pummelig, aber super süß.«

»Ich dachte, du stehst nur auf Size Zero«, gab Peters zurück. »Deine bisherigen Eroberungen haben sich alle dadurch ausgezeichnet, dass sie an der Grenze zur Magersucht standen.«

»Ja, aber wenn man was zum Anlehnen sucht, dann legt man doch auf andere Qualitäten wert.«

Peters antwortete nicht mehr. Er freute sich an dem leicht verträumten Blick seines jungen Kollegen und hielt es für besser zu schweigen. Gefühle kann man zerstören, wenn man zu viel über sie redet. Zugleich dachte er an Barbara, die weder pummelig war, noch Size Zero hatte, aber eben die Frau war, mit der er gerne weiterhin sein Leben teilen würde.

»Ja, hoffen wir doch einfach einmal, dass dieses Wochenende ohne weitere Störungen verläuft. Ich brauche dich, wenn wir heute noch etwas aus Berlin erfahren. Aber morgen Nachmittag hast du frei, auf alle Fälle. Zur Not übernehme ich alles, was anfällt.«

»Das ist einfach toll. Dann biete ich an, dass ich die Nachtschicht übernehme, und falls wir in den nächsten beiden Stunden nichts hören, kannst du die Nacht in einem deiner beiden Betten verbringen.«

Kess war er immer noch, der Herr Kollege Scheller, dachte Peters, aber er erinnerte sich nicht daran, dass er schon einmal freiwillig einen Dienst übernommen hatte. Es entwickelte sich langsam so etwas wie Kollegialität.

»Angebot angenommen«, sagte Peters.

Das mit der Tiefkühlpizza vor dem Fernseher klappte also doch noch. Besonders romantisch klang es nicht, aber für Bernd Peters und Barbara Fouquet war dies eine wunderbare Art, den Samstagabend zu verbringen. Zudem waren die Alternativen nicht gerade zahlreich. Wenn man auf dem Land wohnte, waren die Wege zum Kino oder zum Theater weit. Sie hätten zum Tanzen gehen können, aber wo? Die nächste Tanzschule war in Pirmasens, also eine Stunde Fahrt hin und eine weitere zurück. Außerdem standen die Tanzbälle der Tanzschulen auf der Romantikskala ziemlich weit unten. Gemütlich hatte Barbara es in den Räumen einer Tanzschule noch nie gefunden. Das machte vielleicht Spaß, wenn man mit Freunden zusammen hinging. Aber ihre Freunde lebten nicht in der Nähe. Sie hatte Freundinnen aus der Schule, von denen die meisten inzwischen über die ganze Republik verstreut wohnten. Die Freundinnen und Freunde aus dem Studium hatte es über die gesamte Landeskirche verteilt. Dann war da noch Anna Hoger. Aber die Bäckerfamilie war froh, wenn sie einmal in der Woche ausschlafen konnte. Genau genommen ging es ihr auch so. Der Samstag war wieder angefüllt gewesen mit Besuchen bei Menschen in den vielen Dörfern, die sie zu betreuen hatte, einer Stippvisite beim Sommerfest des Pfälzerwald-Vereins und dem letzten Schliff der Predigt für den nächsten Tag. Eigentlich wollte sie nicht mehr aus ihren vier Wänden heraus. Sie war müde, wollte ihre Ruhe und die Nähe von Bernd. Wenn das gegeben war, hatten selbst Tiefkühlpizza und Fernsehen etwas Romantisches.

Barbara Fouquet war jetzt schon einige Jahre auf dieser Pfarrstelle. Zu ihr gehörten vier Dörfer und einige Nebenorte, und doch waren es nicht besonders viele Menschen, um die sie sich kümmern musste. Die Dörfer hatten ihre besten Zeiten hinter sich, als noch Bergbau betrieben und Eisenerz verarbeitet wurde, als die Landwirtschaft sich auf kleinen Einheiten noch lohnte, als Fischzucht und Viehhaltung Mann und Frau ernähren konnten. Diese Jahre waren jedoch vorbei. Gewerbe gab es hier nur wenig, produzierendes schon gar nicht. Die Menschen lebten von der Arbeit in den Städten, in Pirmasens und Kaiserslautern, vor allem aber in Ludwigshafen und im großen Daimlerwerk in Wörth. Die waren weit weg und die Anfahrt zur Arbeitsstelle dauerte lange, auch wenn man sich durch Fahrgemeinschaften die Mühen und die Kosten teilte.

Der Tourismus hatte in den letzten Jahren etwas zugenommen. Die Gegend bot wunderbare Wanderwege, romantische Burgruinen, zauberhafte Badeweiher und vor allem eine sauerstoffreiche und reine Luft. Aber eben kein Meer mit Sandstrand, keine hohen Berge, keine großen Hotels und Ferienklubs mit Animation für Kinder und Discos für Teenager. Die Menschen, die hierher kamen, liebten vor allem die Natur und die Ruhe. Das waren keineswegs nur Ältere, sondern gerade auch Familien mit Kindern, die eine Alternative zur Hektik des Alltags suchten, vielleicht auch Abstinenz vom Medienstress.

Barbara Fouquet liebte die Menschen und sie liebte ihre Arbeit. So viel Freiheit wie der Beruf der Pfarrerin bot kaum ein anderer. Sie konnte sich die Zeit weitgehend frei einteilen, ihre eigenen Akzente setzen, Neues auf den Weg bringen, Bewährtes den veränderten Bedingungen anpassen, ihr Organisationstalent ausleben und sich den wichtigen Fragen des Lebens widmen, wenn sie sich auf ihre Predigten vorbereitete und wenn sie mit den Menschen über das sprach, was ihnen auf der Seele lag. Sie konnte mit Kindern arbeiten und Jugendlichen, mit Familien und Alten, die Erfahrung der Vergänglichkeit in allen Altersstufen begleiten und schließlich auch am Sterbebett sitzen und anschließend den Trauernden beistehen. In ihrem Beruf ging es um das, was die Menschen im Innersten bewegte, was bei allen gleich war, ob jung oder alt, erfolgreich und begütert oder in bescheidenen Lebensverhältnissen. In ihrem Beruf ging es um die Menschen und ihre Beziehung zu Gott. Für sie gab es nichts Wichtigeres. Das half ihr über die manchmal hohe zeitliche Belastung und die enttäuschenden Erfahrungen, die sie auch mit den Menschen machte, hinweg.

Sie hatte einen Beruf, in dem sie selten etwas Sichtbares erreichen konnte. Sie baute keine Maschinen und keine Häuser, führte keine expandierende Firma. Sie konnte Menschen nicht von körperlichen Beschwerden heilen, ihnen nicht vor Gericht zu ihrem Recht verhelfen, keine Reifezeugnisse austeilen, keine wichtigen politischen Entscheidungen treffen. Was sie in die Seelen säte, trug oft erst viele Jahre später Frucht.

Es gab Tage, an denen ihr das Sichtbare fehlte, wenn sie mit den Händen arbeiten wollte und nicht nur mit dem Kopf und dem Mund. In dem Fall schraubte sie an ihrem alten Golf herum, wechselte Verschleißteile aus, brachte ihn auf Hochglanz oder fettete die elektrischen Kontakte. Dann sah man sie in der Garage oder auf dem Hof davor, die langen rotblonden Haare zusammengebunden und unter einer Mütze versteckt unter dem Auto liegend oder mit dem Kopf im Motorraum. Anschließend freute sie sich über das gelungene Werk und schwor sich, den Wagen nie zu verkaufen.

Die Auswahl des Fernsehprogramms war an diesem Abend nicht ganz einfach gewesen. Barbara liebte Krimis, Bernd fand sie schrecklich und hatte eine fast körperliche Abneigung gegen dieses Genre. Also schieden sie für gemeinsame Fernsehabende schon einmal aus. Fernsehshows fanden beide langweilig, Ratespiele waren es meistens auch. Dokusoaps waren ein Gräuel, Liebesfilme manchmal schön. Naturfilme waren interessant und so beruhigend, aber beide waren der Meinung, die könnten sie sich auch noch anschauen, wenn sie alt geworden wären. Actionfilme hatten schon was, aber dann am liebsten in der Slapstickvariante, damit es etwas zu lachen gab. Also wären auch Komödien infrage gekommen, aber die meisten waren so geistlos, dass einem das Lachen schnell verging. Es war nicht leicht, besonders an diesem Abend.

Aber irgendwo hatte Barbara beim Durchblättern der Fernsehzeitschrift einen alten Hitchcock gefunden. Der garantierte zumindest Spannung und Qualität, auch wenn man ihn schon dreimal gesehen hatte. Also verbrachten sie den Abend mit dem ‚Unbekannten Dritten'. Cary Grants immer spürbare Selbstironie machte das Ganze zu einem besonderen Genuss. Wenn er dann am Ende im Schlafwagen Eva Marie Saint zu sich hochzog, fiel alle Anspannung schlagartig ab.

Nachdem die Pizza mit einem guten Glas Wein verspeist worden war, kuschelten die beiden sich aneinander und hatten das Gefühl, dass nichts auf dieser Welt schöner sein kann, als so beieinander zu sein. Bernd hatte während des Films immer wieder gedankenverloren in den Raum gestarrt und murmelte am Ende vor sich hin: »Der unsichtbare Dritte, den suchen wir auch.«

»Was meinst Du?« fragte Barbara.

»Der unsichtbare Dritte. Mir scheint, als suchten wir einen Unsichtbaren in diesem Fall von Ludmillas Ermordung. Nur kann er keine Erfindung sein wie in dem Film. Es gibt ihn wirklich, denn er hat gemordet. Aber für uns ist er immer noch unsichtbar.«

»Der Geheimdienst wird wohl nicht seine Finger im Spiel haben«, meinte Barbara. »Das kann ich nicht glauben. Was soll schon die Servicekraft eines Hotels in Ludwigswinkel mit dem Geheimdienst zu tun haben?«

»Genauso viel wie ein einfacher Handlungsreisender in dem Hitchcock-Film«, warf Bernd ein.

»Also könnte sie das Opfer einer Verwechslung sein? Man hielt sie für jemand anderen und hat sie deshalb getötet?«

»Das wäre eine Möglichkeit. Auf jeden Fall haben wir noch nicht in diese Richtung gedacht. Mit wem sollte sie jedoch verwechselt worden sein?«

»Mit einer unsichtbaren Dritten«, sagte Barbara.

»Also einer Person, die es gar nicht gibt? Die eine Erfindung eines Geheimdienstes ist?«, sagte Bernd. »Klingt ziemlich abenteuerlich. Könnte man gut einen Film draus machen. Aber originell wäre der dann nicht.«

»Manchmal ist die Wirklichkeit abenteuerlicher als die Fiktion«, gab Barbara zurück. »Auf jeden Fall sind da noch diese beiden eigentümlichen Männer, die wir auf dem Flugplatz bei Nothweiler haben landen sehen, und die dann behaupteten, sie seien in Frankfurt angekommen.«

»Vielleicht werden wir bald wissen, wer die beiden sind und wer Ludmilla war. Scheller ruft mich an, sobald er etwas erfahren hat.«

»Bis dahin rätseln wir weiter«, sagte Barbara.

»Und sind hinterher kein bisschen klüger, wenn die beiden gar nichts mit dem Mord zu tun haben«, meinte Bernd mit unüberhörbarer Skepsis.

»Nur keine depressiven Anwandlungen, Herr Kommissar. Du hast bisher jeden Mord aufgeklärt. Das wird sich auch in Zukunft nicht ändern.«

»Prophetische Worte, die aus deinem Mund sicher nur wahr sein können«, lächelte Bernd. Er trank den letzten Schluck aus seinem Weinglas und sagte: »Warum wenden wir uns eigentlich nicht den schönen Dingen des Lebens zu?«

»Gute Idee. Ab ins Schlafwagenabteil«, sagte Barbara und zog ihn von der Couch hoch.

14

Alfred von Boyen hatte nach seinem Anruf bei Bernd Peters auch diesen Tag mit seiner Kyudo-Übungen begonnen, den Bambusbogen und die Pfeile geholt, die Zielscheibe, das Mato, aufgestellt und sich durch die peinlich genau vorgeschriebenen Bewegungen, die er jeden Morgen auf die gleiche Weise vollzog, in einen Zustand äußerster Konzentration und Entspannung versetzt. Das gelang ihm selbst dann, wenn andere Gedanken sein Gehirn beherrschten und ihm seine Ruhe nahmen. Dafür hatte er lange, sehr lange üben müssen. Er hatte es in dieser Kunst noch nicht zur Meisterschaft gebracht, aber doch schon viel weiter als manch andere, die sich an diesem ganz besonderen Weg zu sich selbst versucht hatten. Kyudo hatte ihm geholfen, die schrecklichen Bilder der toten Kinder und Greise, die ihn bei Nacht und bei Tag überfielen, zu bannen. Diesen Anblick würde er nie vergessen, aber er hatte keine Macht mehr über ihn. Nach dem Tod seiner Frau hatte ihm die morgendliche Disziplin geholfen, sich nicht in seiner Trauer zu verlieren.

Wenn er den Weg des Kyu ging, nahm er nichts um sich herum wahr. So auch an diesem Morgen. Erst als er Bogen, Pfeile und Scheibe wieder beiseite räumte, fiel ihm der dunkle Mercedes G auf, der unten auf der Straße bei der Pferdekoppel stand. Dort parkte sonst nie jemand, weil man an dieser Stelle den Verkehr behinderte und außerdem hundert Meter weiter bequem den Wagen neben der Fahrbahn abstellen konnte. Aber von diesem Punkt aus hatte man einen guten Blick auf sein Haus. Man konnte zwar nicht hineinsehen, aber man überblickte den unteren Teil des Gartens und würde auch bemerken, wenn er mit dem Auto davon fuhr. Von Boyen dachte sich jedoch nichts dabei, hielt die beiden Insassen für Touristen, die sich nicht auskannten und vielleicht überlegten, wie sie an ihr gewünschtes Ziel kommen könnten.

Erst als er sich gegen Mittag einen Kaffee machte, aus dem Küchenfenster schaute und der Wagen immer noch dastand, kam ihm das merkwürdig vor. Aber das Leben war voller Merkwürdigkeiten, die keineswegs immer etwas zu bedeuten hatten. Er holte sich die Milch aus dem Kühlschrank und stellte fest, dass seine Vorräte fürs Wochenende noch nicht einmal für eine Maus gereicht hätten. Er musste also losfahren, um im Wasgau-Center in Fischbach einzukaufen. Dann konnte er auch gleich noch Brot mitbringen.

Wenn man im Gebüg wohnte, war man im Grunde auf das Auto angewiesen – oder auf jemanden, der eines hatte. Die nächste Einkaufsmöglichkeit war in Fischbach, vier Kilometer entfernt den Berg hinunter, den man auf der Rückfahrt wieder hoch musste. Deshalb fiel die Entscheidung über das Verkehrsmittel meistens zuungunsten eines Fahrrads aus. Von Boyen fuhr über Petersbächel nach Fischbach. Deshalb konnte er nicht sehen, ob der dunkle Wagen mit den beiden Männern immer noch an der engen Stelle der Straße stand. Aber er war weg, als er zurückkam.

Er lud seine Einkäufe aus, stellte sie vor die Haustür und bemerkte leicht frustriert, dass schon wieder Unkraut zwischen den Pflastersteinen des Hofs hervorspross und ihm eine mühsame Stunde des Kratzens und Rupfens bevorstand. Das musste aber nicht gleich sein und auch nicht an diesem Tag. Er wollte an diesem Nachmittag ein Kapitel seines neuen Buches überarbeiten, um den selbst gesteckten Zeitplan einzuhalten.

Die Männer mussten auf demselben Weg das Haus verlassen haben, wie sie hereingekommen waren. Alfred von Boyen erinnerte sich später genau, dass die Haustüre abgeschlossen gewesen war, als er vom Einkauf zurückkam. Als am folgenden Tag die Spurensicherung das Haus untersuchte, fand sie keine Einbruchsspuren. Das mussten absolute Profis gewesen sein, denen es wichtig war, dass man gar nicht oder nicht so schnell bemerkte, dass sie da gewesen waren. Man fand an den möglichen Stellen keine Fingerabdrücke fremder Personen und bei den DNA-Spuren war überhaupt nicht klar, wo man nach ihnen suchen sollte. Nichts in der Wohnung war verändert worden, alles lag an seinem Platz und schien auf den ersten Blick unberührt. Doch war sich Bernd Peters sicher, dass sie überall gewesen waren. Ihr Besuch konnte nur den Zweck gehabt haben, so viel wie möglich über Alfred von Boyen zu erfahren, ihn auszuspionieren, ihn näher kennenzulernen, um zu wissen, mit wem man es zu tun hatte.

Niemand wusste, wer in dem Haus gewesen war, während von Boyen zum Einkaufen unterwegs gewesen war. Lediglich die Tatsache, dass das dunkle Auto, das den ganzen Vormittag unten auf der Straße gestanden hatte, nach dem Einkauf nicht mehr da war, ließ die Vermutung aufkommen, dass es die Insassen dieses Fahrzeugs gewesen sein könnten. Dass es zwei Männer gewesen waren, hatte man leicht durch Befragungen im Dorf herausbekommen können. Veränderungen wie ein solch ungeschickt abgestelltes Fahrzeug wurden von einigen der älteren Dorfbewohner sofort registriert und mit einer gewissen Ablehnung zur Kenntnis genommen. So konnte Peters herausbekommen, dass diese beiden Männer eine Ähnlichkeit mit den Gästen des Spa-Hotels hatten.

Es hatte wirklich lange gedauert, bis von Boyen bemerkt hatte, dass etwas in seinem Haus nicht stimmte. Es fing an, als ihm auffiel, dass der Verlauf, den sein Webbrowser anzeigte, nicht dem entsprach, in welcher Abfolge er die Webseiten am Vormittag angewählt hatte. Die

Seiten stimmten schon, aber er meinte sich zu erinnern, dass er sie in einer anderen Reihenfolge aufgerufen hatte. Beim Herunterfahren des PCs kam die Nachfrage, ob die Veränderungen der Einstellungen übernommen werden sollten, aber er entsann sich nicht, seit dem letzten Hochfahren des Gerätes überhaupt im Bereich der Einstellungen gewesen zu sein. Als er daran ging, seinen Schreibtisch aufzuräumen und die Akten und Bücher, die er in den nächsten Tagen nicht mehr brauchte, in die Regale zu verfrachten, da wunderte er sich, dass zwei Lücken in den Bücherreihen nicht der sonst so peinlich genau eingehaltenen Ordnung entsprachen. Normalerweise konnte er blind in die Reihen der Bücher und Ordner greifen, denn alles stand immer am selben Ort. Heute aber passte es in zwei Fällen eben nicht. Das war ihm noch nie passiert.

In der Stunde vor dem Zubettgehen, die er mit einem Bier auf der Terrasse verbrachte, ließ er sich die drei Beobachtungen ein weiteres Mal durch den Kopf gehen. War er in letzter Zeit etwas zerstreut gewesen, sodass er sich nicht mehr an alles erinnerte, was er getan hatte? Gab es irgendein Problem, das ihn derart besetzte, dass er manches wie in Trance gemacht hatte? Er kannte so etwas. Es hatte Phasen in seinem Leben gegeben, da hatte er nicht das Gefühl zu leben, sondern gelebt zu werden. Damals, als seine Tochter so schwer erkrankt war, die Ärzte nicht wussten, ob sie die Hirnhautentzündung in den Griff bekämen und auch nicht sagen konnten, ob Schäden zurückbleiben würden. Da hatten er und seine Frau sich am Bett des Kindes im Krankenhaus abgewechselt. Es war mitten im Semester und er konnte seine Veranstaltungen im Historischen Seminar nicht einfach ausfallen lassen. Ihm fehlte die Zeit zur Vorbereitung, er musste auf alte Aufzeichnungen zurückgreifen. Er war absolut unzufrieden mit der Arbeit, die er ablieferte, und er war völlig unkonzentriert, wenn er auf dem Katheder stand oder einem Seminar vorsaß, immer mit den Gedanken im Krankenhaus. Sechs Wochen hatte es gedauert, darüber war das Sommersemester vorbeigegangen, und als die Zeit der Abschlussprüfungen herankam, war er fix und fertig gewesen. Seine Tochter war gesund geworden, aber aus dem quicklebendigen Kind war ein langsames, fast apathisches geworden. Es brauchte Jahre der Förderung, bis sie zu ihrer alten Form zurückfand, eine Zeit, in der sie immer befürchten mussten, dass ihre Begabungen unter den Folgen jener schrecklichen Krankheit verschüttet blieben .

Nein, so war es jetzt nicht. Sein Leben lief in geordneten Bahnen. Er befand sich in einer Phase großer Schaffenskraft, würde sein neues Buch bald fertigstellen, hatte in Berlin einen viel beachteten Vortrag abgeliefert. Er vermisste zwar Anne Mathissen, aber zugleich erfüllte ihn der Gedanke an sie mit einem Gefühl tiefer Geborgenheit.

Wenn es nicht an ihm lag, dann blieb nur die Erklärung, dass sich jemand an seinem PC sowie seinen Büchern und Akten zu schaffen gemacht hatte. Aber dafür gab es sonst keine Anzeichen im Haus. Er hatte alle Fenster und Türen, auch die im Untergeschoss inspiziert, ob sie offen standen, schlecht verschlossen waren, oder ob er Spuren eines Einbruchs fand. Nichts. Er glaubte nicht an Geister und wusste auch, dass Teleportation in den Bereich von Science-Fiction gehörte. Also konnte er sich nicht erklären, wie es zu den Vorgängen gekommen war. Hätte es sich nur um Veränderungen am Computer gehandelt, dann konnte der von außen gehackt worden sein. Aber dass man Bücher verrückte, ohne sie zu berühren, das gehörte für ihn in den Bereich des Spiritismus, den er für Humbug hielt. Es war also jemand in seinem Haus gewesen, ohne Einbruchsspuren, und hatte sich in seinem Arbeitszimmer umgesehen. Vielleicht hatte er einen Nachschlüssel gehabt. Aber die einzigen drei Schlüssel für die Haustüre lagen dort, wo sie hingehörten, und die Haustür war abgeschlossen gewesen, als er vom Einkauf zurückkam.

Wer könnte ein so großes Interesse an seinem Computer und seinen Unterlagen haben, dass er in sein Haus eindrang und sich der Gefahr aussetzte, dabei ertappt zu werden? Ihm fiel niemand ein. Die Zeit, in der er mit den deutschen Geheimdiensten zusammengearbeitet hatte, war lange vorbei. Könnte eine späte Rache das Motiv für den Einbruch sein? Aber dann würde man nicht einbrechen und möglichst keine Spuren hinterlassen, sondern sein Haus verwüsten oder ihm selbst Schaden zufügen. Womit er sich jetzt beschäftigte, war allgemein zugänglich – seine Aufsätze und anderen Veröffentlichungen, auch seine Vorträge waren keine Geheimnisse. Es musste aber Menschen geben, die vermuteten, dass er etwas verheimlichte, das auszuspionieren sich lohnte. Diesem Irrtum konnten viele unterliegen, da war die Zahl der Möglichkeiten unbegrenzt.

Das Fazit seiner Überlegungen war, dass die Einbrecher ihr Ziel erreicht oder auch nicht erreicht, dass sie es aber keineswegs auf ihn als Person abgesehen hatten. Deshalb konnte er in Ruhe schlafen gehen. Dennoch ließ er alle Rollläden herunter und legte die Kette an der Haustüre ein, bevor er sich zu Bett begab. Die Polizei wollte er am folgenden Tag anrufen.

15

Klaus Scheller verbrachte die Nacht in der Polizeidirektion in Pirmasens und wartete auf einen Anruf des Polizeidirektors, vielleicht des Polizeipräsidenten oder ein Fax oder eine E-Mail. Peters hatte ihm die Zugangsdaten für seinen PC gegeben, würde sie aber bei nächster Gelegenheit gleich wieder ändern, um den Vorschriften Genüge zu tun. So konnte Scheller auch den Maileingang auf dessen Account überprüfen.

Die Zeit wurde ihm lang. Auch er versuchte, sich zunächst – wie vor ihm schon Peters – damit zu beschäftigen, die Akten auf seinem Schreibtisch wegzuarbeiten. Aber irgendwann fiel ihm das so schwer, dass er beschloss, Fernsehen zu schauen. Sie hatten einen Apparat im Büro, aber das Samstagabendprogramm entsprach nicht ganz seinen Interessen. Am späteren Abend waren auf fast allen Sendern Talkshows, aber nicht alle Gäste waren unterhaltsam und geistreich. Auf dem Zweiten gab es irgendwann die Wiederholung einer Folge des ‚Traumschiffs‘. »Lass schöne Menschen in schöner Landschaft schöne Dinge tun«, soll ein Regisseur einmal gesagt haben, »dann sind die Zuschauer zufrieden.« Scheller war so zufrieden, dass er während der Sendung einschlief, obwohl er sich alle Mühe gab, dies nicht zu tun.

Als er wieder aufwachte, lief gerade eine Eisenbahnfahrt durch die Schweizer Alpen. Er fragte sich, wer sich so etwas um diese Zeit – es war gegen drei Uhr morgens – freiwillig anschaute, und schaltete den Fernseher ab. Er ging in die kleine Küche, um sich einen Kaffee zu machen und nach verbliebenen Keksen zu suchen. Da hörte er ein »Ping« an Bernd Peters Computer und dann auch an seinem. Vielleicht käme endlich eine Nachricht aus Berlin.

Er lief zurück zum Schreibtisch und öffnete die E-Mail. Es war aber nur eine dieser Schrottmails, die ihn auf eine Seite mit Sexangeboten von angeblich willigen Frauen in seiner Nähe lenken wollte. Interessant war immerhin, dass als Absender Jennys Computer angegeben war. Jenny und Sex, das erschien ihm zwar durchaus kompatibel, aber hier hatte sich wohl mal wieder jemand ihre Mailadressen unter den Nagel gerissen, um solche Einladungen zu verschicken. Wahrscheinlich würde es seinen Computer mit einem Virus infizieren, wenn er auf den in der Mail angegebenen Link klickte. Also löschte er die E-Mail sofort und fragte sich, ob gleichzeitig vielleicht auch Mails mit seinem Absender verschickt würden und welchen Inhalt die wohl hätten. Bei seinem Ruf unter den Kollegen würden einige das wahrscheinlich nicht so schnell als Spammail identifizieren. Aber er beruhigte sich mit der alten Erkenntnis: Ist der Ruf erst ruiniert, lebt sich's völlig ungeniert.

Die Nacht wurde lang. Er zückte sein Handy und versuchte es mit einem der Spiele, die er installiert hatte. Er hatte es schon so oft gespielt, dass er mindestens auf Level 5 gehen musste, um nicht ständig zu gewinnen. Heute Nacht aber verlor er gegen die kleine Maschine bereits auf Level 3. Er war eben müde und fragte sich, ob das freiwillige Angebot, die Nachtschicht zu übernehmen, nicht nur freundlich, sondern auch blöd gewesen war. Wie schön wäre es zu Hause im Bett oder in seiner Lieblingskneipe. Aber Peters war wirklich ein guter Kollege und ein Vorgesetzter, der sich immer vor ihn gestellt hatte, wenn einmal etwas schief gelaufen war. Das passierte zwar von Jahr zu Jahr seltener, aber es kam gelegentlich noch vor. Dann ging nichts nach draußen. Nur so war zu erklären, dass der Polizeidirektor ihn zwar für einen Frauenheld hielt, über seine beruflichen Fähigkeiten jedoch nichts kommen ließ. Er hatte Peters einiges zu verdanken, und also war es richtig gewesen, ihm dieses Angebot zu machen. Auch wenn ihm jetzt die Augen in dem von den Bildschirmen nur schwach beleuchteten Raum immer wieder zufielen und er dieses Entgegenkommen fast bereute.

Er hatte die beiden Männer nicht bemerkt, bis sie vor ihm standen. Den beiden ging es mit ihm wohl genauso.

Er sah zwei große Schatten, erkannte die Gesichter nicht, spürte einen starken Schmerz an seinem Kopf und erinnerte sich später nur noch an seltsame Träume von durchzechten Nächten und morgendlichen Kopfschmerzen.

Bernd Peters wachte auf, als sein Handy klingelte. Seine Nacht hatte schön begonnen und war in einen tiefen, erholsamen Schlaf übergegangen. So könnte also jede Nacht sein, wenn sie zusammenziehen würden, wenn sie sich endlich entscheiden könnten, ob bei mir oder bei dir, ob bei ihm oder ihr. Wobei eigentlich nur das ‚bei ihr‘ infrage kam, denn sie musste in diesem Pfarrhaus wohnen. Vielleicht war er zu träge, die langen Autofahrten auf sich zu nehmen. Oder es war die Befürchtung, er könnte irgendwann einmal zu spät bei einem Einsatzort ankommen, weil seine Anfahrt aus Schönbach zu lang gewesen war. Aber Scheller war auf einem guten Weg, ein verlässlicher Kollege zu werden, und er zeigte keine Ambitionen, aus Pirmasens wegzuziehen. Vielleicht würde es genügen, wenn er am Ort der Polizeidirektion wohnte. Aber noch hatte Scheller nicht seine Frau fürs Leben gefunden, und wer weiß, wo es ihn dann hinzöge.

Diese Gedanken hatte er sich in letzter Zeit immer wieder gemacht, aber er verwarf sie sofort, als er die grüne Taste des Handys gedrückt hatte.

»Ich dachte, Sie sind im Büro«, sagte der Polizeidirektor mit einem vorwurfsvollen Ton.

»Scheller hat Stallwache. Er ist dort«, antwortete Bernd Peters.

»Und warum geht er dann nicht ans Telefon?«

»Weiß ich im Moment auch nicht.«

»Halten Sie es wirklich für richtig, Scheller eine solch verantwortungsvolle Aufgabe zu übertragen?«, hörte er aus dem kleinen Lautsprecher.

»Scheller ist ein zuverlässiger Kollege, Chef«, sagte Peters.

»Das behaupten Sie immer wieder. Aber warum geht er dann nicht ans Telefon?«

»Ich werde das klären. Sofort.«

»Okay, machen Sie das. Weshalb ich versucht habe, Sie zu erreichen: Wir haben eine offizielle Antwort aus Berlin. Eine vorläufige auf jeden Fall. Die drei gesuchten Personen wurden gefunden. Es spricht viel dafür, dass alle drei zum weißrussischen Geheimdienst gehören oder aus dessen Umfeld stammen. Das gibt dem Ganzen vielleicht eine neue Richtung.«

»Möglich«, sagte Peters, »ich werde mich sofort darum kümmern.«

»In ungefähr einer Stunde wird ein Fax in Ihrem Büro ankommen. Das erschien den Kollegen aus Berlin sicherer als eine E-Mail. In letzter Zeit sollen einige Spaßvögel in unseren Polizeiserver eingedrungen sein und Spammails mit unseren Absendern verschickt haben. Das Internet ist den Kollegen nicht sicher genug.«

»Prima, vielen Dank. Ich spreche mit Scheller und melde mich dann in ungefähr zwei Stunden wieder bei Ihnen, wenn es Ihnen recht ist.«

»Ist mir recht, und nichts für ungut. Trotz allem – einen schönen Sonntagmorgen«, schloss der Polizeidirektor seinen Anruf.

Peters wählte sofort Schellers Nummer, aber niemand meldete sich. Dann versuchte er es mit seiner eigenen Durchwahl und auch auf Schellers Handy. Nichts.

Er sprang aus dem Bett. Barbara schaute ihn fragend an.

»Mit Scheller stimmt was nicht. Er geht nicht ans Telefon. Ich muss sofort nach Pirmasens.«

»Ich muss auch gleich an die Arbeit«, sagte Barbara. »Melde dich einfach, wenn du einmal Zeit hast. Ich liebe dich.«

»Dann kann dieser Tag kein schlechter Tag werden«, sagte Bernd, sprang in seine Hose und lief zum Wagen.

Was war nur mit Scheller los? Diese Frage verfolgte ihn die ganze Fahrt. Am Sonntagmorgen ging es im Dahner Felsenland schneller voran als sonst. Keine Traktoren, keine Ausflügler und die verrückten Motorradfahrer waren noch nicht unterwegs. Nur auf die Wildtiere musste man achten, sonst konnte es schnell zu Ende sein mit der Fahrt.

Er stand nach 45 Minuten in seinem Büro. Scheller lag auf dem Boden. Der sah unverletzt aus, aber er stöhnte, als hätte er Schmerzen. Peters zog ihn hoch und lehnte ihn an den Schreibtisch. Anschließend wählte er den Notruf und bestellte einen Rettungswagen mit Notarzt. Dann wandte er sich wieder Scheller zu und untersuchte ihn. Er entdeckte einen Bluterguss an der linken Schläfe. Entweder war er gefallen oder jemand hatte ihm einen Schlag versetzt. Aber wer sollte das gewesen und wie sollte der hier hereingekommen sein? Die Pforte der Polizeidirektion war Tag und Nacht besetzt, da kam man nicht so einfach hinein. Scheller würde es ihm sagen können, wenn er wieder bei sich wäre. Der Rettungswagen fuhr unüberhörbar vor und eine Minute später war der Arzt im Büro. Scheller wurde auf eine Tragbahre gelegt und ins Krankenhaus gebracht.

Peters schaute auf das Faxgerät, aber es war noch nichts angekommen. Er untersuchte das Büro auf Hinweise darauf, dass jemand eingedrungen und etwas gesucht hatte. Nichts. Alles war wie immer, nur Schellers Schreibtisch war etwas aufgeräumter als sonst. Vermutlich hatte auch er die Nachtwache zum Teil dazu genutzt, alte Akten wegzuarbeiten. Er untersuchte die beiden PCs, aber auf den ersten Blick war nichts zu entdecken, was darauf hinwies, dass sich jemand daran zu schaffen gemacht hatte.

Dann ratterte das Faxgerät. Es kam nur ein Blatt heraus. Darauf waren die drei Fotos zu sehen, die sie nach Berlin geschickt hatten, neben jedem ein Name und die Bemerkung »Geheimdienst Belarus«. Mehr nicht. Neben Ludmillas Foto war vermerkt: Ekatarina Skidan. Neben denen der Männer standen die Namen Andrej Jukewitsch und Ilja Chudyg. Nun hatte er also die Klarnamen und einen Hinweis auf die Geheimdiensttätigkeit der drei.

Peters widerstand dem augenblicklich in ihm aufkommenden Drang, sofort nach Ludwigswinkel zu fahren und sich die beiden Männer vorzunehmen. Es wäre klüger, erst nachzudenken. Jetzt fehlte ihm Scheller als Gesprächspartner. Sollte er sich an den Polizeidirektor wenden? Auf jeden Fall musste er ihn informieren.

Gerade als er zum Hörer greifen wollte, klingelte sein Handy. Es war Alfred von Boyen.

»Hallo Bernd, hier ist Alfred.«

»Guten Morgen, was gibt es so früh am Sonntag?«

»Ich hoffe, ich habe dich nicht aus dem Bett geklingelt.«

»Schön wär's. Ich bin schon im Büro. Scheller ist verunglückt oder überfallen worden. Er ist bewusstlos und auf dem Weg ins Krankenhaus.«

»Ich wollte dir sagen, dass gestern bei mir eingebrochen worden ist. Auf jeden Fall spricht viel dafür. Wahrscheinlich über Mittag, als ich zum Einkaufen war. Ich habe es aber erst am Abend gemerkt. Jemand war an meinen Akten und wohl auch an meinem Computer.«

Die Computer, dachte Peters. War jemand an ihren Rechnern hier im Büro gewesen?

»Woran hast du das gemerkt?«

»Der Verlauf des Webbrowsers entsprach nicht der Reihenfolge, in der ich die Seiten aufgerufen hatte. Auf jeden Fall erinnere ich mich an eine andere Reihenfolge.«

»Und sonst war nichts?«

»Bei den Akten und Büchern war etwas verstellt, aber es gibt keine Anzeichen eines Einbruchs im Haus. Ich wollte dich gestern Abend nicht mehr stören und rufe deshalb erst jetzt an.«

»Okay, dann komme ich, sobald ich hier weg kann. In einer guten Stunde werde ich bei dir sein.«

»Dann werde ich in der Kirche sein. Ich habe heute Dienst als Kirchendiener. Ich lege dir aber einen Schlüssel zwischen die Stapel des Brennholzes in der Garage, ganz am Ende, hinten beim Fenster.«

»In Ordnung. Dann habe ich noch ein bisschen Zeit. Bis später.« Er wollte schon auflegen, da fiel ihm noch ein: »Und grüße Barbara von mir. Ich musste heute Morgen ziemlich schnell weg.«

Sein Sonntag würde ganz anders verlaufen als der von Alfred und Barbara. Die beiden würden heute zwei Gottesdienste halten, mit den anderen Gottesdienstteilnehmern beten und singen und Zeit haben, über sich und ihr Leben nachzudenken. Diese Zeit fehlte ihm oft, und er hatte sich bereits darauf gefreut, heute zumindest in einen der beiden Gottesdienste mitzugehen. Er würde sich selbst nicht gerade als frommen Menschen und guten Christen bezeichnen, aber diese eine Stunde in der Woche am Sonntagmorgen, die hatte ihm schon manches Mal gutgetan, auch wenn er sich an die Lieder und die manchmal etwas altertümliche Sprache der Bibelübersetzung erst gewöhnen musste. Vielleicht machte es auch Sinn, das Besondere nicht in alltäglichen Worten auszudrücken. Andererseits wäre für viele der Zugang zu dem, was in den Gottesdiensten passierte, sicher leichter, wenn man sich nicht erst an die Orgelmusik und die alten Lieder gewöhnen müsste. Dann würden vielleicht einmal Menschen kommen, für die die Gottesdienste eigentlich wie eine fremde Welt waren.

Irgendwie schien ihm Barbara auch nicht in diese manchmal verstaubt wirkende Welt zu passen. Sie war eine moderne, sehr attraktive Frau. Man merkte ihr an, dass ihre Überzeugungen auf einer soliden inneren Basis aufgebaut waren, aber sie war in keiner Weise von gestern. Sie liebte die Menschen, und sie schien diesen Gott zu lieben, von dem sie immer wieder sprach. Wobei ihm das Wort ,lieben' im Zusammenhang mit Gott unpassend vorkam. Man konnte Menschen lieben, vielleicht auch Tiere und manche Dinge – aber Gott? Wie sollte man etwas lieben können, das man nicht sah? Manche sagten, sie liebten ihre Heimat, oder sie liebten die Ehrlichkeit, sie liebten die Gemeinschaft von Freunden oder ihren Beruf. Lieben konnte viel bedeuten. Manchmal gab es wohl kein besseres Wort.

Bevor er losfuhr, rief er den Polizeidirektor an und berichtete ihm. Der hörte sich alles an und bat darum, sofort informiert zu werden, falls sich irgendwelche neuen Erkenntnisse ergäben. Außerdem riet er Peters zur Vorsicht und legte ihm nahe, den beiden Männern gegenüber nicht durchscheinen zu lassen, dass er ihre wahre Identität kannte. Sobald dies geschehen müsste, wäre eine Zusammenarbeit mit dem BND unbedingt notwendig, und er solle keine Alleingänge unternehmen. Peters sagte alles zu und bestellte dann die Spurensicherung nach Gebüg, damit sie sich das Haus und den PC von Alfred von Boyen einmal genauer anschauten.

Als er in Gebüg eintraf, war Alfred von Boyen tatsächlich noch nicht von den Gottesdiensten zurück. Er öffnete das Garagentor und schaute im hinteren Teil der sorgfältig an der Wand aufgeschichtete Brennholzscheite nach dem Schlüssel, den er schnell fand. Er ging erst einmal um das Haus herum und suchte nach Einbruchsspuren. Aber auch er fand nichts. Er sah sich das Schloss der Haustür genauer an, konnte aber dort nichts entdecken. Dann schloss er auf und ging hinein. Dieses Haus hatte eine ganz eigene Atmosphäre, modern gebaut als Bungalow mit einer Einliegerwohnung im Untergeschoss, mit großen Fensterflächen im Wohnzimmer, das von einem Kachelofen mit hellblauen Kacheln dominiert wurde. Hellblau waren auch die Fensterrahmen, die Türen in Weiß gehalten, die Wände weiß, sodass alle farblichen Wirkungen vom Ofen und den harmonisch darauf abgestimmten Einrichtungsgegenständen ausgingen. Die Räume strahlten Ruhe und Frische aus, sie hatten nichts Bedrückendes oder Einengendes. Und dann dieser Blick über das Tal, der ein Gefühl von Freiheit aufkommen ließ. So würde er auch wohnen wollen, wenn er sich einmal eine neue Bleibe suchen sollte. Aber seine nächste Wohnung könnte das Pfarrhaus in Schönbach sein, nicht ganz so harmonisch in seinen Proportionen und ohne diesen Blick in die Ferne. Auch da würde er gerne wohnen.

Er ging hinauf ins ausgebaute Dachgeschoss, in dem Boyen sein Arbeitszimmer hatte, mitten drin ein Schreibtisch vor einem großen Dachausschnitt, der einen fast noch atemberaubenderen Blick ins Tal bot als das Wohnzimmer. Regale mit Büchern und Akten, an den Giebelwänden ein paar Bilder von Alfreds Frau und seinen erwachsenen Kindern, die in anderen Teilen der Welt wohnten. Hier herrschte die Ordnung eines präzise arbeitenden Wissenschaftlers. Der Handapparat mit den meistgebrauchten Büchern und Akten auf einem kleinen Regal neben dem Schreibtisch. Der war aufgeteilt in die drei Bereiche für Notizen, Tastatur mit Monitor sowie die fertigen Manuskriptseiten. Die Regale waren beschriftet und nach Epochen und Regionen geordnet. Auf einem kleinen Tisch standen ein Glas und eine Wasserflasche, eine leer getrunkene Kaffeetasse sowie drei Pfeifen und eine Tabaksdose samt Zubehör. Es roch nach alten Büchern, ein wenig nach Staub, und auch ein Hauch von Tabakdunst schien in der Luft zu liegen. Hier also arbeitete der Kopf von Alfred von Boyen, und seine Finger gaben die Ergebnisse in den Computer ein.

Die Spurensicherung würde den PC erst untersuchen können, wenn er ihn mit seinem Passwort freigegeben hätte. Bis dahin würde es noch ein wenig dauern. Also bat Peters die Kollegen, als sie nach kurzer Zeit eintrafen, sich erst einmal das Gebäude auf Einbruchsspuren hin anzuschauen. Er selbst machte sich auf den Weg ins Dorf in der Hoffnung, jemanden zu finden, der vielleicht am Samstagmittag etwas gesehen hatte.

Besonders fleißige Kirchgänger waren die Einwohner vom Gebüg nicht, denn er traf in fast jedem Haus jemanden an. Man begrüßte ihn überwiegend mit skeptischen Blicken und meistens hatte man nichts gesehen. Alle kannten selbstverständlich den Mann in dem Haus am Ende des Tannenwegs, aber nur wenige konnten seinen Namen richtig aussprechen. Viel Kontakt hatten sie nicht zu ihm. Die unmittelbaren Nachbarn erzählten davon, dass er sie schon einmal zum Kaffee eingeladen hatte, was man gerne angenommen hatte, weil jeder wissen wollte, wie es denn in diesem Haus aussah. Sie hatten ihn immer mal wieder auf ein Feierabendbier eingeladen, und manchmal war er gekommen. Wie man die meiste Zeit des Tages an einem Schreibtisch verbringen konnte, war ihnen jedoch rätselhaft geblieben.

Erfolg hatte Peters erst, als er zu den Häusern an der unteren Dorfstraße kam. Dort konnte ihm ein alter Mann, der bis zu seinem fünfundsechzigsten Lebensjahr in einer Schuhfabrik in Hauenstein gearbeitet hatte, die es inzwischen aber nicht mehr gab, von einem dunklen großen Benz berichten, der lange auf der Straße gestanden hätte.

Gerade da, wo man nicht halten sollte. Der Mann hatte auch gesehen, wie schwierig es für den Busfahrer der Linie nach Dahn gewesen war, an dem Auto vorbeizukommen. Aber die beiden in dem Wagen rührten sich nicht. Er beschrieb sie als Männer so um die vierzig mit einem eigentümlich starren Blick. Von der Nachbarin erfuhr Peters dann noch, dass sie gesehen haben wollte, wie einer der beiden ein Fernglas gehabt habe, das er immer wieder an die Augen setzte, um sich die Gegend anzuschauen. Es war ihr jedoch nicht aufgefallen, dass er etwas Bestimmtes beobachtet hätte. Sie hatte den Eindruck, die beiden hätten auf jemanden gewartet und vertrieben sich die Zeit. Irgendwann gegen Mittag seien sie dann weggefahren Richtung Petersbächel. Danach hätte sie sie nicht mehr gesehen.

Die beiden Männer könnten Andrej Jukewitsch und Ilja Chudyg gewesen sein. Der Empfangschef des Hotels hatte von einem großen dunklen Mercedes-Benz G Typ berichtet, den die beiden sich gemietet hatten. Sicher war dies jedoch nicht. Wenn sie gegen Mittag nach Petersbächel gefahren waren, dann konnten sie es nicht gewesen sein, die in das Haus von Alfred von Boyen eingedrungen waren.

Bernd Peters ging zurück. Der Asphalt des Tannenwegs endete kurz vor der Einfahrt von Alfred von Boyens Haus, dann schien die offizielle Straße aufzuhören und in einen Waldweg überzugehen. Peters ging weiter. Der Weg wurde holprig, blieb aber befahrbar. Auch führte er nicht in den Wald hinein, wie Peters vermutete, sondern verlief am Waldrand oberhalb des Tales. Peters lief immer weiter und wollte schon umdrehen, als er meinte, ein Ende des Weges zu sehen. Also ging er noch die letzten hundert Meter und entdeckte, dass dieser Waldweg an seinem angeblichen Ende wieder in die Kreisstraße mündete. Er lief bis dorthin und drehte sich um. Von der Kreisstraße aus sah es auch so aus, als führte der Weg in den Wald, aber eigentlich war er eine weitere, wenn auch inoffizielle Zufahrt in den Ort. Die beiden Männer hätten von Petersbächel aus nur wieder Richtung Fischbach fahren müssen, um dann über diesen Weg von hinten an von Boyens Haus heranzukommen, ohne dass sie jemand bemerkt hätte. Also kamen sie nach wie vor für den Einbruch infrage.

Er ging zurück zum Haus und bemerkte von Boyens alten Rover in der Einfahrt.

16

Das Erste, was Klaus Scheller sah, als er aufwachte, war das Gesicht einer hübschen polnischen Krankenschwester. Dieser Anblick ließ ihn fast die Kopfschmerzen vergessen, die ihn schon durchzuckt hatten, bevor er noch die Augen öffnen konnte. Vor ein paar Jahren hätte er als Erstes gefragt: »Haben Sie heute Abend schon etwas vor?«, aber diese Leichtigkeit war verloren gegangen, und er sagte nur: »Haben Sie etwas gegen diese schrecklichen Kopfschmerzen?«

Die Krankenschwester lächelte ihn an und meinte: »Die Ärztin kommt gleich.« Dann verließ sie den Raum und Scheller war wieder alleine. Er versuchte, sich zu erinnern, was gewesen war. Langsam kehrten die Bilder zurück – die Nacht im Büro, die Zugfahrt durch die Schweizer Alpen, die beiden Schatten und dann der Blackout. Wie waren die beiden Männer nur in die Polizeidirektion gekommen und wie hatten sie ihn gefunden? Die Pforte war vierundzwanzig Stunden am Tag besetzt. Sie hatte eine Schleuse, da kam man nicht so ohne Weiteres rein. Sie mussten an irgendeiner anderen Stelle ins Haus gelangt sein, aber das war nahezu unmöglich. Wer waren die beiden gewesen und was hatten sie von ihm gewollt?

Die Ärztin kam ins Zimmer. Sie sah müde aus, als hätte sie eine lange Schicht hinter sich, schaute ihn an und fragte: »Wie geht es Ihnen?«

»Sagen Sie's mir«, antwortete Scheller. »Ich habe vor allem höllische Kopfschmerzen.«

»Jemand muss Ihnen einen kräftigen Schlag an die linke Schläfe versetzt haben, und dann haben Sie das Bewusstsein verloren. Ich werde Ihnen jetzt über den Tropf etwas gegen die Schmerzen geben, aber Sie sollten noch ein paar Stunden ruhig liegen bleiben.« Sie nahm eine Spritze von einem Tablett und drückte deren Inhalt in den Beutel mit der Infusion.

»Ich muss meinen Chef anrufen«, sagte Scheller. »Der muss Bescheid wissen.«

»Ihre Dienststelle ist informiert. Schließlich wurden Sie in Ihrem Büro überfallen. Sie brauchen jetzt nur noch etwas Geduld.« Die Ärztin strich ihm beruhigend über den Arm, was seine Wirkung nicht verfehlte. Schellers spontaner Anfall von Pflichtbewusstsein wich einer wohligen Entspannung. Vielleicht war es auch die Wirkung des Medikamentes, das die Ärztin in die Infusion injiziert hatte. Er schloss die Augen und begann zu dösen.

»Ich bin hier aber doch im Krankenhaus, oder?«, war das Letzte, was er sagen konnte. Die Antwort hörte er schon nicht mehr.

Die Fachleute von der Spurensicherung machten ein Back-up der Dokumente auf von Boyens PC und nahmen ihn dann mit. Die Programme und Hilfsgeräte, um den Computer genau zu analysieren, hatten sie nur in ihren Räumen im Polizeipräsidium in Kaiserslautern. Sie versprachen, das Gerät so schnell wie möglich wieder zurückzubringen.

»Dann hast du heute eine Zwangsarbeitspause«, sagte Peters zu von Boyen. »Ich hoffe, du Workaholic wirst das überstehen.«

»Keine Angst, ich finde immer Arbeit, auch ohne PC«, war die Antwort. »Da warten schon seit Tagen ein Buch und zwei Aufsätze darauf, gelesen zu werden.«

Für die Einwohner von Gebüg war dies ein besonders interessanter Sonntag. So viele weiß gekleidete Männer und Frauen hatte man hier noch nie gesehen. Die Mitarbeiter der Spurensicherung hatten den Tannenweg unterhalb des Hauses absperren müssen, um die Menschen davon abzuhalten, überall herum zu laufen. Die standen nun an den Zäunen rings um das Grundstück, diskutierten miteinander und versuchten etwas zu erspähen. Im Laufe der Stunden waren Autos aus den Nachbarorten dazugekommen, die wild an der Durchfahrtsstraße parkten und ihre Insassen zu der Schar der Schaulustigen entlassen hatten.

»Es wird Zeit, dass wir fertig werden«, meinte Peters zu von Boyen. Sonst ist deine Ruhe, die du hier gesucht hast, völlig dahin.«

»Ich befürchte, wenn ihr weg seid, werde ich viele neue Menschen kennenlernen, die an meiner Haustür klingeln und wissen wollen, was denn los gewesen ist.«

»Dann gehst du am besten jetzt gleich zu ihnen hin und sagst es. Vielleicht ist danach ihre Neugier befriedigt«, meinte Peters.

Gesagt, getan, von Boyen ging zur Absperrung und teilte den Leuten mit, dass man sein Haus daraufhin untersuche, ob eingebrochen worden sei, dass sie sich aber keine Sorgen machen müssten, es sei nichts abhandengekommen und es gäbe keinen Anlass anzunehmen, dass die möglichen Einbrecher zurückkehrten und sich eine andere Wohnung vornähmen. Die Mitteilung sorgte für eine gewisse Beruhigung, aber man machte sich dennoch so seine eigenen Gedanken über diesen Mann, der ziemlich zurückgezogen lebte und bei dem die Polizei und die evangelische Pfarrerin ein und aus gingen. Von Boyen war klar, dass er in Zukunft etwas für seinen guten Ruf im Ort tun müsste, sich vielleicht etwas mehr einbringen. Die soziale Kontrolle war intensiv, und es konnte bekanntlich der Frömmste nicht in Frieden leben, wenn es seinem bösen Nachbarn nicht gefiel – und mit bösen Nachbarn musste man immer rechnen.

Er ging zurück zu Peters und fragte: »Hast du schon etwas von Scheller gehört?«

»Nein leider nicht. Ich habe im Krankenhaus angerufen, aber man hatte ihn noch nicht im System und konnte mir nicht sagen, auf welcher Station er liegt. Auch da ist Sonntag.«

»Kannst du nicht jemanden hinschicken, der nach ihm schaut?«, fragte Boyen.

»Das kann ich nachher auch selbst machen. Mir wäre es lieber, ich könnte mit dir noch einmal die ganze Angelegenheit durchgehen. Vielleicht bei einer Tasse Kaffee, die könnte ich jetzt gebrauchen. Wir haben nämlich Informationen aus Berlin bekommen, die ich erst verarbeiten muss.«

Die Spurensicherung zog ab. Sie hatten wie befürchtet, nichts gefunden. Sofort, als von Boyen angekommen war, hatte man seine Fingerabdrücke eingescannt und bei einem ersten Vergleich der Abdrücke an der Tür und am Schreibtisch nichts entdeckt, was auf die Anwesenheit anderer Menschen hindeutete. Sie wollten den PC noch auf DNA Spuren untersuchen, aber das würde dauern. Das Schloss der Haustüre war völlig unversehrt, alles deutete auf einen Nachschlüssel hin. Dessen Anfertigung konnte sich von Boyen nicht erklären, denn er hatte seinen Schlüssel immer in der Tasche gehabt und die beiden anderen waren im Haus gewesen. Also blieb nur noch Lockpicking übrig, das professionelle Aufschließen des Schlosses, ohne es zu beschädigen. Das musste man können und es brauchte die richtigen Instrumente. Die durchschnittlichen Einbrecher hebelten lieber Fenster oder Türen auf, weil das an nicht einsehbaren Stellen geschehen konnte. Haustüren waren meist für andere einsehbar. Die von Alfred von Boyens Haus aber nicht. Die Einbrecher mussten die Lage vorher gut ausgekundschaftet haben. Das waren Profis gewesen. Andrej Jukewitsch und Ilja Chudyg waren Profis.

»Die beiden Männer aus dem Hotel heißen Andrej Jukewitsch und Ilja Chudyg und arbeiten beim Geheimdienst von Belarus. Das kam vorhin mit einem Fax aus Berlin. Deine Bemühungen haben sich gelohnt. Herzlichen Dank!«

Peters und von Boyen saßen im Wohnzimmer, jeder einen großen Kaffee vor sich.

»Ich wollte sie mir eigentlich gleich vorknöpfen«, fuhr Peters fort, »aber das wäre wohl nicht so klug. Außerdem wissen wir jetzt auch, dass Ludmilla nicht Ludmilla hieß, sondern Ekatarina Skidan, und auch sie arbeitete immer mal für den weißrussischen Geheimdienst. Das alles wissen wir jetzt, aber was hilft es uns in unserem Mordfall?«

Von Boyen stopfte sich nachdenklich eine Pfeife und zündete sie an. Er hoffte, so besser nachdenken zu können.

»Du hast recht, es hilft uns nicht viel. Es eröffnet lediglich eine Unmenge neuer Möglichkeiten für das Mordmotiv. Das könnte leicht eine Nummer zu groß für uns werden.«

»Wir müssten herausfinden, was Ludmilla – oder vielmehr Ekatarina – in dem Hotel wollte. War sie auf jemanden angesetzt, und wenn ja, auf wen? Sollte sie eine Akti-

194

on vorbereiten, die dann von den beiden Männern durchgeführt werden sollte? Warum sind die Kerle hier eingebrochen?«, fragte sich Peters.

»Wenn sie auf jemanden angesetzt worden war, so musste der nicht unbedingt in dem Hotel sein. Es käme auch einer der Camper infrage. So ein Campingplatz ist ein gutes Versteck.«

»Wir haben es hier mit Profis zu tun. Auch Ekatarina war ein Profi. Wenn sie etwas herausfinden oder vorbereiten wollte, so wird sie das so geschickt gemacht haben, dass wir dem nur schwer auf die Spur kommen.«

Von Boyen nickte: »Außerdem müssen wir überhaupt nicht annehmen, dass sie etwas Ungesetzliches vorhatte. Wenn der weißrussische Geheimdienst hier aktiv wird, so kann das etwas mit Spionageabwehr zu tun haben. Dass sie also jemandem auf der Spur waren, den sie für einen Spion hielten, der Belarus schaden könnte. Dann hätte dieser jemand Ekatarina ermordet, damit seine Deckung nicht auffliegt. Das muss noch nicht einmal gegen die Interessen der Bundesrepublik verstoßen, wenn es sich nicht gerade um einen Mitarbeiter oder eine Mitarbeiterin des BND handelt. In dem Hotel arbeiten so viele Menschen aus Osteuropa, da könnte eine ganz andere Nation im Spiel sein.«

»Vielleicht sollten wir noch einmal das Zimmer von Ludmilla durchsuchen. Wir hatten nichts gefunden, aber wenn sie ein Profi ist, wird sie Unterlagen oder vielleicht ein zweites Handy gut versteckt haben.«

»Wenn etwas in ihrem Zimmer war, so wird es jetzt nicht mehr dort sein«, wandte Alfred von Boyen ein. »Ich bin sicher, dass die beiden Männer bereits alles durchsucht haben. In ein Zimmer einzudringen, ohne Spuren zu hinterlassen, ist für die ein Kinderspiel. Außerdem glaube ich nicht, dass sie etwas in ihrem Zimmer versteckt hatte.

Das Gelände des Hotels bietet genügend Verstecke, auf die niemand so schnell kommt.«

»Also müssten wir alles durchsuchen?!«

»Ja, eine intensive Durchsuchung von Haus und Umgebung.«

»Dazu brauchen wir viele Mitarbeiter.«

»Die dir dein Chef unter diesen Umständen genehmigen wird«, sagte Alfred.

»Was machen wir mit den beiden Männern?«

»Wir ignorieren sie. Wir tun so, als würden wir sie für das halten, als was sie sich ausgeben. Wir tun so, als hätten wir sie nicht in Verdacht, in mein Haus eingedrungen zu sein. Das hat zwei Vorteile: Einmal fühlen sie sich sicher, und wir können beobachten, was sie weiter vorhaben. Und außerdem vermeiden wir die diplomatischen Verwicklungen, vor denen dein Chef zu Recht Angst hat. Wir sollten sie gewähren lassen. Bis jetzt haben sie niemandem geschadet.«

»Es wird nicht ganz leicht sein, sie zu beschatten. Das sind Profis. Denen fällt jede Kleinigkeit auf.«

»Wenn sie bemerken, dass sie beschattet werden, ist das vielleicht gar nicht so schlimm«, meinte Alfred von Boyen. »Sie werden dann allerdings so vorsichtig sein, dass die weitere Beschattung sehr schwierig werden wird. Sie haben das Katz und Maus Spiel mit uns angefangen. Sie werden erwarten, dass wir es umzudrehen versuchen.« Er machte eine Pause und zog ein paar Mal an seiner Pfeife. »Wir dürfen allerdings niemals die direkte Konfrontation in Kauf nehmen oder gar suchen. Deine Leute müssen sich zurückziehen, sobald sie den Eindruck haben, entdeckt worden zu sein. Dann muss eben ein anderer die Arbeit übernehmen. Die beiden müssen den Eindruck gewinnen, dass sie uns haushoch überlegen sind. Vor allem aber darfst du selbst sie nur als die behandeln, die sie gerne sein wollen.«

Die beiden diskutierten noch eine Weile weiter, bis die Kaffeetassen geleert waren. Peters wollte sich gerade verabschieden, als sein Handy klingelte. Der Polizeidirektor.

»Wie geht es Scheller?«, fragte der nur.

»Scheller müsste im Krankenhaus sein. Ich habe ihn noch nicht erreicht.«

»Wo sind Sie jetzt?«

»Im Haus von Professor von Boyen. Bei ihm wurde aller Wahrscheinlichkeit nach eingebrochen. Das waren Profis. Es ist nicht auszuschließen, dass es die beiden weißrussischen Agenten waren. Die haben sich zur fraglichen Zeit hier im Ort aufgehalten.«

Am anderen Ende der Verbindung war es still. Dann hörte Peters den Polizeidirektor sagen: »Mist, das gefällt mir gar nicht. Ich hatte gehofft, wir würden mit den beiden nichts zu tun bekommen. Was wollen Sie weiter unternehmen?«

»Ich möchte die beiden nicht befragen, sondern sie beschatten lassen.«

»So unauffällig wie möglich«, kam die Anweisung aus dem Hörer.

»So unauffällig wie möglich«, bestätigte Peters. »Aber wie Sie richtig gesagt haben, das sind Profis. Ich brauche dazu besonders gute Leute.«

Keine Antwort.

»Außerdem möchte ich das Hotel und das Gelände drumherum durchsuchen lassen. Wenn Ekatarina alias Ludmilla für den weißrussischen Geheimdienst arbeitete, finden wir vielleicht irgendwo doch noch etwas von ihr, auch wenn in ihrem Zimmer nichts war. Ein Versteck, ein toter Briefkasten oder was weiß ich. Wir können den Mörder nur finden, wenn wir wissen, weshalb sie in dem Hotel unter einem Decknamen gearbeitet und was sie gesucht hat.«

»Mmmh.«

»Ich brauche also einen Durchsuchungsbeschluss und eine große Mannschaft.«

»Mmmh.«

»Chef?«

»Ja!«

»Sie haben mir zugehört?«

»Selbstverständlich. Ich habe mich nur gefragt, ob das notwendig ist und ob es andere Möglichkeiten gibt?«

»Wir werden mit keinem Ton verlauten lassen, was wir über Ludmilla wissen. Auch die Durchsuchungsmannschaft soll nichts erfahren. Wir suchen einfach nach Spuren in diesem Mordfall. Wir kennen ja bis jetzt noch nicht einmal den Tatort. Ich werde alles mit dem Hotelier besprechen. Es wird nicht unauffällig geschehen können, aber im Fall des Mordes an einer Mitarbeiterin werden alle Verständnis haben.«

»Und die beiden Weißrussen?«

»Wir werden jeden direkten Kontakt vermeiden, und falls er sich doch ergibt, sie so behandeln, als wären sie Geschäftsleute aus Estland. Keine Konfrontation.«

»Das ist sicher klug.« Der Polizeidirektor machte eine kurze Pause. »Sie wissen, Herr Peters, dass das eine äußerst heikle Aufgabe ist.«

»Ich weiß.«

»Brauchen Sie Hilfe?«

»Ich brauche den Beschluss und viele gute Leute.«

»In Ordnung. Bis übermorgen werden Sie alles haben. Ich kümmere mich darum.«

Peters hatte in den vergangenen Jahren gelernt, dass die Rückfragen seines Vorgesetzten kein Misstrauen bedeuteten, sondern dass es seine Weise war, zu einer Verständigung zwischen ihnen zu kommen. Wenn er dann am Ende ‚Ja‘ gesagt hatte, konnte man sich zu hundert Prozent auf ihn verlassen. Er war ein guter Vorgesetzter. Auch das war ein Grund dafür, dass Peters gerne in Pirmasens arbeitete.

»Läuft doch«, sagte von Boyen lächelnd.

»Ja, es läuft – und es wird spannend«, meinte Peters. »Dann werde ich jetzt mal nach Scheller schauen. Ich hoffe, es ist ihm nichts Ernsthaftes passiert.«

Von Boyen begleitete Peters zur Haustür. Sein Telefon klingelte.

»Warte noch einen Moment. Mich ruft um diese Zeit nie jemand an. Vielleicht ist es für dich.«

Er nahm den Hörer vom Apparat im Flur ab und sagte nur: »Ich gebe ihn Ihnen.«

»Hallo Chef, du bist aber nicht leicht zu finden. Im Büro warst du nicht, auf dem Handy lief die Mailbox, in Schönbach bist du nicht. Da habe ich es einmal bei von Boyen versucht.«

»Ich habe gerade mit dem Polizeidirektor telefoniert. Wie geht es dir?«

»Ich hatte enorme Kopfschmerzen, aber die haben mir ein wunderbares Mittel gegeben. Jetzt schwebe ich wie auf Wolken.«

»Dann pass mal auf, dass du nicht wieder unsanft auf den Boden stürzt. Was ist eigentlich passiert?«

»Deshalb rufe ich an. Hier im Krankenhaus haben sie mir gesagt, du hättest vermutet, ich wäre gestolpert. War aber nicht so. Da waren plötzlich zwei Kerle in unserem Büro, ich bekam einen Schlag an die Schläfe, und dann war ich weg.«

»Hast du sie erkannt?«

»Nein, da waren nur Schatten.«

»Mist!«

»Wie bitte?«

»Ich sagte: Mist.« Peters machte eine Pause. »So, jetzt ruhe dich gründlich aus und verlasse nicht eher das Krankenhaus, als es die Ärzte erlauben.«

»Ärztinnen«, sagte Scheller. »Ein Haus voller schöner Ärztinnen und Pflegerinnen ist das hier. Eigentlich müsste ich den beiden dankbar sein. Wenn da nicht mein Rendezvous am Nachmittag wäre. Aber ich werde sie einladen, mich hier zu besuchen. Dann werde ich auch gleich sehen, wie groß ihr Mitleid ist.«

»Dir scheint es ja schon wieder recht gut zu gehen. Also bleib dort so lange wie nötig. Dann melde dich bei mir und ich bringe dich auf den neusten Stand.« Er legte den Hörer auf, wandte sich zu Alfred und sagte: »Scheller geht es gut. Die haben ihn mit Schmerzmitteln vollgepumpt. Aber er ist nicht gefallen. Er wurde von zwei Männern niedergeschlagen.«

»Die beiden Weißrussen?«

»Vermutlich!«

Peters musste die Spurensicherung zum zweiten Mal an diesem Sonntag in Bewegung setzen. Das würden sie ihm nicht so schnell verzeihen. Sie sollten sich sein Büro und das von Scheller anschauen und dort vor allem wieder die Computer. Was suchten diese Männer und warum waren sie überhaupt hier? In welchem Zusammenhang standen sie mit Ekatarina? Es war tatsächlich wichtig, dass er sie in Sicherheit wiegte. Würden sie etwas ahnen, würden sie vermutlich spontan abreisen, und dann hätte er keine Zugriffsmöglichkeit mehr. Also durfte vor Dienstag niemand von der Polizei in dem Hotel auftauchen. Was aber könnte er bis dahin tun? Er dachte nach. Ihm fiel nur eine Antwort ein: nichts. Eine äußerst unbefriedigende Antwort, denn sie widersprach diametral seinem momentanen Tatendrang und seiner inneren Unruhe. Geduld war nun so gar nicht seine Stärke. Er hatte jetzt also einen Tag

Zwangsurlaub. Vielleicht konnte er dem auch eine schöne Seite abgewinnen. Er stieg in seinen Wagen und fuhr nach Schönbach.

17

Im Pfarrhaus in Schönbach klingelte am Montagmorgen gegen halb sieben Uhr das Telefon. Barbara Fouquet sprang aus dem Bett und lief zum Apparat. Bernd Peters verstand nicht, was gesprochen wurde, aber an ihrem Tonfall hörte er, dass es keine freudige Nachricht war. Sie redete beruhigend auf den Anrufer ein. Als das Gespräch beendet war, kam sie zurück ins Schlafzimmer.

»Der alte Kau ist heute Nacht gestorben. Ich muss da hin. Gestern habe ich die Familie noch besucht. Da sah es gar nicht gut aus.«

»Und das Frühstück?«, fragte Bernd.

»Meins fällt aus, aber du kannst dir gerne bei Anna etwas holen.«

»Müssen die Leute so früh anrufen?«, fragte Bernd.

»Er ist so gegen vier Uhr heute Morgen gestorben. Die Leute haben so lange, wie es ihnen möglich war, mit dem Anruf gewartet. Wenn du neben einem Verstorbenen sitzt, dann kann die Zeit lang werden.«

Sie zog sich schnell an, ging mit der Bürste durch die Haare, öffnete die Haustür und sagte: »In ungefähr zwei Stunden werde ich wohl zurück sein. Bis dann!«

Das war es also mit dem freien Montag. Gestern Abend hatten sie noch Pläne gemacht, was sie mit dem geschenkten Tag anfangen könnten. Sie wollten nach Wissembourg fahren, mal wieder durch die Straßen dort schlendern und dann irgendwo Flammkuchen essen gehen. Bernd würde die innere Anspannung vor dem, was ihn am Dienstag erwartete, nicht abschütteln können, aber sie hätten Zeit miteinander verbringen können. Gemeinsame freie Zeit war ein hohes Gut, wie sich in den letzten Jahren gezeigt hatte. Ihren Beruf konnte man nicht immer planen und seinen auch nicht. Meist kam es zu neuen überraschenden Terminen und Einsätzen, die sich nicht verschieben ließen. Wie oft waren dadurch ihre Planungen schon durcheinander geworfen worden! Heute war es also dieser Todesfall, der den Ausflug nach Wissembourg unmöglich machte oder zumindest verschob.

Bernd quälte sich aus dem Bett, ging unter die Dusche, rasierte sich und zog sich an. Dann machte er sich auf den Weg zur Bäckerei Hoger.

»Ach, der Herr Polizeikommissar«, sagte Anna Hoger, als Peters den Verkaufsraum betrat. Er bemerkte den wunderbaren Duft nach frischen Brötchen, Brot und Kuchen. »So früh? Hat Barbara Sie aus dem Bett geworfen?«

»Es war wohl eher das Ableben von Herrn Kau, das uns beide aus dem Bett geworfen hat«, antwortete Bernd Peters.

»Ach, das tut mir leid. Ist der alte Kau jetzt also gestorben. Damit haben wir schon seit ein paar Tagen gerechnet.« Das immerwährende freundliche Lächeln auf Anna Hogers Gesicht verschwand und es wurde ein wenig nachdenklich.

»Er ist gestorben und Barbara wurde von der Familie angerufen.«

»Dann ist es gut, dass sie hingegangen ist«, sagte Anna überzeugt. »Und womit kann ich Ihnen dienen?«

»Frühstück für zwei, auch wenn es wohl noch etwas dauern wird, bis sie zurückkommt«, sagte Bernd Peters mit einem Ton der Enttäuschung.

202

»Also dann das Übliche.« Anna Hoger nahm eine Papiertüte in die Hand und füllte sie, ohne weitere Fragen zu stellen.

Sie reichte ihm die Tüte, Peters bezahlte und wandte sich zum Gehen.

»Gibt es Neues über Ludmilla?«, fragte Anna Hoger, als er den Griff der Ladentür schon in der Hand hatte.

»Ja, wenn man so will.« Peters wollte möglichst wenig sagen.

»Und was?«, beharrte die Bäckersfrau.

»Na ja, nichts Genaues weiß man nicht. Ich kann da jetzt schlecht etwas sagen.«

»Verstehe, Dienstgeheimnis. Haben Sie etwas über meine beiden Freunde erfahren, mit denen ich einen Abend in der Bar verbringen durfte?« Anna Hoger versuchte es weiter.

»Auch da gilt das Gleiche«, sagte Peters.

»Okay, ich soll nicht weiter fragen, habe verstanden«, antwortete sie und lächelte. »Dann wünsche ich euch beiden ein schönes Frühstück, wann immer es auch sein wird.«

»Mit diesen Brötchen kann es nur schön werden«, antwortete Bernd Peters unter Aufwendung all seines Charmes und verließ den Laden.

Er schlenderte noch ein wenig durch Schönbach. Das ehemalige Bauerndorf bestand nur aus wenigen Straßen und wurde beherrscht von der leicht erhöht stehenden tausend Jahre alten Kirche. Peters ging an einigen der sehr schön renovierten Fachwerkhäuser aus dem neunzehnten Jahrhundert vorbei. Die vielen Kriege, die über diesen Landstrich gezogen waren, hatten außer der Kirche alle älteren Gebäude zerstört. Dann sah er den gusseisernen Dorfbrunnen, ein Relikt aus der Zeit, in der hier Eisenerz verarbeitet wurde und die Schmiedekotten in der Gegend vielen Menschen Lohn und Brot gaben. An den

Straßen standen blühende Bäume und die Gärten und Höfe zeigten ihren Blumenschmuck. Hier ließe es sich gut leben, dachte er. Vielleicht sollten sie doch endlich vollendete Fakten schaffen und heiraten, er sollte sein Apartment aufgeben und hierher ziehen. Vielleicht müsste er einfach ein paar Abstriche an seinem Perfektionismus machen.

Als er ins Pfarrhaus zurückgekommen war, wusste er zunächst nichts mit sich anzufangen. Warten war nicht seine Stärke. Er machte sich einen Kaffee und las ausgiebig die Zeitung, begleitet von einem ständig kräftiger werdenden Knurren seines Magens.

Ob sie Kinder haben würden? Barbara war Anfang dreißig, er hatte die Vierzig gerade hinter sich gelassen. Sie hätten noch die Zeit, Eltern zu werden, ohne dass man sie für die Großeltern hielt. Aber wie ließen sich Kinder und ihre beiden Berufe vereinbaren? Wenn man den Fernsehkrimis glaubte, musste sein Job zwangsläufig zu einer kaputten Ehe und der Entfremdung von den Kindern führen. Aber das war nicht die Wirklichkeit. Die Scheidungsquote unter Kriminalbeamten lag nicht höher als in der restlichen Bevölkerung. Dann gab es da noch den alten Spruch: |»Pfarrers Kinder, Müllers Vieh, geraten selten oder nie.« Auch kein gutes Vorzeichen, aber vielleicht genauso unrealistisch wie die kaputten Familien der Fernsehkommissare.

Er wunderte sich gerade über seine eigenen Gedanken, als die Haustür ging und Barbara zurückkam. Mit einem leichten Stöhnen stellte sie ihre Handtasche neben der Garderobe ab.

»Du siehst ganz schön müde aus«, sagte Bernd.

»Das ist genau das, was eine Frau zur Begrüßung hören möchte«, lächelte sie so müde, wie sie eben aussah.

»Okay, ich versuche es noch einmal: Schön, dass du da bist«, sagte Bernd.

»Schon besser!« Barbara lächelte. »Es war eben sehr anstrengend – zuhören, sich einfühlen, trösten, sich ganz auf die anderen konzentrieren. Aber ich glaube, es war gut. Sie sind auf dem richtigen Weg. Die Beerdigung soll am Donnerstag sein.«

Barbara ließ sich auf einen Stuhl am Esstisch fallen und sagte: »Kaffee!!«

»Kommt sofort.«

Bernd drückte auf den Knopf des Vollautomaten und fragte in das schnarrende Geräusch des Mahlwerks hinein: »Möchtest du eigentlich Kinder haben?«

»Was hast du gesagt?«

»Möchtest du eigentlich Kinder haben?«

»Wie kommst du darauf?«

»Na ja, weil du doch ein Haus mit so vielen Zimmern bewohnst. Da würde man ja eine ganze Fußballmannschaft unterbringen.«

»Aber gemischt bitte, die Jungen blond ...«

» ...und die Mädchen rotblond.«

»Okay!«

»Okay?«

»Aber vielleicht doch nur eine Handballmannschaft.«

»Oder ein Beachvolleyballduo.«

»Ich schlage vor, wir schauen, wie viele es werden, und legen dann die Sportart fest.«

»Okay, und ich werde der Trainer.«

»Und ich soll wohl die Trikots waschen!«

»Das macht die Waschmaschine.«

»Und du füllst sie!«

»Abgemacht.«

Barbara nahm einen Schluck Kaffee und schaute in ihre Tasse. Dann sagte sie wie nebenbei: »War das ein Heiratsantrag?«

»Das war das Sondierungsgespräch. Der Antrag kommt, wenn ich einen Ring habe.« Bernd stellte sich

hinter Barbara, nahm sie in die Arme und sagte: »Ich liebe dich.«

»Das macht mich glücklich.«

»War das ein Ja?«

»Erst der Ring, dann vielleicht ein Ja. Da bin ich kon-
servativ.«

Der Tag war noch nicht so alt, dass es nicht für den ge-
planten Ausflug nach Wissembourg gereicht hätte. Also
machten sie sich auf den Weg, nachdem Barbara ein bisschen geruht hatte. Auch für Bernd war es gut, einmal
rauszukommen. So wurde er von den ständigen Gedanken, wie die Aktion am morgigen Dienstag ablaufen würde, abgelenkt.

Sie setzten sich in Barbaras alten Golf und nahmen bei
Bundenthal den Weg durch das Tal der Wieslauter, kamen
durch Niederschlettenbach und Bobenthal und überfuhren
kurz hinter St. Germanshof die Grenze. Die Wieslauter
verlor hier den ersten Teil ihres Namens und wurde zu La
Lauter. Sie fuhren durch Weiler, um sich dann am Krankenhaus vorbei dem Zentrum von Wissembourg zu nähern. Neben der Abteikirche St. Peter und Paul fanden sie
einen Parkplatz.

Sie stiegen aus und Barbara atmete tief durch. »Jedes
Mal, wenn ich hier stehe, habe ich das Gefühl, man könnte die Geschichte dieser Stadt förmlich einatmen. Vor
über eintausendzweihundert Jahren wurde an dieser Stelle
die erste Kirche gebaut, zusammen mit dem Kloster, auf
dieser Insel in der Lauter. Drumherum war alles Wald. Es
gab noch nicht die Felder und Weinberge. Alles musste
erst gerodet und dem Wald abgerungen werden, ohne Maschinen, mit der Kraft der Arme und der Hilfe von Tieren.
Wie viel Arbeit steckt in dem, was wir heute sehen können, Arbeit vieler Generationen vor uns!«

Bernd lächelte. »Du bist ja ganz schön philosophisch! Ich habe, ehrlich gesagt, vor allem erst einmal Durst – und der Hunger kommt sicher auch bald.«

»In Ordnung. Ein kurzer Stopp in einem Café, dann ein Spaziergang und danach gibt es etwas zu essen.«

»Du übernimmst die Führung?«

»Ich übernehme die Führung«, sagte Barbara in einem gespielten Befehlston und ging los.

Sie steuerte das nächstgelegene Café an, das *Café de la Pépinière* am Quai Anselmann. Sie bestellten beide einen Espresso und eine große Flasche Wasser und genossen den Ausblick über die Parkanlagen am Lauterufer auf die Abteikirche. Der Fluss wirkte wie ein kleiner Kanal, er war eingefasst und zu beiden Seiten schützten Geländer davor, unbeabsichtigt hineinzufallen. Aus Kästen an den Geländern quollen üppig Blumen hervor, das Wetter war prächtig, und die ganze Situation hätte sehr entspannend sein können, wenn nicht der Autoverkehr dort am alten Fischmarkt gewesen wäre. So blieben sie nicht allzu lange und machten sich dann zu ihrem Spaziergang auf.

Barbara hatte keine Lust, durch die Geschäftsstraßen zu gehen. Sie wollte lieber das alte Wissembourg entlang der Lauter sehen. Sie gingen wieder ein Stück zurück über die Lauterbrücke, um dann dem Quai du 24 Novembre in die Altstadt zu folgen. Von hier aus konnte man auch viel besser die Fassaden der schönen Häuser am Quai Anselmann sehen. Auf diesem Ufer des Flüsschens war es deutlich ruhiger. Sie kamen an der alten Pfistermühle vorbei, die direkt an die ehemalige Stadtmauer gebaut war, und hatten nach wenigen Schritten den Faubourg de Bitche erreicht, der sich zu beiden Seiten der Lauter hinzog und von Winzerhäusern gesäumt war.

Eines der ersten Häuser wurde das »Maison de l'Ami Fritz« genannt, weil es im Jahr 1932 als Kulisse für eine Verfilmung des Romans »L'Ami Fritz« von Emilie Erckmann und Alexandre Chartrian gedient hatte. Es war ein Renaissancehaus mit einem auffallenden Erker. Sie gingen durch das Bruchviertel an der kanalisierten Lauter entlang, schauten sich die schön renovierten Fassaden der Häuser an, folgten dem Flüsschen bis zum Wehr und zur Lauterschleuse. Hier wurden die in die Stadt fließenden Wasser in zwei Arme geteilt, die das alte Wissembourg im Norden und im Süden umschlossen.

Sie suchten sich einen Platz im Schatten und setzten sich ans Ufer. Bernd nahm Barbaras Hand und die Blicke der beiden verloren sich im Wasser.

»Es ist für mich immer wieder ein besonderes Erlebnis, ins Elsass zu kommen, obwohl ich schon oft hier war«, begann Barbara. »Jedes Mal ist es dieser Teil von Frankreich, in dessen Geschichte so viel deutsch ist, der mich nach dem Sinn von Grenzen fragen lässt.«

»Grenzen, die doch immer mehr an Bedeutung verlieren«, sagte Bernd. »Keine Kontrollen, die gleiche Währung.«

»Eine andere Sprache, andere Traditionen und Mentalitäten«, setzte Barbara dagegen.

»Und so viel Gemeinsames«, sagte Bernd. »Die Mentalitätsunterschiede zwischen Pfälzern und Elsässern sind sicher nicht größer als die zwischen Friesen und Bayern. Selbst was die Sprache angeht.«

»Stimmt – für pfälzer Ohren sprichst du recht ungewöhnlich und fremdartig«, lachte Barbara.

»Manchmal spüre ich eine deutliche Distanz, wenn ich mit den Leuten rede. Wenn ich hochdeutsch spreche, ist das anders, als die Einheimischen miteinander reden, wenn ich ins Friesische falle, erst recht.«

»Ja, wir Menschen sind schon interessante und manchmal ziemlich komplizierte Wesen«, sagte Barbara. »Einerseits gibt es in uns die Neugierde auf das Fremde, die manche um die ganze Welt getrieben hat. Anderseits ist da die Scheu vor dem Fremden, die gelegentlich zu eigentümlichen Reaktionen führt.«

»Vor allem, wenn aus der Scheu richtige Furcht wird. Die kann viel mächtiger sein als Neugierde.«

»Oft ist es Furcht vor Fremden, die man gar nicht kennt – das finde ich das Schlimmste.«

Bernd hob ein vertrocknetes Ästchen von der Wiese auf und warf es ins Wasser. »Diese Furcht vor Fremden, die man gar nicht richtig kennt, war immer da. Dagegen gibt es nur ein Mittel: miteinander reden und einander kennenlernen.«

»Vielleicht sind deshalb besonders die für Fremdenfeindlichkeit anfällig, die Reden und Diskutieren nicht gewöhnt sind.«

»Die dann von einigen rhetorisch Fitten mit Propagandasprüchen verführt werden.«

»Ich glaube, das Ganze ist noch ein bisschen komplizierter«, sagte Barbara nachdenklich. »In der Bibel, im Alten Testament, da findet man die Erzählungen vom Sündenbock. Einmal im Jahr wurden – symbolisch – die Sünden des ganzen Volkes Israel einem Ziegenbock aufgeladen, den man dann im wahrsten Sinne des Wortes in die Wüste schickte. Er nahm die Sünden mit und sie blieben mit ihm in der Wüste.«

»Es hat etwas sehr Erleichterndes, wenn man jemand anderem die Schuld geben kann.«

»Ja, Sündenböcke sind eine beliebte Methode. Dafür eignen sich Fremde, die man nicht so richtig kennt, besonders gut.«

»Denen kann man alles anhängen, wofür man selbst nicht schuld sein möchte«, meinte Bernd.

»Ein verlorener Krieg zum Beispiel, oder eine Wirtschaftskrise.«

»Man findet keine Arbeit, weil man die Schule oder die Ausbildung abgebrochen hat – dann sind daran bestimmt die Ausländer schuld, die Arbeitsplätze wegnehmen.«

»Man kann wunderbar von den eigenen Defiziten ablenken, wenn man andere dafür verantwortlich macht.« Barbara seufzte. »Oft merken die Menschen gar nicht, was da in ihnen vorgeht.«

»Während der Kriege wurden auf allen Seiten Zerrbilder der Feinde gezeichnet, die noch lange nach Ende der Kämpfe in den Köpfen blieben«, sagte Bernd. »Ich kenne das von meinen Eltern. Was die über Polen und Franzosen gedacht haben!«

»Dann ist es fast wie ein Wunder, dass wir heute hier sitzen und der letzte Krieg schon so lange vorbei ist. Ich glaube, es hat in den letzten fünfhundert Jahren nie so lange Frieden zwischen Deutschland und Frankreich gegeben.«

Die beiden dösten eine Weile im Schatten und machten sich dann auf den Rückweg in die Stadt. Sie hatten Hunger.

Es wurde kein Flammkuchen, sondern das Menü »Parfums de Terroir« im *Restaurant du Cygne,* deftig, aber zugleich raffiniert. Beim Verlassen des Gastraums fiel den beiden das Foto von Hannes Wader auf, der sich hier einmal im Jahr mit Freunden traf und Wissembourg in seinem Lied »Kleine Stadt« besungen hatte.

»Jetzt erinnere ich mich«, sagte Bernd, als Barbara ihn auf das Bild aufmerksam machte. »Ich habe dieses Lied früher öfter gehört. Sehr melancholisch, wie viele Lieder von Hannes Wader. So ein bisschen Früher-war-alles-besser.«. Er dachte eine Weile nach. »Ich erinnere mich an die Zeile: Der Gast ist geduldet, geliebt wird sein Geld. Also ehrlich: So habe ich mich heute nicht gefühlt. Man hat sich doch überall sehr um uns bemüht.«

»Schön«, sagte Barbara. »Dann fahren wir mal nach Hause und bemühen uns weiter um uns.«

18

Der Dienstag begann für Bernd Peters genauso früh wie der Montag. Nur war es dieses Mal geplant. Sie hatten die Einsatzbesprechung für die Durchsuchung von Haus und Gelände des Hotels auf den Parkplatz einer Sportanlage in der Nähe von Fischbach verlegt. Es war noch kühl, die Männer und Frauen in Zivil waren aus den Kleinbussen gestiegen, vertraten sich die Füße zwischen den verkrüppelten Kiefern und wärmten sich an Kaffee aus Thermoskannen.

Peters machte den Kolleginnen und Kollegen klar, dass sie mit ausgesuchter Höflichkeit vorgehen und die Gäste nur so viel wie notwendig bemerken sollten. Deshalb wurde auf weiße Schutzanzüge verzichtet. Eine ganze Gruppe von Menschen in Alltagskleidung würde genügend Unruhe bringen. Die Zimmer der Gäste und alle öffentlichen Räume sowie die Küche sollten nicht einbezogen werden. Es war nicht zu erwarten, in diesen Räumlichkeiten, die täglich gereinigt wurden, noch irgendetwas zu finden. Aussichtsreicher waren das Außengelände und die weniger genutzten Nebengebäude. Falls Ekatarina alias Ludmilla irgendwo etwas hinterlassen hatte, dann eher an Orten, die nicht täglich begangen und gereinigt wurden.

Man stieg wieder ein und fuhr die letzten paar Kilometer zum Einsatzort. Die Mannschaftswagen parkten etwas entfernt vom Hotel, Peters ging hinein und fragte nach Jean Dallmann. Der wurde erst geholt, als er dem Schnösel am Empfangstresen den Durchsuchungsbeschluss zeigte. Dem würde ich als Erstes einen neuen Job ver-

211

schaffen, wenn ich hier der Chef wäre, dachte Peters, während er wartete.

Jean Dallmann war sichtlich erregt, als er auf ihn zugestürzt kam. »Was soll das den nun schon wieder?«, fragte er.

»Wir haben den Mörder von Ludmilla noch nicht gefunden. Es gibt bisher keine eindeutige Spur. Wir kennen auch kein Motiv. Wir brauchen Anhaltspunkte, und die können wir nur hier finden.« Peters sprach beruhigend und klar zugleich.

»Aber Sie bringen mir das ganze Hotel durcheinander. Denken Sie an meine Gäste!«

Peters erklärte ihm mit wenigen Worten, was sie vorhatten, und dass sie die Gäste vermutlich nicht stören würden. Zwar ließe es sich nicht vermeiden, dass in den nächsten Stunden eine Schar von Mitarbeitern herumliefe, aber den eigentlichen Bereich der Hotelgäste wollten sie so weit wie möglich meiden.

Dallmann stöhnte und fügte sich in sein Schicksal.

Peters setzte sich in die Lobby und beobachtete das Geschehen, während seine Kolleginnen und Kollegen vor allem außerhalb des Hauptgebäudes suchten. Er überlegte, was eine weißrussische Geheimdienstmitarbeiterin in diesem Hotel gewollt haben könnte. Die Gäste kamen fast alle aus Deutschland. Ein paar Franzosen waren auch da, die vermutlich dachten, die Vogesen wären schöner, wenn sie Pfälzer Wald hießen, so wie viele Deutsche meinten, das Elsass wäre schöner als die Pfalz. Die Äpfel in Nachbars Garten waren immer die schöneren.

Wegen der Gäste konnte Ludmilla nicht gekommen sein, die wechselten ständig. Vielleicht gab es aber auch welche, die regelmäßig hier abstiegen und mit denen sie dann Kontakt aufnahm. Die Empfänge, bei denen sie immer wieder eingesetzt worden war, wären in diesem Fall eine gute Gelegenheit gewesen. Sie könnte die Beschäftigung im Hotel aber auch lediglich als Stützpunkt für eine Arbeit gewählt haben, die vor allem außerhalb stattfand. Andererseits hatte man ihnen berichtet, dass Ludmilla das Gebäude so gut wie nie verlassen hatte.

Also ging er noch einmal zum Empfang und bat, dass man ihm die Namen aller Gäste ausdrucke, die regelmäßig mehr als zweimal im Jahr kamen. Er musste erst wieder auf den Durchsuchungsbeschluss und dessen Reichweite hinweisen, weil man sich aus Datenschutzgründen verweigern wollte. Dann jedoch versprach man ihm, die Liste in einer halben Stunde zu liefern.

Während er in der Nähe des Empfangs wartete, kamen die beiden weißrussischen Geheimdienstmitarbeiter, die sich als estnische Geschäftsleute ausgegeben hatten, in die Lobby des Hotels. Er überlegte kurz, wie er sie möglichst geschickt ansprechen könnte, und entschied sich dann für eine Lüge.

Er ging auf die beiden zu, streckte ihnen die rechte Hand entgegen und sagte begeistert: »Das ist aber schön, dass ich Sie hier so zufällig treffe. Sie sind doch die beiden Herren aus Estland, wenn ich recht vermute. Mein Name ist Bertram, Karl Bertram. Ich bin Mitarbeiter unseres Landrats und bin hier, um eine Veranstaltung vorzubesprechen. Es hat sich herumgesprochen, dass Sie nach Investitionsmöglichkeiten suchen.«

Die beiden Männer schauten erst etwas misstrauisch, fanden sich dann jedoch schnell in ihre Rolle ein, lächelten und ergriffen die ausgestreckte Hand.

»Das überrascht uns jetzt aber«, sagte der eine.

»So schnell hat sich das herumgesprochen bei Ihnen?«, meinte der andere.

»Nun ja«, antwortete Peters, »so weit gereiste Gäste haben wir selten hier bei uns im Wald. Da spricht sich das schon herum.« Er schaute den beiden nacheinander fest

213

in die Augen. »Haben Sie einen Moment Zeit? Darf ich Sie zu einem Getränk einladen? Unser Landrat würde Ihnen gerne behilflich sein, wenn Sie Interesse daran haben.«

»Das ist sehr freundlich«, sagte der eine.

»Aber im Moment passt es uns nicht so gut«, meinte der andere. »Wir haben in einer halben Stunde einen Termin und müssen leider gleich weg.«

»Das ist schade. Aber darf ich Ihnen dann meine Karte geben? Sie können mich jederzeit anrufen, wenn Sie gerne einen Termin bei unserem Landrat hätten. Er wird es sicher möglich machen.« Peters tat so, als suche er in den Taschen seines Sakkos nach den Visitenkarten. »Oh, das tut mir leid«, lächelte er. »Ich habe dieses Sakko wohl noch nicht mit den Visitenkarten ausgerüstet. Ich werde meine Kontaktdaten bei der Rezeption hinterlassen. Man wird Sie Ihnen bei Ihrer Rückkehr geben.«

Er reichte den beiden noch einmal die Hand hin und sagte: »Dann wünsche ich Ihnen eine gute Fahrt. Vielleicht sehen wir uns bald wieder.«

»Das hoffe ich auch«, sagte der eine.

»Ich wünsche Ihnen einen schönen Tag«, meinte der andere.

Die beiden verließen die Lobby, und in diesem Moment entschloss sich Peters, ihnen zu folgen. Er meldete sich bei den Kollegen ab und ging hinter den beiden Männern her auf den Parkplatz. Sie stiegen in den großen dunklen Mercedes und verließen das Hotelgelände in Richtung Ludwigswinkel. Peters setzte sich in seinen Dienstwagen und folgte ihnen.

Erst ging es wenige hundert Meter durch den Wald, die Landschaft öffnete sich, und die Kirche von Ludwigswinkel wurde in der Ferne sichtbar. Die Straße führte am Klößweiher vorbei, dann kamen sie zu dem Parkplatz beim Barfußpfad und den Tennisplätzen. Die Straße verschwand wieder im Wald. Sie fuhren bei der Abzweigung nach Petersbächel weiter geradeaus und erreichten bald die ersten Häuser des Ortes. Am Sägmühlweiher hielten die beiden Männer an. Peters blieb in sicherer Entfernung hinter ihnen stehen. Sie stiegen nicht aus. Vielleicht suchten sie nach dem richtigen Weg. Es dauerte eine ganze Weile, bis sich der Wagen wieder in Bewegung setzte. Peters folgte. Nur wenige Meter hinter dem Sägmühlweiher bog der Mercedes nach links ab. Er fuhr an einer Gaststätte und einigen Häusern vorbei und verschwand dann auf einer schmalen Straße im Wald. Die Grenze zu Frankreich musste in unmittelbarer Nähe sein und dies war kein offizieller Weg. Peters hätte schwören können, dass er nach wenigen hundert Metern im Wald oder in einem Wirtschaftsweg enden würde. Sie kamen an einem Schlagbaum vorbei, der aber geöffnet und in dieser Stellung fixiert war. Ein Schild gab an, dass die Durchfahrt verboten sei, aber das hielt die beiden in ihrem Wagen nicht ab.

Weiter ging es durch den Wald, die Straße war immer noch geteert. Zwei Fahrradfahrer kamen ihnen entgegen. Der Mercedes bremste scharf ab, um die beiden auf der schmalen Straße vorbeizulassen. Auch Peters musste bremsen, und als die Fahrradfahrer an ihm vorbei waren, hatte er den großen dunklen Wagen der Weißrussen aus dem Blick verloren. Er kam an einen Abzweig, der führte nun wirklich auf einen Wirtschaftsweg. Der andere Wagen war nicht zu sehen. Es wäre kein Problem, mit der G-Type auch in hohem Tempo über diesen unbefestigten Weg zu fahren. Peters entschied sich, es auf der geteerten Straße weiter zu versuchen. Er fuhr so schnell es ging, fürchtete zwei Mal, die Kurve nicht mehr zu bekommen und sich mit dem Wagen um einen Baum zu legen, konnte aber gerade noch das Lenkrad herumreißen. Wieder kam er an einen Schlagbaum, der geöffnet war. Nun en-

dete der Straßenbelag, und er war auf einem unbefestigten Weg. Vor ihm öffnete sich ein Tal. Einen guten halben
Kilometer vor sich sah er eine Straße, aber keinen Wagen.
Nun musste der Golf zeigen, wie er mit diesem unbefestigten Weg zurechtkam. Peters gab Gas. Die Steine des
Feldweges prasselten gegen die Innenverkleidung der
Kotflügel und die unteren Teile der Karosserie. Aber er
kam erstaunlich gut vorwärts. Die Unebenheiten des Weges drangen kaum bis ins Wageninnere vor.

An der Straße angekommen, bremste er scharf ab, sodass der Wagen ins Rutschen geriet, jedoch nicht von der
Bahn abkam. Er schaute sich um. Zur Rechten war nichts,
links sah er gerade einen Wagen in einer Kurve verschwinden. Die Räder seines Autos drehten durch, als er
beschleunigte. Er kam auf die Landstraße und gab Gas.

Immer wieder tauchte der dunkle Wagen für kurze Zeit
vor ihm auf. Nach zwei Minuten erreichten sie die Rue
departementale nach Sturzelbronn. Kurz vor dem Ort bog
der Mercedes wieder in einen Waldweg ein. Peters folgte
vorsichtig. Nach nur hundert Metern sah er den Mercedes
vor einer Art Forsthaus stehen. Peters stieß seinen Wagen
rückwärts in eine Ausbuchtung der Zufahrt, um jederzeit
abfahren zu können. Vorsichtig stieg er aus und schaute
den Waldweg entlang zum Haus. Auf diese Distanz war
nicht auszumachen, um was für ein Gebäude es sich handelte. Es konnte alles sein – ein Wohnhaus, ein Lager,
eine Schutzhütte. Der Wagen der beiden war jedoch das
einzige Auto, das er ausmachen konnte. Ob sich bereits
jemand in dem Gebäude befand, war nicht zu erkennen.

Die Männer stiegen aus, gingen um das Haus herum,
schauten durch die Fenster und versuchten die Tür zu öffnen. Der eine holte einen kleinen Gegenstand aus dem
Wagen und hatte die Eingangstür in wenigen Sekunden
geöffnet. Als sie nach einer Weile wieder herauskamen
und zu ihrem Auto gingen, sprang Peters in seinenWagen,

fuhr zurück auf die Rue departementale und parkte dort unauffällig.

Er wusste nicht, ob sie ihn bemerkt hatten. Der dunkle Mercedes rauschte ohne anzuhalten an ihm vorbei. Peters fuhr zurück in den Wald. Der Boden rings um das Gebäude war zerwühlt von Reifenspuren verschiedener Größe. Hier musste zu manchen Zeiten viel los gewesen sein. Die Tür war wieder verschlossen. Durch die Fenster konnte er nichts erkennen. Ein Wohnhaus schien es jedenfalls nicht zu sein, auch keine Schutzhütte, dafür war es zu groß gebaut. Für einen Moment erwog er den Gedanken, die Tür aufzubrechen, entschied sich dann aber dagegen. Es würde sich nicht gut machen, wenn ein deutscher Polizist in Frankreich in ein Haus eindrang. Er müsste seinen Kollegen Lemaitre aus Haugenau bemühen.

Für die Rückfahrt zum Hotel nahm er nicht den Schleichweg durch den Wald. Auch das gehörte sich für einen deutschen Polizeibeamten im Ausland nicht. Der offizielle Weg über Hirschtal war jedoch gut zwanzig Kilometer länger, und Peters entwickelte zunehmend Verständnis für alle Nutzer der Abkürzung durch den Wald. Man konnte viel Zeit und Benzin sparen, vor allem wenn man die Strecke täglich fahren musste, wie es bei einigen Berufspendlern sicherlich der Fall war. Wie er später erfuhr, war dies jedoch keineswegs die einzige Abkürzung. Es gab einige davon, manche waren geteert, andere waren nur unbefestigte Waldwege.

Auf der Rückfahrt dachte er darüber nach, was er beobachtet hatte. Die beiden Männer waren sehr zielgerichtet vorgegangen. Sie wussten von der Abkürzung durch den Wald, waren sie vorher aber offenbar noch nie gefahren, sonst hätten sie die richtige Einfahrt nicht erst suchen müssen. Genauso offensichtlich war, dass sie genau dieses Haus gemeint hatten. Was hatten sie da gewollt? Und in welchem Zusammenhang stand dieses Haus mit Ludmillas Tod? Oder gab es da keinen Zusammenhang? Was wollten die beiden Männer eigentlich? Suchten sie vielleicht wie er nach Ludmillas Mörder? Oder Mörderin? Möglich war es, denn sie waren erst nach dem Auffinden der Leiche hier aufgetaucht. Außerdem gehörten sie zur selben Organisation wie Ekatarina alias Ludmilla. Vielleicht war es also eher so, dass die beiden rätselhaften Männer Verbündete waren und nicht seine Gegner.

Als er an das Hotel zurückkam, war einer der Mannschaftswagen bereits nicht mehr da. Die Durchsuchung war also abgeschlossen. Aber war sie auch erfolgreich gewesen? Die Kollegen und Kolleginnen erwarteten ihn schon. Sie standen um den zweiten Mannschaftswagen herum, einige rauchten, andere hatten Pappbecher mit Kaffee in den Händen. Peters parkte seinen Wagen und ging zu ihnen.

»Na, was habt ihr gefunden?«, fragte er schon von Weitem.

»Wir haben unsere Ausbeute hier fein ordentlich aufgereiht, Chef«, sagte einer der Jüngeren. »Alle Papiertaschentücher, Bonbonpapiere, Zigarettenkippen und leeren Getränkedosen haben wir jedoch in großen Plastiktüten gesammelt. Wir sind davon ausgegangen, dass die nicht aussagekräftig sein werden.«

Auf dem Boden des Mannschaftswagens sah Peters eine wohlgeordnete Sammlung von kleinen durchsichtigen Tüten, jeweils mit einem Aufkleber versehen, wo sie gelegen hatten. Ergebnis einer unendlichen Fleißarbeit.

»Ihr ward ja wirklich gut«, sagte Peters. »Wir sollten dem Hotelchef die Reinigung seines Außengeländes in Rechnung stellen.«

»Na ja«, antwortete der junge Kollege, »immerhin haben sie uns mit Kaffee und Kuchen versorgt, nachdem sie gemerkt haben, dass wir ihnen nicht den ganzen Betrieb durcheinanderbringen.«

»Nette Geste«, bemerkte Peters und schaute sich die Sammlung genauer an. Als Erstes fiel ihm die ansehnliche Zahl von Kondomen auf, allesamt gebraucht und vermutlich in den eher verschwiegenen Ecken des Geländes zurückgelassen. Selbstverständlich könnte man sie alle auf DNA Spuren von Ekatarina untersuchen lassen und dann die auch daran befindliche männliche DNA bestimmen. Aber das käme einer Sisyphusarbeit gleich.

Neben den Kondomen lag ein angerostetes Messer, vielleicht von einem Mitarbeiter für den Fall der Notwendigkeit einer Blutrache deponiert, möglicherweise auch nur von einem Kind vor seinen Eltern versteckt. Man hatte es in einem der Holzstapel gefunden. Peters entdeckte einen Autoschlüssel, den man keinem der vorfindlichen Wagen hatte zuordnen können und der wohl schon länger gelegen hatte. Er fand einen Liebesbrief, der vor den Augen des betrogenen Ehemannes versteckt werden sollte, die Rechnung eines Nachtklubs, eine angebrochene Packung Anti-Baby-Pillen, ein Buch über Satanismus, einen BH, ein Päckchen Haschisch und manch anderes, was offenbar schnell vor den Augen anderer verborgen worden war. Das meiste davon hatten die Mitarbeiter in den zahlreichen Stapeln Brennholz gefunden, die sich auf dem Gelände befanden und den Vorrat für den großen offenen Kamin in der Lobby des Hotels darstellten. Vieles davon konnte mit der Ermordung von Ekatarina in Zusammenhang stehen. Es würde unendlich viel Arbeit bedeuten, alles auszuwerten.

»Wir fangen mit dem Handy dort an. Das ist doch ein Blackberry, oder?«, fragte Peters, nachdem er sich alles angeschaut hatte. »Habt ihr es schon zum Laufen gebracht?«

»Es tut sich gar nichts«, bekam er als Antwort. »Der Akku scheint leer zu sein.«

»Wo habt ihr es gefunden?«

Einer der Mitarbeiter schaute auf den kleinen Zettel auf der Tüte.

»In dem Holzstapel da. Es steckte über Kopfhöhe zwischen den Scheiten und lag ziemlich weit hinten auf einem eher flachen Holzscheit.«

»Vielleicht ein Versteck, das jemand leicht wiederfinden wollte. Also bringt es zur Kriminaltechnik. An die anderen Fundstücke gehen wir erst, wenn wir das Handy ausgelesen haben. Ich möchte nicht unnötig viel Arbeit produzieren.«

Das war es, was die Kollegen an Peters mochten. Wenn er suchte, dann suchte er gezielt und beschäftigte nicht unnötig tagelang die Mitarbeiter, um neben den möglichen auch alle unmöglichen Spuren zu verfolgen. Er musste schon ziemlich ratlos sein, wenn er das »Wir untersuchen alles!« anordnete. Das war bisher einmal passiert und hatte zu nichts geführt. Peters war einer, der systematisch vorging, erst das Wahrscheinliche und dann das Unwahrscheinliche erwog – und er hatte ein ausgeprägtes Gespür für das Wahrscheinliche.

Noch am Abend schrieb Peters eine E-Mail an seinen französischen Kollegen Lemaitre in Haguenau, in der er ihn bat, sich das Forsthaus in der Nähe von Sturzelbronn anzusehen und untersuchen zu lassen. Er musste wissen, was da drinnen vor sich gegangen war.

19

Der nächste Tag begann mit einer kurzen Lagebesprechung in den Räumen in der Wiesenstraße in Pirmasens.

Peters war von Schönbach gekommen und hatte wie so manches Mal, wenn er von dort zu seiner Dienststelle fahren musste, eine Münze geworfen, ob er den Weg über Hinterweidenthal oder den über Ludwigswinkel nehmen sollte. Seit Jahren warteten sie auf den Ausbau der B 10. Wenn der fertig wäre, dann würde er einige Minuten weniger brauchen für diese Strecke. Die Verhandlungen hatten sich hingezogen, aber es hieß inzwischen, der Ausbau stehe unmittelbar bevor. Zunächst bedeutete das wohl, dass er durch die Baustelle mehr Zeit benötigte. Er hatte sich inzwischen einige CDs mit Hörbüchern zugelegt, um sich die Fahrzeiten angenehmer zu gestalten. An diesem Morgen jedoch hatte er nicht zuhören können. Es ging ihm zu viel durch den Kopf, und das brauchte Platz in seinem Gehirn.

Scheller war schon im Büro und auch der Polizeidirektor hatte sich eingefunden. Er wollte über den Stand der Dinge informiert werden und wäre sicher eine große Hilfe, wenn es darum ging, die nächsten Schritte zu planen.

»Was wissen wir, und was wissen wir nicht?« Mit diesen Fragen eröffnete er das Gespräch.

»Wir kennen nun die wahre Identität des Opfers. Wir kennen die wahre Identität der beiden angeblich estnischen Geschäftsleute. Wir können einen Zusammenhang zwischen den Dreien nur vermuten, weil sie alle auf die eine oder andere Weise Mitarbeiter des Geheimdienstes Weißrusslands sind. Wir können vermuten, dass die beiden Männer etwas herausfinden wollen, was im Zusammenhang mit dem Tod von Ekatarina Skidan steht. Wir haben noch kein Motiv für den Mord und noch keinen Hauptverdächtigen, aber eine ganze Reihe möglicher Täter, denn viele Alibis sind sehr dünn«, sagte Peters.

»Oder Täterinnen«, ergänzte Scheller.

»Oder Täterinnen«, bestätigte Peters.

»Ohne Motiv werden wir den Täter nur schwer finden«, ergänzte der Polizeidirektor.

»Das Motiv liegt in der Tätigkeit Ekatarinas während ihrer Zeit im Hotel«, sagte Peters. »Eine andere Möglichkeit ist wenig wahrscheinlich.«

»Aber möglich«, wandte Scheller ein. »Es kann auch eine Beziehungstat gewesen sein, die in gar keinem Zusammenhang mit Ekatarina Skidans Tätigkeit für den Geheimdienst steht.«

»Es ist richtig, dass wir das nicht ausschließen können«, sagte der Polizeidirektor. »Aber Sie haben dafür bisher keine Anhaltspunkte gefunden.«

»Das stimmt, und deshalb möchte ich diese Theorie erst einmal zurückstellen«, sagte Peters. »Wir sollten uns auf das Ungewöhnliche dieses Falls konzentrieren – die Verbindung zum Geheimdienst.«

»Was kann eine Mitarbeiterin des weißrussischen Geheimdienstes in einem Hotel am Saarbacher Mühlweiher bei Ludwigswinkel wollen?«, fragte der Polizeidirektor.

»Sie könnte als eine Art lebender Briefkasten gedient haben. Als Kontaktperson. Informationen annehmen und wieder weitergeben, ohne Spuren zu hinterlassen, also mündlich.«

»Sie könnte eigenständig Nachforschungen angestellt haben«, sagte Scheller. »Dann stellt sich allerdings die Frage, in welche Richtung. Geheimdiensttätigkeit im eigentlichen Sinn? Spionage? Hier gibt es nichts zu spionieren. Die Lager der Amerikaner im Wald um Ludwigswinkel sind komplett geräumt. Entweder stehen die Bunker leer oder sie dienen als Lagerräume für Gewerbetreibende. Da gibt es keine Geheimnisse mehr, denen man nachgehen könnte.«

»Industriespionage?«, fragte Peters. »Genauso unwahrscheinlich. Das Innovativste, das hier produziert wird, sind Windkraftanlagen. Aber ob es da so viele Betriebsgeheimnisse gibt? Außerdem: Warum sollten die Weiß-russen besonders an Windkraftanlagen interessiert sein?«

»Haben Sie schon eine komplette Bestandsaufnahme der um Ludwigswinkel angesiedelten Betriebe gemacht?«, wollte der Polizeidirektor wissen.

»Nein, das haben wir nicht gemacht«, antwortete Peters.

»Eigentlich wäre die Gegend der ideale Standort für Gewerbe, das einen gewissen Geheimhaltungsbedarf hat«, meinte der Polizeidirektor. »Wunderschön einsam in der Natur gelegen auf dem Gelände eines verlassenen Waffendepots.«

»Wir werden das untersuchen«, lenkte Peters ein.

»Haben wir schon erste Ergebnisse der gestrigen Durchsuchung?«, wollte Scheller wissen.

»Wir haben viel gefunden, aber vermutlich wenig von Wert. Im Moment ist ein dort aufgefundenes Handy, ein Blackberry, bei der Kriminaltechnik. Es könnte jedem gehören. Es könnte aber auch Ekatarina Skidan gehört haben. Dann hätten wir eine Spur. Die anderen Fundstücke sind sehr unspezifisch«, fasste Peters zusammen. »Allerdings bin ich diesen beiden Weißrussen gestern nachgefahren. Sie haben ein altes Forsthaus, eigentlich mehr eine Hütte, in der Nähe von Sturzelbronn, direkt hinter der Grenze in Frankreich, durchsucht. Ich habe Lemaitre in Haguenau gebeten, dieses Gebäude untersuchen zu lassen.«

»Also«, sagte der Polizeidirektor, »zwei, vielleicht drei mögliche Richtungen für weitere Untersuchungen: Die angesiedelten Betriebe, das Haus bei Sturzelbronn und möglicherweise das Handy. Nicht schlecht, aber das Problem ist, dass wir unter ungeheurem Zeitdruck stehen, wenn wir uns nicht das Heft aus der Hand nehmen lassen wollen. Morgen schon, spätestens übermorgen rechne ich mit Besuch aus Berlin, wenn wir nicht bis dahin geliefert haben. Die werden den Fall vielleicht auch lösen können, aber dann sind wir es nicht gewesen. Wie kann ich Ihnen helfen?«

»Machen Sie der Kriminaltechnik Druck, reden Sie ein freundliches Wort mit der vorgesetzten Dienststelle von Lemaitre, und stellen Sie uns ein paar Leute zur Verfügung, die die Betriebe in der Gegend um Ludwigswinkel unter die Lupe nehmen können«, sagte Peters.

»In Ordnung, die Leute bekommen Sie in dreißig Minuten«, meinte der Polizeidirektor. »Den Rest erledige ich bis Mittag.«

Und was der sagt, das tut er auch, dachte Peters, lehnte sich für zwei Minuten zurück und griff zur Kaffeetasse.

Die nächsten zwei Stunden saßen Peters und Scheller zusammen mit den ihnen zugeteilten Kollegen an den Telefonen. Scheller hatte von einer Mitarbeiterin des Gewerbeaufsichtsamtes, mit der er einmal eine kurze, aber intensive Beziehung gehabt hatte, und die für beide zufriedenstellend verlaufen und beendet worden war, auf dem kleinen Dienstweg ein Verzeichnis der Gewerbetreibenden rund um Ludwigswinkel, Fischbach und Schönbach bekommen. Sie hatten sich die zwanzig Seiten des Faxes aufgeteilt und telefonierten nacheinander die Betriebe ab. Einige konnte man von vornherein ausschließen. Welche Betriebsgeheimnisse sollten schon eine Bäckerei oder ein Maler- und Stuckateurbetrieb haben, die den weißrussischen Geheimdienst interessieren könnten?

»Soll ich die fragen, ob sie eine geheime Backmischung haben oder vielleicht eine besondere Technik beim Verputzen, die auch für das Ausland interessant sein könnten?«, hatte einer der Kollegen gefragt, als ihm seine Liste zugeteilt wurde.

»Eine Autoreparaturwerkstatt kann eigentlich auch nicht interessant sein«, sagte ein anderer. »Aber vielleicht haben die besondere Schweißtechniken auf Lager.«

»Bitte telefonieren Sie alle ab«, sagte Peters und warb um Verständnis. »Auch hinter einer Bäckerei könnte sich etwas verbergen, das wir nicht ahnen. Wir wissen ja bis jetzt noch nicht, was sich hinter dem Hotel des Herrn Dallmann verbirgt. Wenn wir schnell zu einem Ergebnis kommen wollen, dann ist unsere einzige Möglichkeit, jetzt für ein bisschen Unruhe zu sorgen und die Pferde scheu zu machen. Vielleicht kommt jemand aus der Deckung.«

»Dann müssten wir gleichzeitig alle Betriebe überwachen«, sagte Scheller.

»Stimmt – das können wir nicht«, meinte Peters. »Wir sind jetzt darauf angewiesen, dass wir ein bisschen Glück haben und jemand einen Fehler macht. Ich habe aber schon zwei Kollegen abgestellt, die die beiden Weißrussen beschatten. Wenn die einen auffälligen Kontakt beobachten, werden sie sich gleich bei uns melden.«

Also telefonierten die Kolleginnen und Kollegen, was das Zeug hielt, und tauschten sich zur Entspannung gelegentlich miteinander darüber aus, was sie am anderen Ende der Leitung zu hören bekamen. Viele der Angerufenen hielten das für einen Scherz, dann bot man ihnen an, bei der Polizeidirektion zurückzurufen und sich die Richtigkeit des Anrufs bestätigen zu lassen. Andere reagierten etwas grober und sagten, sie wollten sich nicht verarschen lassen, auch nicht von der Polizei. Ergiebig waren die Anrufe nicht gerade, aber für Unruhe sorgten sie mit Sicherheit. Peters konnte förmlich spüren, wie im Dahner Felsenland die Telefone heiß liefen und die Geschäftsleute einander fragten, ob der andere auch so einen komischen Telefonanruf von der Polizei bekommen hatte. Gerne hätte er gewusst, wer sich nicht aufgeregt an einen

Kollegen wandte, sondern sich überlegte, welche Schritte nun zu tun seien, damit er mit seinem Geschäft nicht auffliege. Aber das wusste er eben nicht. So musste er warten, was passierte.

Gegen Mittag kamen die Ergebnisse der Untersuchung des gefundenen Handys.

»Treffer«, sagte der Kollege von der Kriminaltechnik. »Ein Handy voller Informationen: Telefonnummern, Anrufe und Zugang zu einem Mailaccount. Die Suchvorgänge bei Google werden noch analysiert, aber die anderen Daten habe ich dir auf deinen PC geschickt«, sagte er zu Peters.

»Schickt sie auch zu Scheller«, sagte dieser. »Dann machen wir beide uns daran. Und vielen Dank für die schnelle Arbeit.«

»Dafür nicht«, sagte der Techniker, und Peters freute sich, wieder einmal diesen typisch norddeutschen Ausdruck zu hören.

Scheller nahm sich die Telefondaten vor, Peters versuchte sich mit den Mails. Dabei kam er aber bald an seine Grenzen, denn Russisch konnte er weder lesen noch verstehen.

»So ein Mist!«, rief er in den Raum hinein. »Kann jemand von euch Russisch?«

Keine Antwort.

»Wir hätten eben mal einen Ossi einstellen sollen«, sagte Scheller. »Die können doch alle Russisch.«

»Aber nur die alten, die jungen lernen das auch nicht mehr«, gab Peters zurück und fragte dann: »Du hattest nicht zufälligerweise mal etwas mit einer Russin, Scheller?«

»Ich habe mich schon um ein breites Spektrum bemüht, aber damit kann ich nicht dienen«, lachte der. »Tut mir leid. Aber wie wäre es mit einer Lehrerin oder einem

Lehrer? Auf dem Leibniz unterrichten sie auch Russisch, glaube ich.«

Das Leibnizgymnasium, das könnte jetzt die Rettung sein. Peters bat Jenny, sich dort einmal umzuhören. Sie konnte selbst am Telefon ihren unvergleichlichen Charme rüberbringen und wäre wesentlich erfolgreicher als er.

Die Polizeidirektion brodelte vor Aktivität und heißen Köpfen. Die Geräuschkulisse näherte sich der Unerträglichkeit, die Kaffeemaschine kam nicht zur Ruhe, Peters hastete von Tisch zu Tisch. Er wollte Ergebnisse. Er wollte bis zum Abend alles klar ziehen.

Mitten in diese Hektik kam der Anruf von Lemaitre.

»Salut, Herr Kollege, schön wieder einmal mit Ihnen sprechen zu können«, sagte er mit seinem charmanten Elsässer Akzent. »Wie geht es Ihnen?«

»Ich fühle mich wie ein zappelnder Fisch in einem Netz mit lauter anderen zappelnden Fischen«, sagte Peters mit seinem eben so unverkennbar norddeutschen Zungenschlag.

»Und wer zieht das Netz aus dem Wasser und lässt Sie zappeln?«, wollte Lemaitre wissen.

»Das wüsste ich auch gerne. Aber die Fische können sich den Fischer nicht aussuchen.«

»Sie haben mir eine Mail geschrieben und Ihr Chef hat meinen Chef angerufen. Es scheint dringend zu sein.«

»Sehr dringend. Wie gesagt, wir zappeln hier wie die Fische im Netz.«

»Welche Rolle spielt dabei das Forsthaus bei Sturzelbronn?«, fragte Lemaitre. »Übrigens ist es kein ehemaliges Forsthaus, sondern es war ein Haus für die Waldarbeiter und ihre Werkzeuge. Ist aber schon lange verlassen.«

»Das wüsste ich eben gern. Aber weil ich nicht in Ihrem Revier wildern möchte, musste ich Sie um Hilfe bitten.«

»Das machen wir gerne. Meine Leute sind schon unterwegs. Aber können Sie mir noch ein bisschen mehr erzählen zu diesem Haus – und zu den beiden Männern, von denen Sie geschrieben haben?«

Peters berichtete so knapp wie möglich und so ausführlich wie nötig, was sich zugetragen hatte und sie inzwischen wussten und auch nicht.

»Das ist alles sehr interessant«, sagte Lemaitre. »Es ist auch in unserem Interesse, dass Licht in die Angelegenheit kommt. Wir beobachten seit zwei Jahren Bewegungen von Menschengruppen im Nordelsass, deren Herkunft wiederholt nach Weißrussland gewiesen hat. Aber die Spuren haben sich immer wieder verloren. Wir vermuten, dass es sich um Schmuggler handelt, allerdings Schmuggler der besonderen Art.« Er hielt einen Moment inne. »Alors, merci, dann mache ich mich jetzt auf nach Sturzelbronn und werde Sie informieren, sobald ich etwas weiß. Ihre Handynummer habe ich noch vom letzten Mal. A toute à l'heure.« Damit hatte er aufgelegt, und Peters war noch keinen Schritt weiter.

Er widmete sich wieder den Mails auf Ekatarinas Account. Die Texte blieben ihm unverständlich, aber manche der Anhänge meinte er, entschlüsseln zu können. Sie enthielten Skizzen, die Peters als die Darstellung von Fahrtrouten interpretierte. Er meinte, Strasbourg identifizieren zu können. Hier fand er Symbole für den Flughafen und den Rheinhafen. Ein anderes Mal meinte er, dass es sich um Metz handeln müsste. Ein Symbol wiederholte sich auf fast allen diesen Skizzen. Es sah aus wie ein lang gestrecktes Haus. Er vermutete dahinter das Hotel am Saarbacher Mühlweiher.

Andere Anhänge sahen wie Listen aus – Zahlen, manchmal vielleicht Namen, aber es fiel ihm schwer, Regelmäßigkeiten in den für ihn so fremden kyrillischen

Buchstaben zu erkennen. Hoffentlich war Jenny erfolgreich und konnte einen Russischlehrer herbeizaubern.

Für 13 Uhr hatte Peters eine Besprechung angesetzt. Die Kolleginnen und Kollegen berichteten von ihren Telefonaten. Ein konkretes Ergebnis zeichnete sich nicht ab. Manche der Angerufenen waren verärgert, andere äußerst neugierig, wieder andere fühlten sich geehrt, dass man ihren Geschäften internationale Bedeutung zumaß. Peters äußerte die Hoffnung, dass sich vielleicht im Laufe des Nachmittags noch irgendwelche interessanten Reaktionen ergäben, wenn die Gerüchteküche in der Gegend ordentlich gekocht hatte. Scheller konnte berichten, dass Ekatarina Skidan vornehmlich mit dem Ausland telefoniert hatte, am meisten mit Anschlüssen in Weißrussland und Frankreich. Nahezu alle Telefonate seien nachts geführt worden. Man sei dabei, die Anschlüsse zu identifizieren, das könne aber noch einige Stunden, wenn nicht Tage dauern, da es keine geregelte Zusammenarbeit mit weißrussischen Behörden gebe. So müsse alles über die Deutsche Botschaft in Minsk laufen, und die sei personell nicht besonders gut ausgestattet.

Peters genehmigte eine halbstündige Pause. Danach sollten die Kollegen, die mit ihren Telefonaten fertig waren, Scheller bei seiner Arbeit helfen. Zwei weitere schickte er zur Verstärkung an den Saarbacher Mühlweiher, denn die weißrussische Spur war derzeit die heißeste.

Während der Pause kam Jenny herein. Sie hatte einen alten Russischlehrer vom Leibnizgymnasium aufgetan, der zugesagt hatte, nach seinem Mittagsschlaf gleich in die Polizeidirektion zu kommen.

»Wieso erst nach dem Mittagsschlaf?«, fragte Peters.

»Weil er sonst nicht arbeitsfähig sei, hatte er gesagt. Er hatte heute Vormittag sechs Stunden Unterricht und braucht nun seine Pause.«

»Lehrer müsste man sein«, sagte Peters, und Scheller warf ein: »Kennst du den: Treffen sich zwei Lehrer nachmittags um drei beim Aldi. Sagt der eine zum anderen: Konntest du auch nicht schlafen?«

Die drei lachten, aber Peters fiel ein, wie sein Vater, der Lehrer an einem Gymnasium gewesen war, mittags todmüde nach Hause kam, in den letzten beiden Wochen vor den Ferien kaum ansprechbar war und die ersten drei Ferientage fast völlig verschlief. Der Lehrerberuf war anstrengend, das wusste er, auch wenn man gerne Witze über ihn machte. Aber schließlich gab es auch Polizistenwitze, die er gar nicht lustig finden konnte, und das musste er genauso aushalten.

»Kennt ihr den?«, rief einer der Kollegen in den Raum. »Scheller auf Streifendienst. »Baden ist hier verboten!", sagt er zu einer jungen Frau. »Warum haben Sie das nicht gesagt, bevor ich mich ausgezogen habe?" - »Ausziehen ist nicht verboten."

Der Russischlehrer kam gegen halb vier. Es war ein älterer Herr, der trotz Mittagsschlafs noch recht müde wirkte. Er legte seine blaue Baskenmütze ab und ließ sich den Computer mit den Mails zeigen.

»Können Sie mir die nicht ausdrucken?«, bat er, aber Peters musste bedauernd ablehnen: »Das gibt unser Drucker nicht her. Der kann diese Schrift nicht ausdrucken.«

»Dann muss mir jemand mit diesem Teufelsding helfen. Computer sind nicht meine Sache und werden es auch nicht mehr. Ich habe noch zwei Jahre bis zur Pensionierung und will das nicht mehr lernen.«

Also stellte Peters einen Kollegen ab, der dem Lehrer die Mails aufrief, die Schrift vergrößerte und den Text herunter- und heraufscrollte. Der alte Herr saß vor dem Bildschirm und sagte gelegentlich »Aha« oder »So, so«, wollte das eine noch mal lesen und dann das andere.

»Was steht da?«, fragte Peters ungeduldig.

»Immer mit der Ruhe, junger Mann«, war die Antwort des Alten. »Könnte ich eine Tasse Kaffee bekommen?«

Nach zwanzig Minuten sagte er: »Diese Frau also, Ekatarina heißt sie, sie schreibt an eine andere Frau in Minsk, das ist in Weißrussland. Sie scheint diese Frau gut zu kennen, denn sie lässt immer wieder deren Tochter grüßen. Die Tochter kannte sie wohl aus der gemeinsamen Schulzeit. Da zeigt sich wieder, wie wichtig die Schulzeit im Leben eines Menschen ist. Oft bleiben lebenslange Freundschaften. Haben Sie noch Freunde aus Ihrer Schulzeit, Herr Peters?«

»Ja, aber die leben weit weg«, sagte Peters ungeduldig. »Was schreibt sie denn dieser Frau?«

»Also, in diesen beiden Briefen berichtet sie davon, dass es mit der Stelle im Hotel geklappt hatte und alle sie wohl wirklich für ein Zimmermädchen halten. Sie erzählt davon, dass der Besitzer des Hotels schon einmal etwas aufdringlich geworden sei, dass es nun aber besser ginge und sie sogar bei Empfängen helfen dürfe. Sie berichtet, dass sie ein gutes Versteck für ihr Handy gefunden habe und versuchen würde, sich alle zwei Tage nachts telefonisch zu melden, wenn sie etwas entdeckt habe. In der Sache selbst sei sie jedoch noch nicht vorangekommen.«

»Vielen Dank«, sagte Peters so ruhig wie möglich. »Das war wohl eine recht alte Mail. Es wäre wichtig, wenn Sie nun zu den neueren übergehen würden. Am interessantesten sind für uns wahrscheinlich die zuletzt geschriebenen.«

»Eigentlich ist es sinnvoll, am Anfang anzufangen«, sagte der alte Lehrer leicht pikiert, »aber, wenn Sie es wollen, machen wir einen zeitlichen Sprung.«

Er ließ sich die beiden letzten Mails aufrufen und vertiefte sich wieder ins Lesen. Die Minuten vergingen mit

»Aha« und »So, so«, und Peters wurde immer ungeduldiger.

Der alte Mann schaute auf.

Peters fragte: »Haben Sie etwas?«

»Das ist interessant«, sagte der Lehrer.

»Was ist interessant?«

»Dass diese Frau scheinbar gar keine Angst hatte, dass ihr etwas passieren könnte bei dem, was sie da tat. Das war doch gefährlich.«

20

Kurz nacheinander klingelte das Telefon in beiden Häusern. Alfred von Boyen war gerade von seinem morgendlichen Kyu-Do wieder nach drinnen gekommen. Es war kein schöner Tag. Es regnete und war windig. Aber er absolvierte seine Übungen bei jedem Wetter im Freien. Er war völlig durchnässt, als er den Telefonhörer abnahm. Barbara Fouquet hatte bereits eine Runde Religionsunterricht in der kleinen Grundschule von Schönbach hinter sich, als sie sich die zweite Tasse Kaffee an diesem Tag machen wollte und das Telefon auch bei ihr klingelte. Beide willigten ein, als Bernd Peters sie darum bat, sich in einer Stunde zu treffen.

In der Polizeidirektion hatte man fast die ganze Nacht durchgearbeitet. Der alte Russischlehrer hatte immer mehr Mails übersetzt. Jenny saß mit ihrem Laptop neben ihm und schrieb die vorläufigen Übersetzungen auf, so gut es ging. Es wurde deutlich, dass man, um für eine spätere gerichtliche Untersuchung gewappnet zu sein, alles noch einmal von einem vereidigten Übersetzer neu übersetzen lassen müsste. Aber fürs Erste reichte das, was man herausgefunden hatte, um die nächsten Schritte einzuleiten. Spät am Abend war auch der sehnlich erwartete Anruf von Lemaitre aus Haguenau erfolgt. Er machte deutlich, welcher Zusammenhang zwischen den Ereignissen im Hotel am Saarbacher Mühlweiher und dem alten Waldarbeiterhaus bei Sturzelbronn bestand. Der Fall war damit nicht geklärt, aber nun hatte man zumindest ein mögliches Motiv. Es fehlten noch die Beweise zur Überführung des Täters. Außerdem war zu klären, ob es nicht klüger wäre, eine Weile zu warten, um auch an die Hintermänner zu kommen. Alle diese Fragen hatten Peters beschäftigt, als er am Morgen die beiden Anrufe tätigte.

Man hatte sich darauf verständigt, sich im Pfarrhaus in Schönbach zu treffen. Es lag in der Mitte zwischen Haguenau und Pirmasens und war so für alle Beteiligten gut zu erreichen. Alfred von Boyen fiel es nicht schwer, die Weiterarbeit an seinem Buch auf den Nachmittag oder den nächsten Tag zu verschieben.

Barbara Fouquet kam jedoch in richtige Schwierigkeiten. Sie hatte an diesem Tag gegen Mittag ein Treffen mit einem der Architekten der landeskirchlichen Bauabteilung. Ein solcher Termin war schwierig zu bekommen, weil der für ihren Kirchenbezirk zuständige Mitarbeiter, wenn sie ihn erreichen wollte, entweder krank oder aber im Urlaub gewesen war. Es hatte drei Monate gedauert, bis sie ihn ans Telefon bekommen hatte, und er hatte – glücklicherweise und entgegen ihren Erwartungen– nicht kurzfristig abgesagt. Dieser Termin war dringend notwendig, denn in der schönen alten Kirche von Schönbach waren Schäden durch Feuchtigkeit aufgetreten, die die mittelalterlichen Fresken bedrohten. Sie konnte das Treffen auf keinen Fall absagen. Aber wen sollte sie bitten, ihn für sie wahrzunehmen? Sie ging in Gedanken ihr Presbyterium durch. Sie hatten leider keinen ausgesprochenen Baufachmann in ihrer Mitte, wie es der Traum jeder Pfarrerin war. Einer, der sich mit Sachverstand den Aufgaben widmen konnte, für die kein Pfarrer ausgebildet war und die er doch regelmäßig wahrnehmen musste. Ihr Stellvertreter im Vorsitz des Presbyteriums war zu seinen aktiven Zeiten Mitarbeiter bei einer Firma für Kunststofffenster in Pirmasens gewesen. Aber Feuchtigkeitsschäden in einer jahrhundertealten Kirche und mittelalterliche Fresken waren eben nicht sein Spezialgebiet. So setzte sie den ganzen ihr zur Verfügung stehenden Charme ein und bat den Leiter des kirchlichen Verwaltungsamtes in Pirmasens, gegen elf Uhr nach Schönbach zu kommen und den Termin mit der Bauabteilung wahrzunehmen. Der ließ sich zwar eine Weile beknien, aber vermutlich nur, weil er auf diese Weise mit der sympathischen Frau Fouquet aus Schönbach ein paar Worte mehr wechseln konnte, bis sie endlich den Satz sagte: »Sie haben dann auch etwas gut bei mir!« Sie bat den stellvertretenden Presbyteriumsvorsitzenden, dazuzukommen und den Herrn Verwaltungsamtsleiter und den Herrn Architekten auf Kosten der Kirchengemeinde nach dem Termin zum Mittagessen in den für seine deftigen Speisen bekannten Dorfgasthof einzuladen. Dann war die Angelegenheit geregelt, und sie hoffte, dass sie nie nach dem Grund für ihr Fernbleiben gefragt werden würde.

Sie ging schnell zu Anna Hoger in die Bäckerei, um noch etwas zu holen, falls die vier Männer, die sie erwartete, Hunger bekämen.

»Welch eine Freude! Schon der zweite Besuch an diesem Tag.« Anna Hoger war wie fast immer guter Laune. Es machte ihr Spaß, im Laden zu stehen und zu verkaufen, die Verkaufsstube tipptopp zu halten und über die wichtigen Ereignisse im Dorf, die zumeist nie den Weg in die Zeitung finden würden, informiert zu sein. Außerdem konnte sie auf diese Weise Beruf und Familie prima unter einen Hut bringen, wesentlich besser noch, als es ihr als

Lehrerin, die sie einmal gewesen war, möglich gewesen wäre.

»Nachher kommen vier Männer zu mir - und wenn ich Pech habe, dann haben die Hunger«, sagte Barbara.

»Gleich vier, nicht schlecht. So weit habe ich es noch nie gebracht. Wovon sollen die Hunger bekommen?«, fragte Anna keck.

»Ich hoffe, du hast jetzt nicht das gedacht, was ich denke, dass es du gedacht haben könntest.«

»Nein nein, du weißt doch: Ich bin ein braves, fantasieloses Mädchen.«

»Das ist lange her, befürchte ich«, sagte Barbara. »Aber um dich zu beruhigen, es kommen drei Polizisten und ein alter Geschichtsprofessor.«

»Und was daran, bitte, soll mich beruhigen?«, fragte Anna.

»Dass es mal wieder darum geht, einem Verbrechen auf die Spur zukommen.«

»Da würde ich am liebsten wieder mitspielen.«

»Deine Kunden brauchen dich«, sagte Barbara.

»Und dich braucht deine Gemeinde.«

»Alles geregelt. Aber jetzt werd' mal endlich ernst. Was kannst du mir für diese vier hungrigen Mäuler bieten?«

»Was sind denn die besonderen Vorlieben dieser Männer?«

»Ganz normale Männer eben.«

»Ach so«, sagte Anna mit gespielter Enttäuschung. »Dann empfehle ich eine Mischung aus herzhaft, raffiniert und süß, wie es die normalen Männer eben gerne haben. Ich packe dir etwas zusammen.«

Sie holte eine große Papiertüte unter der Ladentheke hervor und füllte sie mit geübten Handgriffen. »So, da hast du was für deine Männer. Geht es immer noch um Ludmilla?«

»Ja, um Ludmilla und deine beiden Freunde aus der Bar des Hotels.«

»Ja«, sagte Anna verträumt, »das war eine Nacht.«

»Du scheinst mir irgendwie unausgelastet, meine Liebe«, meinte Barbara.

»Mein Mann muss so viel arbeiten und er ist immer müde«, lächelte Anna.

»Das hast du den beiden damals ins Ohr geflüstert, oder?«

»Nein, das wäre mir zu gefährlich gewesen. Ich wollte doch früh ins Bett. In mein Bett wohlgemerkt.«

»So, so – und was macht das zusammen?«, fragte Barbara.

»Das ist ein Geschenk des Hauses. Ein Beitrag zur Verbrechensaufklärung, wie es sich für eine gute Staatsbürgerin gehört. Schon der zweite Beitrag in diesem Monat, wenn ich darauf aufmerksam machen darf.«

»Ich werde dich für das Bundesverdienstkreuz vorschlagen, wenn es recht ist.«

»Keine schlechte Idee!«

»Dann mach's gut«, sagte Barbara und wandte sich zum Gehen.

»Macht ihr's besser, ihr fünf«, sagte Anna.

Barbara Fouquet schüttelte leicht, aber unübersehbar den Kopf, als sie die Bäckerei verließ. Ihre Freundin war heute besonders gut drauf. Vielleicht sollte sie lieber wieder als Lehrerin arbeiten, dann würden die Schüler sie schon müde bekommen.

Lemaitre hatte tatsächlich noch nicht gefrühstückt, Alfred von Boyen trank morgens sowieso immer nur einen Tee oder einen Kaffee und Peters und Scheller hatten insgeheim darauf spekuliert, dass Barbaras Fürsorglichkeit sie ernähren würde. Die vier trafen nach und nach aus drei Himmelsrichtungen im Schönbacher Pfarrhaus ein.

Sie setzten sich alle um den Küchentisch, jeder eine Tasse vor sich und den Korb mit Annas Gaben in der Mitte. Lemaitre begann.

»Wir haben in der alten Waldarbeiterhütte eine Unmenge von Spuren gefunden, die mit hoher Wahrscheinlichkeit nicht von den Waldarbeitern stammen, die diese Unterkunft zuletzt vor neun Jahren genutzt haben.« Sein Elsässer Akzent klang nicht nur in den Ohren von Barbara Fouquet äußerst charmant. »Neben den Kippen von französischen Zigaretten auch solche mit kyrillischer Schrift. Eine verschlissene Unterhose, Bonbonpapier, einen Schuh, eine Wasserflasche, zwei Einwegfeuerzeuge und manch anderes – alles keine bei uns bekannten Marken. Das deutet darauf hin, dass sich hier Menschen aufgehalten haben, die nicht aus Westeuropa stammen. Dazu eine Landkarte, die einen Teil Weißrusslands zeigt, durchgeschnittene Kabelbinder mit menschlichen Hautfetzen daran, blutige Papiertaschentücher und abgerissene Pflaster. Alles mögliche Hinweise auf die Anwendung von Gewalt. Die genauen Analysen sind noch im Gange. Eindeutige DNA Spuren, die man gegebenenfalls bestimmten Individuen zuordnen kann, müssen erst identifiziert werden. Das wird dauern. C'est ça.«

»Das ist nicht wenig«, sagte Peters.

»Und es passt zu unseren Ergebnissen«, meinte Scheller.

»Gibt es noch weitere Spuren, die Hinweise auf die Vorgänge in der Hütte geben?«, wollte Peters jedoch zunächst wissen.

»Es haben sich dort Menschen aus Osteuropa aufgehalten, die vielleicht nicht ganz freiwillig da waren. Das können wir sagen«, fuhr Lemaitre fort. »Der An- und Abtransport ist mit Kleinlieferwagen erfolgt. Darauf deuten die Reifenspuren rund um das Gebäude hin. Es sind die typischen Reifen dieser Kleintransporter, zum Teil auch mit Zwillingsreifen.«

»Ein Zwischenlager für Menschen also, eine Station auf einem langen Weg«, sinnierte Alfred von Boyen. »Menschenhandel?«

»Vielleicht«, sagte Peters. »Aber es sind lediglich diese wenigen Blutspuren und die durchgeschnittenen Kabelbinder, die auf die Anwendung von Gewalt oder auf eine unfreiwillige Reise hindeuten. Genau genommen nur die Kabelbinder, denn Nasenbluten oder kleine Schürfwunden kann jeder freiwillig Reisende genauso haben.«

»So sehe ich das auch«, sagte Lemaitre. »Wir müssen vorsichtig sein, aus diesen wenigen Spuren zu viel herauszulesen. Ohne weitere Informationen sind sie nicht besonders aussagekräftig.«

»Vielleicht waren die Menschen durchaus freiwillig auf der Reise und wurden mit Gewalt daran gehindert, die Reise fortzusetzen oder abzubrechen«, sagte Barbara.

»Möglich ist das«, meinte Lemaitre und lächelte sie an. »Aber wie gesagt, das sind Hypothesen, die erst noch erhärtet werden müssen.«

Der Korb mit Annas Gaben war schon zu Hälfte geleert, und auch die Kaffeemaschine war schon wieder in Betrieb.

»Wir wissen leider nicht, woher die Wagen kamen und wo sie anschließend hinfuhren«, sagte Lemaitre. »Wir haben jedoch noch etwas anderes festgestellt. Von der Hütte führt ein ungewöhnlich stark ausgetretener Pfad in den Wald hinein. Normalerweise sind die Waldwege – meist sind es alte Wirtschaftswege – um diese Jahreszeit zum größten Teil schon wieder überwuchert. Nur im Winter sind sie richtig zu erkennen. Es handelt sich hierbei nicht um einen der markierten Wanderwege in unserem Biosphärenreservat Pfälzerwald - Nordvogesen. Die liegen jeweils ungefähr zwei Kilometer weiter westlich und östlich. Hier führt keiner dieser offiziellen Wanderwege entlang, und deshalb ist es auffallend, dass dieser Weg nicht so zugewachsen ist wie die anderen alten Wirtschaftswege im Sturzelbronner Wald.«

»Es könnte also sein, dass die Menschen gar nicht in den Wagen weitertransportiert wurden, sondern zu Fuß weitergegangen sind«, sagte von Boyen.

»Das kann man vermuten«, sagte Lemaitre.

»Und wohin führt der Weg?«, fragte Barbara Fouquet.

»Er geht in Richtung Norden, wir haben ihn aber noch nicht zu Ende verfolgen können.«

»Vielleicht sollten wir von deutscher Seite aus weiter machen«, sagte Peters. »Es könnte nämlich sein, dass die Menschen Richtung Ludwigswinkel gegangen sind«, mutmaßte er.

»Um möglichst geräuschlos über die Grenze zu kommen«, sagte Scheller.

»Und vermutlich bei Nacht«, sagte Lemaitre.

»Obwohl es diese wunderbar ausgebaute inoffizielle Abkürzung zwischen Ludwigswinkel und Sturzelbronn gibt, die prima mit dem Auto zu befahren ist«, sagte Peters.

»Die wir aber doch gelegentlich kontrollieren, denn an beiden Enden steht ein unübersehbares Schild, dass diese Straße nicht befahren werden darf. Aber ich gebe zu, wir kontrollieren selten, denn eigentlich sind es nur Einheimische, die den Weg kennen und benutzen. Solange auf der viel zu schmalen Straße kein Unfall passiert, sind wir großzügig.«

»Aber wenn kontrolliert wird«, fing Scheller den Satz an.

»Dann kontrollieren wir richtig«, setze Lemaitre ihn fort. »Obwohl es so etwas wie Schmuggel zwischen Deutschland und Frankreich eigentlich nicht mehr gibt.«

»Aber es gibt doch noch Beschränkungen beim Alkohol oder?«, sagte von Boyen, »Eigenbedarf oder so ähnlich.« Peters musste an die Weinprobe mit den ausgesuchten französischen Weinen bei ihm denken.

»Ja«, sagte Lemaitre, »und bei Tabakprodukten. Aber Schmuggel lohnt sich nicht wirklich.«

»Gut«, sagte Peters, »dann wird es wichtig sein, dass wir diesen Weg durch den Wald verfolgen und vor allem seinen Endpunkt finden. Ich kann mir nicht vorstellen, dass es das Hotel gewesen ist. Das wäre doch zu sehr aufgefallen.«

»Schicken Sie mir am besten ein oder zwei Ihrer Mitarbeiter, die das zusammen mit meinen Leuten machen«, antwortete Lemaitre. »Dann sind wir rechtlich auf der sicheren Seite, wenn dabei die Grenze überschritten wird.«

Peters nickte, nahm sein Handy vom Tisch und zog sich ins Wohnzimmer zurück, um zu telefonieren.

»Was habt ihr in Pirmasens herausbekommen?«, wollte Barbara Fouquet wissen, während Peters telefonierte.

»Nicht ohne meinen Chef«, sagte Scheller und lächelte.

»Das sind ja ganz neue Töne«, sagte Barbara und grinste.

»Mir liegt eben etwas an einem guten Arbeitsklima«, antwortete Scheller und erntete dafür von Lemaitre einen skeptischen Blick. Der hatte bei ihrem letzten Zusammentreffen vor zwei Jahren einen ganz anderen Eindruck von Scheller bekommen. Damals war er ihm durch seine Unzuverlässigkeit aufgefallen. Aber Menschen können sich ändern, wenn sie wollen, dachte er.

So wartete man in stiller Betrachtung der Tischplatte, bis Peters zurückkam.

»Erledigt, zwei Mitarbeiter aus Pirmasens sind unterwegs nach Sturzelbronn«, sagte Peters, als er wieder da war. »Und nun ist es an uns zu berichten. Scheller, fang du doch mal an!«

»Also«, sagte Scheller und lehnte sich genüsslich zurück, »die Auswertung des Handys hat uns ein ganzes Stück weiter gebracht. Da sind zunächst einmal die Telefonate. Es sind überwiegend Anschlüsse in Weißrussland, aber auch einige in Frankreich. Die meisten Gespräche wurden nachts geführt. Wir haben jedoch noch keine Meldung darüber, zu wem die Anschlüsse gehören. Unsere Botschaft in Minsk will sich darum kümmern.«

»Weil es sich um Angelegenheiten zwischen zwei Staaten handelt, stehen wir unter einem ungeheuren Druck«, ergänzte Peters. »Wenn wir nicht bald konkrete Ergebnisse haben, wird sich wahrscheinlich der BND einschalten, und dann sind wir raus aus der Sache.«

»Hätte auch was für sich«, grinste Scheller. »Weniger Arbeit für uns, schätze ich.«

»Ja«, sagte Peters, »aber dann sind wir auch von allen Informationen ausgeschlossen, und der ganze Fall bleibt für uns eine Blackbox, die wir bei der Arbeit in den nächsten Jahren mit uns herumschleppen werden. Wir wissen in dem Fall nicht, was sich hier in unserer Zuständigkeit ereignet hat. Das möchte ich vermeiden.«

»Ist in Ordnung«, sagte Alfred von Boyen etwas ungeduldig. »Aber das war doch wohl nicht alles, was ihr entdeckt habt?«

»Wesentlich ergiebiger waren die Mails von Ekatarinas Account«, sagte Scheller.

»Wenn wir es zusammenfassen, ergibt sich folgendes Bild«, sagte Peters, und die Köpfe der anderen neigten sich ihm zu. »Ekatarina Skidan war mit einem ganz konkreten Auftrag hierher gekommen. Sie sollte dem Verdacht nachgehen, dass in unserer Gegend eine illegale Vermittlung billiger weißrussischer Arbeitskräfte erfolgt. Sie sollte herausfinden, welche Wege die Schleuser nehmen, wer sie und wer ihre Partner auf dieser Seite der Grenze sind.«

»Das passt genau in das Bild, das sich in der Hütte der Waldarbeiter ergeben hat«, sagte Lemaitre. »Sie war möglicherweise die Sammelstelle vor dem Grenzübertritt und der erfolgte zu Fuß.«

»Und bei Nacht«, ergänzte Scheller. »Ekatarina Skidan berichtet in einer Mail von solch einer Gruppe, die sie nachts beobachtet hat. Jedoch macht sie keine genauen Angaben über den Ort. Auf jeden Fall galt diese Beobachtung ihr und ihren Partnern als Bestätigung für den Verdacht. Nur ließ man die Sache weiterlaufen, weil man an die Hintermänner heranwollte.«

»Gibt es irgendeinen Hinweis auf eine konkrete Person, die für uns als Täter infrage kommt?«, fragte Alfred von Boyen.

»Wenn man es streng nimmt, so muss ich Nein sagen«, antwortete Peters. »Sie schreibt von einer Kontaktperson im Hotel, nennt aber weder Namen noch Geschlecht. Außerdem erwähnt sie einen Mann, der die Gruppe jedes Mal über die Grenze begleitete. Das war wohl immer dieselbe Person.«

»Also gibt es mindestens zwei, denen die Nachforschungen Ekatarinas ungelegen gewesen sein können«, sagte Barbara. »Eine im Hotel und eine außerhalb. Mögliche Täter.«

»Ja, was diese Spur angeht«, sagte Peters. »Nach wie vor können wir eine Beziehungstat oder auch einen Täter aus dem Umfeld des Campingplatzes nicht ausschließen. Wir gehen jetzt aber erst einmal dieser Spur nach. Die beiden anderen haben wir untersucht und sind dabei zunächst nicht erfolgreich gewesen.«

»Was ist mit den beiden anderen Weißrussen?«, wollte Alfred von Boyen wissen.

»Ich vermute, sie haben das gleiche Ziel wie wir. Sie wollen den Tod von Ekatarina aufklären und den Schleppern auf die Spur kommen.

»Sollten wir nicht versuchen, mit ihnen zusammen zu arbeiten?«, fragte Barbara.

»Ich habe die klare Anweisung, ihnen möglichst aus dem Weg zu gehen«, sagte Peters. »Zudem bin ich nicht sicher, ob sie uns überhaupt weiterhelfen können. Schließlich haben sie nicht mehr Informationen als wir.«

»Immerhin haben sie uns zu der Hütte bei Sturzelbronn geführt«, wandte Scheller ein.

»Wir sollten die Telefonate nicht außer acht lassen«, meinte Barbara. »Vielleicht hat Ekatarina in den Telefonaten die beiden Personen klar benannt.«

»Aber dann hätten die beiden sich doch die Verbindungsperson im Hotel schon lange geschnappt«, sagte Scheller.

»Vielleicht wollen sie den nächsten Transport abwarten, um beide auf einmal zu bekommen«, meinte Lemaitre.

»Das würde ich auch am liebsten machen«, sagte Peters. »Aber wir haben nicht so viel Zeit. Es wäre gut, wenn wir heute zu einem Abschluss kämen.«

Wieder starrten alle auf die Tischplatte, dieses Mal aber aus Ratlosigkeit.

»Wir müssen ihm oder ihr eine Falle stellen«, sagte Alfred von Boyen. »Und ich habe auch schon eine Idee.«

21

Es war gegen sechzehn Uhr, als eine ungefähr fünfzig Jahre alte schlanke Frau die Lobby des Hotels betrat. Sie war einfach gekleidet mit einem schlichten Kleid in verwaschenen Rottönen, trug leicht abgewetzte braune Pumps an den Füßen und eine verschlissene kleine Reisetasche in einer Hand. Die Augenpartie ihres Gesichtes war dezent geschminkt, die letzte Kolorierung der Haare lag schon einige Wochen zurück, zwischen den dunkelblonden Strähnen lugten braune und graue Partien hervor. Sie wirkte in dieser Umgebung ein wenig ärmlich, aber man sah ihr ebenso an, dass sie, so gut es ging, gepflegt und sauber erscheinen wollte.

Sie ging auf den arroganten Concierge zu und sagte in gebrochenem Deutsch: »Guten Tag. Ich suchen Arbeit.«

Der Mann hinter dem Empfang musterte sie von oben bis unten und drehte sich um. Die Frau blieb erwartungsvoll stehen und rührte sich nicht. Der Concierge verschwand im Backoffice und kam nach einer Weile wieder heraus. Er schaute an der Frau vorbei.

»Guten Tag. Ich suchen Arbeit. Wie andere«, sagte die Frau.

»Verschwinden Sie!«, zischte der Mann zurück.

»Ich suchen Arbeit!«, sagte die Frau nun deutlich lauter.

»Verschwinden Sie!«, sagte der Concierge, seinerseits nun auch für alle unüberhörbar.

»Ich will Chef sprechen«, sagte die Frau.

Der Empfangschef ging um den Empfang herum, nahm sie an einem Arm und führte sie zum Ausgang.

»Ich will Arbeit. Ich will Chef sprechen!«, rief die Frau in der ganzen Lobby hörbar.

Der Concierge zog sie weiter am Arm in Richtung Ausgang.

Die Frau ließ sich fallen.

»Hilfe!«, schrie sie.

»Seien Sie still!«, zischte der Mann.

»Ich will Arbeit«, rief die Frau.

Die Menschen in der Lobby begannen aufmerksam zu werden. Ein älterer Herr ging zu den beiden und fragte: »Kann ich Ihnen helfen?«

Die Frau rief: »Ich will Arbeit. Wie andere. Arbeit hier. Ich bin aus Belarus.«

Der Concierge sagte zu dem Mann: »Vielen Dank, ich glaube, ich schaffe das schon. Entschuldigen Sie bitte!« Er versuchte, die Frau hochzureißen, aber sie entwand sich seinem Griff, lief zum Empfang, hielt sich an einer der Messingsäulen fest, die den kleinen Baldachin mit seinen eingelassenen Lichtern trugen, und starrte den Concierge an.

»Ich will Chef sprechen!«, rief sie noch einmal.

Inzwischen schauten fast alle Menschen in der Lobby auf die Frau und den Empfangschef, sodass der es für klüger hielt, eine weitere Eskalation zu vermeiden. »Kommen Sie bitte mit. Möchten Sie einen Kaffee?« Mit diesen Worten führte er sie ins Backoffice und die Frau folgte ihm willig. Er drückte sie auf einen Stuhl und sagte einer Mitarbeiterin: »Schauen Sie, dass sie den Chef herbekommen oder die Hausdame, am besten beide.«

Es dauerte nicht lange, da erschien Nicole Berner beim Empfang. Wenige Minuten später war Jean Dallmann da. In diesem Moment betraten auch Bernd Peters und Klaus Scheller die Lobby des Hotels. Kaum hatten die beiden sich in zwei der ausladenden Sessel niedergelassen, trat Lemaitre durch die Tür und setzte sich zu ihnen.

Wenige Minuten später kamen Barbara Fouquet und Alfred von Boyen. Barbara war ungewöhnlich gekleidet. Sie trug ein schwarzes Kostüm mit einer hellblauen Bluse, die mit einem Kollar dicht um den Hals schloss. Sie sah aus wie eine anglikanische Priesterin. Diese Uniform hatte sie von einem Besuch bei einer Partnergemeinde in Ghana zurückbehalten. Man hatte ihr vor der Reise gesagt, dass sie sich unbedingt dieses Kleidungsstück zulegen müsse, um in Ghana als Pfarrerin erkannt und ernst genommen zu werden. Die beiden setzten sich ein wenig abseits, aber drehten ihre Sessel so um, dass sie wie die anderen den Empfang mit dem dahinter liegenden Raum gut im Blick hatten.

In diesem Zimmer herrschte reges Treiben und es wurde zunehmend lauter. Immer wieder waren Satzfetzen zu hören: »Hat gesagt, soll hierher gehen ... wie die anderen ... ich will Arbeit ... haben gesagt, hier gibt es Arbeit für uns ... ich nicht weggehen ... ich will wie die andern.« Der Concierge, die Hausdame und der Chef schienen auf den unliebsamen Eindringling einzureden, aber erfolglos. Es würde nicht lange dauern, da würden sie versuchen, die Frau auf die eine oder andere Weise loszuwerden, dachte von Boyen.

Nach ein paar Minuten kam der Empfangschef aus dem Backoffice und griff zum Telefon am Empfang. Er tippte eine Nummer ein, schaute hoch und sah die beiden Polizeibeamten in der Lobby sitzen, nickte ihnen leise zu und legte den Hörer auf, ohne ein Gespräch geführt zu haben. Dann ging er wieder zurück nach hinten.

»Es funktioniert«, raunte Alfred von Boyen seiner Nachbarin zu.

»Ich bin gespannt«, antwortete Barbara.

»Einer von den dreien ist die Kontaktperson für die Schlepper, vermute ich«, fuhr von Boyen fort. »Mindestens einer. An ihren Reaktionen werden wir es hoffentlich erkennen. Derjenige oder diejenige, die nichts mit der Sache zu tun hat, muss jetzt misstrauisch werden gegenüber den anderen. Die Kontaktperson muss sich andererseits bemühen, die Frau möglichst schnell zur Ruhe zu bekommen und sie zufriedenzustellen. Sie haben uns gesehen, sie können sie nicht einfach rauswerfen.«

Von Boyen dachte nach und sagte: »Wenn sie der Frau eine Stelle anbieten, muss sie zufrieden sein. Der Concierge kann es nicht. Am Empfang kann er sie nicht einsetzen. Die Hausdame könnte eine Stelle als Zimmermädchen anbieten, ohne sich besonders verdächtig zu machen. Der Chef könnte ihr jede Stelle geben, zum Beispiel eine in der Küche, ohne dass es besonders auffiele.

Die beiden anderen würden denken, er wolle vor allem diese für das Hotel peinliche Szene beenden. Egal, was geschieht, bei den anderen bleibt die Frage, auf was die Frau angespielt hat, wen sie mit den ‚anderen' gemeint hat. Das bringt jetzt eine ganze Menge Energie ins System«, schloss von Boyen seine Überlegungen. Er lehnte sich genüsslich zurück, als handele es sich bei der ganzen Angelegenheit um einen Teambuilding-Workshop und er sei der Trainer.

Es wurde leiser im Backoffice, nur das Schluchzen der Fremden drang gelegentlich in die Lobby. Dann kam Nicole Berner mit der Frau an der Hand heraus. Das war das Zeichen für Barbaras Auftritt. Sie stand auf und kreuzte wie zufällig den Weg der beiden. Die Bittstellerin schaute hoch, entdeckte die Frau mit dem Kollar, riss sich los, lief auf sie zu und warf sich ihr an den Hals. Sie nuschelte unverständliche Sätze in einer unverständlichen Sprache, kniete vor der Pfarrerin nieder, umfasste ihre Knie und küsste ihr die Hand. Nun kamen die ersten verständlichen Worte über ihre Lippen: »Hilfe, bitte!«

Nicole Berner war sichtlich verdutzt.

»Was ist mir ihr?« , fragte Barbara Fouquet.

»Ich weiß nicht recht«, antworte die Hausdame. »Sie war plötzlich hier und sagte, sie wolle Arbeit. Das geht aber nicht so einfach. Sie lässt sich nicht abwimmeln.«

»Lassen Sie mich mit ihr sprechen«, bat Barbara.

»Aber sie spricht kaum Deutsch«, sagte Frau Berner.

»Ich will es versuchen. Haben Sie irgendwo einen Raum, wo ich ungestört mit ihr sprechen kann?«

»Kommen Sie mit, ich bringe Sie in mein Zimmer.«

Nicole Berner ging voraus und Barbara folgte ihr mit der Weinenden am Arm in den Verwaltungstrakt. Im Berners Büro angekommen, drückte sie die Frau auf einen der Stühle und sagte zur Hausdame gewandt: »Bitte lassen Sie uns eine Viertelstunde. Ich will schauen, was ich machen kann.«

Nicole Berner verließ den Raum, und die Frau rieb sich die Tränen aus dem Gesicht. »Ist doch praktisch, dass wir Frauen auf Anhieb weinen können«, sagte Jenny und lächelte.

»Du warst wirklich toll. Total glaubwürdig«, sagte Barbara.

»Na ja, zehn Jahre Laienspielgruppe Luthersbrunn, das muss sich doch irgendwie auszahlen«, antwortete Jenny.

»Hast du irgendetwas mitbekommen, als ihr da im Backoffice ward?«, fragte Barbara.

»Ich kann zumindest sagen, dass Jean Dallmann völlig überrascht war. Er schien nicht die mindeste Ahnung zu haben, was da vor sich ging. Immer wieder hat er gefragt: »Welche anderen?« Also, ich habe den Eindruck, der weiß nichts.«

»Könnte sein – und die beiden anderen?«

»Da bin ich mir nicht sicher. Die haben sich manchmal etwas eigentümlich angeschaut, vielleicht ein wenig ängstlich. Und sie waren sehr darauf bedacht, dass wir endlich aus diesem Zimmer heraus kommen. Aber ich habe immer wieder den Chef angefleht, sodass wir doch eine Weile bleiben mussten.«

»Also Mitteilung an die anderen«, sagte Barbara und zog ihr Handy aus der Tasche ihres Blazers. Wenige Sekunden später klingelte das Telefon von Bernd Peters in der Lobby, und er erhielt die erwarteten Informationen. Der besprach sich kurz mit Scheller, der daraufhin aufstand und zum Empfang ging.

»Ich würde gerne die Hausdame sprechen«, sagte er und zeigte seinen Dienstausweis vor.

»Darf ich fragen, worum es geht?«, antwortete der Concierge, aber er erhielt als Antwort: »In diesem Falle nicht. Und bitte beeilen Sie sich!«

Der Concierge griff zum Telefon, um Nicole Berner auf ihrem Handy zu erreichen. »Tut mir leid, es ist leider besetzt.«

»Dann versuchen Sie es gleich noch einmal«, sagte Scheller und klopfte ungeduldig mit den Fingern auf den Tresen. Der Concierge zögerte einen Moment, griff aber wieder zum Telefon. »Immer noch besetzt. Aber warten Sie hier. Ich gehe sie suchen«, sagte er und wollte sich schon abwenden.

»Nicht nötig«, meinte Scheller, »das mache ich schon selbst«, und ging in die Richtung des Verwaltungstraktes.

Kaum war Scheller um die Ecke verschwunden, wandte sich der Empfangschef an eine Mitarbeiterin und entfernte sich dann. Lemaitre erhob sich und folgte ihm. Im gleichen Moment stand auch von Boyen auf und verließ das Hotel durch den Haupteingang.

Scheller ging in den Gang des Verwaltungstraktes und öffnete jede Tür, ohne anzuklopfen. Einige Türen waren verschlossen, nur einmal traf er auf die junge Buchhalterin und entschuldigte sich mit den Worten: »Oh Entschuldigung, ich habe mich wohl in der Tür geirrt.« Die Frau mit den langen schwarzen Haaren und den ebenmäßigen Gesichtszügen hatte enge Jeans und einen nicht weniger engen Pullover an, was Scheller zu dem Nachsatz veranlasste: »Obwohl, zumindest ein schöner Irrtum.« Fast hätte er noch gefragt, ob sie am Abend schon etwas vorhätte, aber sein Pflichtbewusstsein gewann die Oberhand und er schloss die Tür wieder.

Dann kam er an Nicole Berners Büro und traf auf Barbara und Jenny. »Wisst ihr, wo die Berner hingegangen ist?« Die beiden schüttelten den Kopf.

»Haltet mal schön die Stellung«, lächelte er und ging den Gang weiter. Er hatte gehofft, dass es keinen zweiten Ausgang gebe, denn dann musste er Nicole Berner irgendwo hier finden, schließlich war sie noch nicht in die

Lobby zurückgekehrt. Selbstverständlich konnte sie in einem der abgeschlossenen Zimmer sein, aber im Foyer saß Peters, der alles genau im Blick behielt. So öffnete er die Feuerschutztür am Ende des Ganges und kam in ein Treppenhaus. Nach oben ging es zu den Gästezimmern, vermutete er, von unten drangen typische Küchengeräusche an sein Ohr. Auf dieser Ebene gab es zwar einen Notausgang, aber der war verriegelt. Also ging er nach unten in der Hoffnung, die richtige Richtung gewählt zu haben. Denn wenn Nicole Berner nach oben gegangen wäre, dann müsste sie auf Umwegen irgendwann einmal wieder in der Lobby auftauchen – und da saß schließlich sein Chef.

In der Küche traf er auf ein paar müde Abwäscher, die sich an großen Töpfen zu schaffen machten.

»Ich suche Frau Berner, die Hausdame«, sagte er in der Hoffnung, von diesen beiden Männern, die sich bei seinem Eintreten in einer ihm fremden Sprache unterhalten hatten, verstanden zu werden.

»Hausdame?«, fragte der eine mit einem unüberhörbaren Akzent zurück.

»Ja«, sagte Scheller ungeduldig.

Der andere wies mit dem Kopf zum Ausgang ins Freie und wandte sich wieder seinem Topf zu.

Draußen entdeckte Scheller zunächst niemanden. Er schaute sich um. Links von ihm lag der Parkplatz des Hotels. Vielleicht war Nicole Berner zu ihrem Auto gegangen und weggefahren. Dann hatte er im Moment sowieso keine Chance, sie zu finden. Also folgte er dem Weg, der nach rechts im Wald verschwand. Er schlängelte sich oberhalb der Liegewiesen des Mühlweihers zu dessen Zufluss. Scheller kam zu einer schmalen Eisenbrücke, die über den Bach führte. Wieder verschwand der Weg in den Bäumen, und plötzlich stand er am Hintereingang des

Campingplatzes, der dem Hotel gegenüber am Weiher lag.

Jetzt in der Woche war der Platz nicht allzu belebt, aber an einigen Wohnwagen standen die Türen der Vorzelte offen. Von Nicole Berner war nichts zu sehen. Wo sollte er suchen, wenn er sie überhaupt hier finden würde? Er ging zu dem einzigen Wohnwagen, den er auf diesem Platz kannte, hielt nach dem Flaggenmast mit der Deutschlandfahne Ausschau und steuerte auf Karls Unterkunft zu. Karl wusste immer alles, was sich auf dem Platz zutrug. Vielleicht hatte er auch Nicole Berner gesehen.

Als Scheller sich dem Caravan näherte, hörte er aufgeregte Stimmen. Er ging, um nicht gesehen zu werden, von hinten heran. Die Stimmen waren laut, er verstand sie jedoch nicht. Er ging näher. Niemand war zu sehen. Im Vorzelt bewegten sich zwei Schatten. Plötzlich war es still.

»Lass uns zur Hütte gehen. Die Leute müssen ja nicht alles mitbekommen«, sagte die Frau. Wieder Ruhe. Zwei Gestalten traten aus dem Vorzelt und Scheller erkannte Karl und die Hausdame. Die beiden gingen auf den Wald hinter dem Campingplatz zu. Scheller folgte ihnen vorsichtig.

Der Campingplatz war umzäunt, aber zum Wald hin gab es ein Türchen, das Scheller noch nicht bemerkt hatte. Die beiden gingen hindurch und folgten einem schmalen Pfad. Nach wenigen Minuten tauchte eine Hütte im Wald auf. Die beiden blieben davor stehen und begannen wieder mit ihrer Unterhaltung. Scheller schlich näher und umging die Hütte in einem weiten Bogen, um zur Rückseite zu gelangen. Old Shatterhand, der Held seiner Jugend, hätte Freude an diesem Manöver gehabt, dachte er.

Von der Rückseite der Hütte führte ein ausgefahrener Waldweg weg und würde vermutlich in die Kreisstraße münden, die nur weniger hundert Meter dahinter verlaufen musste. Scheller wollte gerade näher an die Hütte herangehen, als er zwei andere Gestalten entdeckte, die sich offenbar am rückseitigen Eingang zu schaffen gemacht hatten und nun die Bretterbude betraten. Er versuchte, sich so weit wie möglich der Hütte zu nähern, ohne dass man ihn von dort aus sehen konnte. Dann schlich er um das Gebäude herum, um wieder zum Vordereingang zu kommen, wo Karl der Camper mit der Hausdame stehen musste.

Sie waren nach wie vor in eine heftige Diskussion verstrickt, als sich eine weitere Person der Hütte näherte. Die kam den Weg vom Campingplatz her. Als sie sich näherte, erkannte Scheller, dass es sich um den Concierge handelte.

»Da kommt er ja, der arrogante Kerl«, hörte er Karl sagen. »Der hat uns doch den ganzen Scheiß eingebrockt.«

»Wenn du ein bisschen schlauer gewesen wärst, hätte uns niemand entdeckt«, gab die Hausdame zurück.

»Ach, und du wäschst deine Hände wohl in Unschuld, was?«, brüllte Karl sie an. Dann sagte er leise: »Der ist nicht allein!«

Jetzt sah Scheller es auch. Hinter dem Concierge traten Lemaitre und von Boyen aus dem Wald.

»Das sind Hotelgäste. Die habe ich vorhin in der Lobby gesehen. Reg dich nicht auf. Wir gehen rein«, sagte Nicole Berner, öffnete die Tür zur Hütte, schob Karl hinein und bedeutete dem Empfangschef, sich zu beeilen und auch mit hineinzukommen.

In diesem Moment tauchte auch Bernd Peters auf, der seinen Beobachtungsposten in der Lobby verlassen hatte, nachdem sich nichts mehr getan hatte.

Die vier Männer steckten die Köpfe zusammen.

»Wer ist da jetzt alles drin?«, wollte Peters wissen.

»Der Concierge, die Hausdame und ein weiterer Mann«, sagte Lemaitre.

»Der weitere Mann ist Karl, das Faktotum und der geheime Chef des Campingplatzes«, sagte Scheller. »Ein unangenehmer Typ.«

»Die drei arbeiten also zusammen«, meinte Peters. »Jean Dallmann ist außen vor.«

»Da sind aber auch noch unsere beiden weißrussischen Freunde drin«, ergänzte Scheller. »Ich habe sie am Hintereingang hineingehen gesehen.«

Es wurde laut in der Hütte. Erst Schreie, dann prallte jemand mit Wucht gegen die Außenwände, ein Stuhl oder etwas Ähnliches wurde zertrümmert, Schläge waren zu hören, Schreie einer Frau, Flüche eines Mannes, ein Schuss fiel.

»Das gibt ein Blutbad«, meinte Scheller. »Wir müssen eingreifen.«

»Das war erst ein Schuss«, sagte von Boyen. »Wenn der getötet hat, können wir sowieso nichts mehr ändern. Ich halte es für das Beste, wir warten ab.«

Scheller sah ihn erstaunt an.

»Ich sehe das genauso«, meine Lemaitre. »Wir warten ab.«

»Was meinst du, Chef?«, fragte Scheller kopfschüttelnd Bernd Peters.

Der antwortete: »Wir warten!«

In dem Moment wurde es totenstill in der Hütte.

22

Zwei Tage später saßen sie alle auf der Terrasse von Alfred von Boyens Haus in der Abendsonne. So groß war die Runde noch nie gewesen. Klaus Scheller hatte grillen wollen, also hatte er sich um den Grill kümmern müssen. Den hatte er von einem Freund geliehen, denn es sollte unbedingt einer von dem großen Grillhersteller sein, dessen Grills seit kurzem offenbar in jedem Haushalt, der etwas auf sich hielt, vorhanden sein mussten. Bernd Peters hatte sich um das Fleisch gekümmert, Steaks von den Hochlandrindern aus der Region. Alfred von Boyen steuerte den Wein bei, Barbara Fouquet die übrigen Getränke. Anna Hoger hatte die Baguettes mitgebracht, Jenny hatte einen Salat gemacht, obwohl sie einfach nur Gast sein sollte. Denn ihren Schauspielkünsten war es zu verdanken, dass von Boyens Plan aufgegangen war. Sie hatten noch am gleichen Abend die Festnahmen melden und so den Nachrichtendienst aus der Angelegenheit heraushalten können. Sie hatten es alleine geschafft, und die Pressekonferenz am nächsten Morgen war ein voller Erfolg für den Polizeipräsidenten und den Polizeidirektor gewesen. Bis in die Abendnachrichten der großen Fernsehsender hatten sie es gebracht, und am heutigen Tag hatten die lokalen Zeitungen dem Fall ganze Seiten gewidmet und die überregionalen immerhin einen Dreispalter.

Die Zeitungsausschnitte machten die Runde. Man amüsierte sich über diese gekonnte Formulierung und jenen kleinen Fehler. Die »Supercops von Pirmasens« hatte die Pirmasenser Zeitung geschrieben, und die Rheinpfalz sprach von »einem genialen Plan und dessen gekonnter Ausführung«. Allesamt boten sie Hintergrundinformationen über die schwierigen diplomatischen Verhältnisse zwischen der Bundesrepublik Deutschland und Weißrussland, über die gute Kooperation der deutschen und französischen Polizei in der Grenzregion sowie die eigentümliche Einreise von zwei weißrussischen Agenten über den Sportflugplatz auf dem Söller.

Die beiden Herren waren inzwischen wieder abgereist und hatten die Gegend auf dem gleichen Weg verlassen, auf dem sie auch gekommen waren. Man trauerte ihnen nicht nach. Zwar hatte eine Aussprache stattgefunden, die versöhnlich endete, aber die Einbrüche bei von Boyen und in der Polizeidirektion nahm man ihnen immer noch übel. Man wollte sie zur Rechenschaft ziehen, doch als sie ihre Diplomatenpässe vorgezeigten, lenkten Peters und Scheller schnell ein, tranken mit den beiden in der Bar des Spa-Hotels am Saarbacher Mühlweiher jeder zwei Wodka auf die gelungene Aktion und verabschiedeten sich mit fast freundschaftlichem Händedruck voneinander.

»Die hätten wir sowieso nicht belangen können«, hatte Peters zum Polizeidirektor gesagt, »und letztlich haben sie uns doch geholfen.« Man war die Ereignisse in der Waldhütte mehrfach durchgegangen und hatte sich dann auf eine Version geeinigt, die für die Öffentlichkeit bestimmt sein sollte und in der Pressekonferenz dargestellt wurde. Darin kamen die beiden Agenten gar nicht vor. Sie hatten jedoch die Journalisten unterschätzt, die sich gleich nach der Pressekonferenz nach Ludwigswinkel zum Hotel und zum Campingplatz aufmachten, um ihre eigenen Recherchen anzustellen. Da wurde deutlich, dass bei der Festnahme der Beschuldigten offenbar mehr Personen anwesend gewesen waren, als die Polizei zugegeben hatte. Letztlich war es dann Jean Dallmann, der über seine beiden ungewöhnlichen Gäste plauderte. Er versprach sich davon wohl Publicity für sein Hotel, dessen Präsenz in den Medien er gerne positiv beeinflussen und sich die Journalisten genehm machen wollte. Ob er sich und seinem Unternehmen damit wirklich einen guten Dienst erwies, das würde sich erst in den nächsten Tagen zeigen, wenn die Story von der Ermordung einer weißrussischen Geheimdienstmitarbeiterin in Ludwigswinkel breitgetreten werden würde, um die Auflagenzahlen zu stabilisieren. Peters befürchtete, dass er nun für einige Tage vor allem am Telefon hängen und Interviews geben müsste, aber diese Aufgabe übernahm die Pressesprecherin des Polizeipräsidiums in Kaiserslautern, was ihm mehr als recht war.

Die ersten Steaks lagen schon auf dem Grill, als schließlich auch Lemaitre kam. Er hatte seine Frau Marie dabei, um ihr ‚seine deutschen Freunde' vorzustellen, wie er gesagt hatte. Sie brachten zwei Flaschen Edelzwicker mit, die weißweinigen Botschafter des Elsass. Barbara und Jenny hatten von der eigentlichen Festnahme nichts mitbekommen. Sie saßen in Nicole Berners Büro und warteten auf den erlösenden Anruf, der später kam, als sie gehofft hatten. Sie waren gespannt, nun endlich mitzubekommen, wie das eigentlich alles im Einzelnen abgelaufen war.

»Es war ganz einfach. Wir brauchten nur Geduld«, sagte Lemaitre und lächelte.

»Die eigentliche Arbeit haben die beiden anderen für uns gemacht«, meinte Scheller.

»Wir haben draußen vor der Waldhütte gewartet, und sind im richtigen Moment hineingegangen«, sagte Peters.

»Nur waren wir uns nicht ganz einig, wann der richtige Moment sei«, fuhr Alfred von Boyen fort. »Als es drinnen laut wurde, hatte Bernd Angst um die drei.«

»Aber Kollege Lemaitre war abgebrüht und hat gesagt: ‚Wir warten noch'«, setzte Bernd Peters nach. »Als ich zum zweiten Mal sagte: ‚Jetzt müssen wir aber hinein', sagte Lemaitre einfach: ‚Wir zählen jetzt bis sechzig, jeder in seiner Sprache. Erst wenn der Letzte fertig ist, gehen wir rein'.«

»Ich wusste gar nicht, dass es sich auf Französisch so viel langsamer zählt als auf Deutsch«, schob sich Scheller dazwischen. »Ich war schon bei hundert, als Lemaitre endlich sagte: ‚So, jetzt!'«

»Als wir in die Hütte kamen, da lagen der Concierge, die Berger und Karl, der Camper, auf dem Boden, die Gesichter nach unten, die Hände hinter den Köpfen«, sagte von Boyen.

»Unsere beiden weißrussischen Freunde standen vor ihnen und hatten ihre Pistolen auf sie gerichtet«, grinste Peters.

»‚Sie haben gestanden‘, sagte der eine. ‚Und sie werden es auch nie wieder leugnen‘, sagte der andere«, ergänzte Lemaitre.

Peters erzählte weiter: »‚Wenn ihr jemals auf die Idee kommen solltet, eure Geständnisse zu widerrufen, dann kommen wir wieder. Und wir werden euch finden. Dann wird keine deutsche oder andere Polizei in der Nähe sein, die uns daran hindert, kurzen Prozess mit euch zu machen‘, sagte nun wieder der erste mit seinem so wunderbar bedrohlichen russischen Akzent.«

»Hätten sie die drei erschossen, wenn ihr nicht gekommen wärt?«, fragte Jenny.

»Vielleicht hätten sie sie eher erdrosselt, das hätte nicht so viel Krach gemacht. Ich denke, wir sind gerade rechtzeitig hineingegangen«, sagte Peters.

»Wir hatten durchaus noch Zeit«, meinte Lemaitre lächelnd, als hätte er die Hälfte seines Lebens unter Geheimagenten verbracht. »Die beiden hätten sich noch Zeit gelassen, denn sie wollten ja noch die Hintergründe herausbekommen.«

»Können wir das jetzt übernehmen?«, hatte Peters die beiden gefragt.

Sie hatten nicht geantwortet, aber ihre Pistolen eingesteckt. Dann hatte Scheller den dreien Handschellen angelegt und sie auf eine der Bänke gesetzt.

»Jetzt rücken Sie raus mit der Sprache«, hatte Peters gesagt. »Und behaupten Sie nicht, wir hätten sie in irgendeiner Weise bedroht.«

»Aber die beiden?«, hatte der Concierge gestammelt.

»Die beiden Herren stehen hier neben mir und wirken alles andere als bedrohlich. Sehen Sie irgendwelche Waffen?«

»Aber der hat doch gesagt...«, stammelt der Concierge weiter.

»Ich erinnere mich nicht daran, dass die beiden Herren etwas geäußert hätten«, antwortete Peters.

Von Boyen hatte sich abseits auf einen der Holzstöße gesetzt. Das war jetzt nicht seine Sache, aber gehen wollte er auch nicht.

Dann hatten die drei geredet. Wenn sie ins Stocken kamen, hatten sich Lemaitre, Peters und Scheller wie auf Befehl gemeinsam zu den beiden Weißrussen gewendet, und die drei hatten weiter erzählt.

Es war schon eine ungewöhnliche Situation, und Peters fühlte sich gar nicht wohl dabei. Von den beiden Weißrussen ging für ihn und die Kollegen keine Bedrohung aus. Aber noch nie hatte er Menschen in einer solchen Situation vernommen. Jedoch wurde er sich schnell klar darüber, dass er eigentlich keine andere Möglichkeit hatte, als ihre Lage auszunutzen. Er hatte nichts gegen die drei in der Hand, keine Indizien, geschweige denn Beweise. Nur mit einem Geständnis würde er die Sache zu Ende bringen. Dafür war dies die beste Gelegenheit.

»Es war eine unmögliche Situation«, sagte Peters und nahm einen Schluck von dem immer noch gut gekühlten Edelzwicker. »Aber unsere einzige Möglichkeit.«

Barbara wurde ungeduldig: »Wie wäre es, wenn ihr die Sache jetzt einmal kurz und prägnant im Zusammenhang darstellt?«, sagte sie.

»Alfred, kannst du das nicht machen?«, fragte Peters. »Ich habe einen solchen Hunger. Ich brauche jetzt ein Steak.« Er lachte über das ganze Gesicht.

»Du meinst wohl, ich sei im Verzichten besser als du, was?«, lachte von Boyen zurück. »Aber in Ordnung!«

Und er erzählte: »Die drei waren allesamt in den Handel mit billigen Arbeitskräften aus Osteuropa verstrickt. Schleuser brachten diese mit dem Schiff bis Strasbourg, von dort mit dem Auto nach Sturzelbronn, dann in der Nacht über die Grenze in die Hütte am Saarbacher Mühlweiher. Die Berner war die eigentliche Ansprechpartnerin der Schlepper. Sie vermittelte die Menschen weiter. Sie hatte die richtigen Kontakte zu anderen Hotels und Firmen, die nach billigen Helfern suchten. Der Concierge war ursprünglich nicht dabei gewesen, aber irgendwann war er der Berner auf die Spur gekommen, und man hatte sich darauf geeinigt, dass er auch ein Stück von der Torte bekäme, wenn er dafür sorgte, dass in den Nächten der Märsche über die Grenze das Gelände um das Hotel nicht allzu belebt war. So hatte er manche Party frühzeitig beendet, indem darauf hinwies, dass andere Gäste sich gestört fühlten. Irgendwie war ihm immer etwas eingefallen. Karl, der Camper, nahm den Transport in der Waldhütte in Empfang und übergab die Menschen den Kleinbussen, die sie dann weiter zu ihren Einsatzstellen brachten. Ein gut organisiertes Geschäft, das vier bis fünf Mal im Jahr stattfand.«

»Und die Hintermänner?«, wollte Jenny wissen.

»Die kannte nur die Berner. Genau genommen hatte sie nur zwei Telefonnummern in Frankreich. Die hat jetzt Lemaitre, und er wird sich darum kümmern«, sagte von Boyen und schaute Lemaitre an, der nickte.

»Was war mit Ludmilla beziehungsweise Ekatarina?«, fragte Barbara,

»Sie hatte den Auftrag, dieses Netz aufzuspüren. Die Weißrussen wollten die Sache gerne selbst erledigen, weil sie der deutschen und der französischen Polizei nicht so recht vertrauten. Sie werden sich jetzt auf Osteuropa beschränken müssen, um dort die Quellen dieses Menschenhandels auszutrocknen.«

»Wer Ludmilla getötet hat, wollte ich eigentlich wissen«, sagte Barbara.

»Nun, die drei waren ihr auf die Schliche gekommen. Wir müssen noch heraus bekommen, wie das genau gelaufen ist. Dann hat die Berner eine gemeinsame Aktion vorgeschlagen. Alle drei sollten einbezogen werden, damit nicht hinterher einer den anderen verpfeift. Also hat der Concierge, ohne dass der schläfrige Nachtportier das merkte, Ludmilla in jener Nacht nach dem Empfang noch einmal zu den Vorratsräumen geschickt, um etwas zu holen. Dort hat die Berner ihr mit einem Brecheisen auf den Kopf geschlagen, und Karl, der Camper, sollte die Leiche entsorgen. Allerdings unterlief ihm dabei der Fehler, sie zu nah am Zufluss des Sägmühlweihers zu verstecken. Dass sie noch lebte, wusste er nicht. So wurde die Bewusstlose dann nach dem nächtlichen Regenguss in den Weiher gespült, ertrank dort und lag am Morgen am Abfluss, am Wehr eben. Also einmal Mord und zweimal Beihilfe zum Mord. Wie immer das Gericht das bewerten wird – es reicht.«

Bei aller Freude über den gelungenen Abschluss herrschte jetzt eine Weile trauerndes Schweigen auf der Terrasse von Alfred von Boyen. Immer wieder war es die Gier nach Geld und nach Macht über andere Menschen, die dazu führte, das irgendjemand sein Leben lassen musste. Dieses Mal war es eine kluge und mutige junge Frau gewesen. Zu der Gier war die Angst gekommen, entdeckt und bestraft zu werden. Wie gut, dass dies jetzt auch geschehen würde.

Ende

Der erste Felsenland-Krimi

Maimont

Kriminalroman, Wellhöfer Verlag 2020,
ISBN 9 738954 2826 85, 12,95 €.

Geschichte holt einen bisweilen ein, auch den emeritier-
ten Geschichtsprofessor Alfred von Boyen, der in der
Südpfalz an der Grenze zum Elsass ein Trauma überwinden will. Doch sein Eremitendasein wird gestört durch
den Todesfall eines dreijährigen Mädchens. Parallel zu
den Ermittlungen der Polizei beginnt er, eigene Nachforschungen anzustellen.

Auf dem Hintergrund der wechselvollen Geschichte des
Grenzlandes, der waldreichen Südpfälzer Natur, der ver-
lockenden französischen Küche und zweier Liebesge-
schichten werden Menschen in kriminelle Machenschaf-
ten hineingezogen, denen sie sich nicht mehr entziehen
können.

Weitere Veröffentlichungen von Michael Gärtner
www.michaelgaertner.info

Tertullian. Der Roman

Historischer Roman, 2., durchgesehene und erweiterte Auflage,

Bod 2020, ISBN 9 78752 6428 10, 22,00 €.

Römisches Reich im Jahre 197 nach Christus. Der reiche und berühmte Redner Tertullian kommt aus Rom zurück in seine Heimatstadt Karthago. Dort trifft er auf seine Jugendliebe Salvia und die alten Freunde. Die freuen sich auf rauschende Feste und großzügige Spiele in der Arena. Doch Tertullian hat sich merkwürdig verändert. Viele wenden sich enttäuscht ab, nur sein Freund Marcus hält zu ihm. Beim Besuch des Kaisers in der Stadt kommt es zu einer Jagd auf die Christen. Für Salvia wird es immer schwieriger, mit ihrem wohl gehüteten Geheimnis zu leben.

Ein spannender Roman über die Zwiespältigkeit der menschlichen Seele und die Schwierigkeiten, den eigenen Weg im Leben zu finden.

Das Vermächtnis des Bischofs
Eine satirische Erzählung

Bod 2019, ISBN 9 783749 4840 27, 7,99 €.

Der plötzliche Tod des amtierenden Bischofs löst eine große Unruhe in der kleinen Landeskirche aus. Sein Stellvertreter sieht seine Chance gekommen, dem allzu liberalen Kurs seiner Kirche ein Ende zu bereiten und selbst die Führung zu übernehmen. Hinter den Kulissen entbrennt ein unwürdiger Machtkampf. Satirisch überspitzt werden die Machtmechanismen in der Kirche und ihre Protagonisten aufs Korn genommen.

Die Basilika

Vier Erzählungen aus der kleinen Großstadt am Rhein

BoD 2020 , Taschenbuch 272 Seiten,
ISBN 9 783752 648089, 9,99 €, als E-Book 6,99 €

Eine unerwartete Entdeckung beim Tunnelbau stürzt die kleine Großstadt in Aufregung und die Lokalpolitik in Turbulenzen. Es beginnt ein großes Spiel, in dem sie alle auf ihre Weise mitmischen möchten: die Parteien, die Kirche, die Presse und die große Chemiefabrik. Ein Mann gerät in die Mühlen der Politik und zwischen zwei Frauen. Und das alles wegen ein paar Steinen.

Die Steine und ihre Folgen, eine Tote auf dem Filmfestival, die Beichte eines Binnenschiffers und eine seltsame Begegnung unter einer Brücke sind die Themen der vier in diesem Band zusammengefassten Erzählungen. Gemeinsam ist ihnen der Ort an dem sie spielen: Die kleine Großstadt, Ludwigshafen am Rhein.

Erscheint in diesem Jahr

Die Schmiedin von Treveris
Ein historischer Roman
Verlag Michael Weyand Trier

Die Geschichte der Schmiedin Rigani. Sie versucht in
den kirchlichen und politischen Verwicklungen des
vierten Jahrhunderts in Trier das Leben ihres jüdischen
Freundes Samuel und seiner Kinder zu retten. Der
berühmte Bischof Ambrosius, ein Freund aus
Kindertagen, ist ihre letzte Hoffnung. Die Erinnerung an
frühere gemeinsame Zeiten, der Glaube an Freundschaft
und Liebe geben ihr die Kraft für diese beschwerliche
Reise und den von Hindernissen, Rückschlägen und
Unwägbarkeiten gesäumten Weg. Für die Leserinnen und
Leser wird die Welt des antiken Trier wieder lebendig.
Der Roman ist eine Mischung aus Fiktion und Fakten. Es
ist vermutlich nicht so gewesen, wie es hier erzählt wird,
es könnte jedoch so gewesen sein.